U0028869
住野夜
剖開肚子
只會
流出血

——小楠那乃佳老師因出道作熱賣而晉升當紅作家之列，從出道至今的幾年一定發生了驚人的劇變，想請問老師現在心境如何？

我的作品可以被這麼多人看到、被這麼多人喜愛，真的是非常幸福。我覺得自己心境的改變還沒有大到足以稱為劇變。在故事發展到很遠的過程中，我也聽過不少批評的意見，但我本來就知道世上有很多人和我的看法互相衝突，與其在意那些事，我認為把注意力放在和自己看法相似，或是看法不同也能互相尊重的人身上，對我會更有幫助。

——老師的第三部作品《少女進行曲》改編真人電影的消息受到了熱烈關注，想請教老師對於自己的小說被改編成影像作品有什麼看法。

小說和電影是用截然不同的表現手法來呈現故事的美感，包括《少女進行曲》在內，我寫小說時使用的多半是文字特有的表現手法，所以我很期待看到電影如何用影像的美感向讀者呈現這本小說。當然，這部影像作品有可能不符合喜愛原作的讀者的期待，如果能對這些讀者說幾句話，我希望看過小說的讀者心中建構的故事不會因為電影不符期待而受到影響。

——關於改編電影，小楠老師參與了多少呢？

我在最初的階段和導演見過面，討論過這部作品要傳達的想法，但我沒有對劇本和拍攝表示太多意見。電影界的人有自己的領域，我有我自己的領域，身為原作者，分清楚彼此的界線對改編電影才是公平的態度。

——老師和導演聊過這部作品要傳達的想法，內容大概是怎樣呢？

那是和創作作品的人分享的事，我覺得不需要和觀賞作品的人分享，我希望讀者們可以拋開我的看法，更自由地享受這部電影。就算是原作者，也沒有權利干擾觀眾從作品中發掘隱藏的亮點。

——老師不會希望觀眾以某種特定的角度去解讀故事嗎？

我希望讀者能享受作品，從作品之中得到各式各樣的感觸，不過我最希望的還是故事能以原本的樣貌呈現在讀者面前。

——小楠老師的作品常常讓讀者感到像是在述說自己的故事，覺得自己彷彿成了主角。老師對這種閱讀方式有什麼看法呢？

我覺得世上每一個人都能在小說、歌曲、電影、繪畫之類的作品中發現自己的故事，這也證明了故事中的人物是活生生的。說不定這就是我們小說家存在的意義吧。所以，如果讀者覺得作品寫的是自己的故事，說不定真的是這樣。每個人都有可能像小說一樣，在某一天遇到命中註定的邂逅，都有可能突然變身，都有可能拯救公主。我絕對無法否定這一點。

《剖開肚子只會流血》

登場人物

高中生

糸林 茜寧　Itobayashi Akane
上村 龍彬　Uemura Tatsuaki
關口 美優　Sekiguchi Miyu
菊池 晉　Kikuchi Shin

Live House 員工

宇川 逢　Ukawa Ai
藤野 命　Fujino Mikoto
柱山 啟治　Hashirayama Keiji

Impatiens 成員

高槻 朔奈　Takatsuki Sakuna　隊長
和歌山 蘭　Wakayama Ran　美女
後藤 樹里亞　Goto Juria　怪獸
交野 杜和子　Katano Towako　菁英
江迎 麻希　Emukae Maki　傻妞

—— 橋本 碧生　Hashimoto Ao　頑童

—— 飯塚 愛唯　Iizuka Mei　熱血

書店店員

—— 西尾 史和　Nishio Fumikazu

—— 上村 耀子　Uemura Yoko

其他

—— 志野木 友　Shinogi Yu

—— 堀北 朝陽　Horikita Asahi

—— 小久保 梨沙　Kokubo Risa

小說家

—— 小楠 那乃佳　Ogusu Nanoka

《少女進行曲》

登場人物

少女

善良的家人

信任少女的朋友

留下紀錄的夥伴

愛的朋友

愛的家人

把少女視為陌生人的人們

愛

糸林茜寧

——少女哭了。（《少女進行曲》單行本，第1頁，第1行。）

茜寧遇見了那本小說。

她想起錢包裡有張購書卡，順路去了那間小書店。

那本小說平放在靠近門口的新書區，藍色封面以可愛的字體印著《少女進行曲》。

茜寧聽過這個作者，但只能從名字看出那是一位女作家，卻從來沒看過她的書。

她之所以拿起這本書，不是因為感受到命中註定的邂逅，也不是覺得這本書比其他書更閃耀，而是因為看起來似乎不會太艱澀，應該適合像她這樣的高中女生，所以姑且買回去讀讀看。

當天她只是想在睡前試讀幾頁，在臥室裡漫不經心地翻開書本。直到今日她還清楚記得當時的感覺。

不知不覺間，她把最後一頁都看完了。

拉開窗簾，看看外面，她驚訝地發現天都快亮了。朝霞彷彿正準備溜走。

這個世界依然和昨天一樣。

不過，看在茜寧的眼中卻有了些微的改變。
她心中的震撼幾乎爆發。
這本書竟然這麼了解無人知曉的她。
這本書看見了家人、朋友、男友都沒發現的她。
她覺得這個故事彷彿給了她存在的權利。
茜寧猜想，她絕對沒有機會跟別人分享這些感想。
因為這樣會害她暴露自己的真面目。她實在做不到。
但她還是暗自懷著期待。
希望世上會有一個人能了解、接納和書中那位少女相似的她。
遺憾的是，每當詢問別人對《少女進行曲》的感想，她的希望就會再幻滅一次。
她的男友和同學都沒有孤獨到會被這本小說感動，打工的同事也沒有足夠的感性會被這本小說吸引，大人們似乎根本不打算讀懂這本小說的細節。
聽說這本小說要拍成電影，她對演出這些角色的人充滿了期待，可是看到演員名單之後，她只感到愕然。故事裡的她們才不是這樣的。
別人能跟她分享的只有劇情，沒有人和她有共鳴。
大家都不理解這個故事的本質。

結果茜寧到現在都沒跟任何人分享過她對《少女進行曲》的真實感想。

她只能把自己編織的故事默默地藏在心中。

獨自夢想著自己有一天能像故事中的女主角一樣發生改變。

吵死了，給我閉嘴。

在電車上，茜寧神色自若地按著手機，封鎖了一個老是在談論「世界的真相」的奇怪帳號。那是同學轉推的內容。

真相才不會被公諸於世。

從任何角度都看不到真實的模樣。

根本沒必要抱持期待。

茜寧強忍著嘆息和隨時想要大聲哭叫的衝動，看著電子告示牌顯示的行車資訊。

距離目的地還剩一站。等一下就能見到和她不同校的男友了。她已經準備好欣喜雀躍的心態了。

電車到站，車門打開，該地特有的味道就會飄進車廂內。

茜寧特別討厭這一站的味道。那不是垃圾或下水道的味道，而是人群密集時所有人身上的味道交織而成的臭味。

或許是因為這座城市的形狀像個大盆，所以味道都沉到了位於盆底的車站。些微的好奇被茜寧塞進了心底，沒有表現在臉上。她彷彿只注視著未來，以愉快的步伐走出車站。

她非常小心地避免讓擦身而過的人們感到不快，全神貫注地拿捏著既天真又世故的高中女生該有的腳步。過了一條長長的斑馬線，茜寧來到了相約的黃色招牌唱片行的門口。

本來以為會在路邊碰面，但是她一打開門，卻發現跟她約好的男友正在一樓試聽CD。男友的背包上掛著茜寧送的鑰匙圈，所以她才看得出那個穿著平凡制服的背影是他。茜寧輕輕地咬了一下舌頭。

她站在遠處看著他的背影，直到看見他把手按在耳機上才跨出一步。為了配合他朝下的視線，茜寧彎下身子，從一旁探出頭去。

「嗨，晉。」

「哇！真是的，嚇我一跳。」

她掌握了最精準的時機和動作，以免男友因驚嚇而丟了面子。看到他害羞的笑容，她知道自己成功了。茜寧立刻從眼前的架上拿起一張CD。

「你在聽什麼？」

「妳應該不認識，我最近很喜歡這個樂團。」

「我沒聽過啦～」

不管實際上有沒有聽過，她早就想好了要這樣回答，也想好了如果晉提議「要不要聽聽看？」就要答應他。

她慢慢戴上留有餘溫的耳機。聽到音樂時，她沒有立刻表達感想，等到聽完了一段，她才笑著望向男友。

「我不知道一般人會不會喜歡，但我覺得很酷喔。」

男友開心地回答「就是啊」，令茜寧感到無可言喻的快樂。

然後她為自己的心態羞愧到想死。

因為可以在網路上付費下載，兩人沒買ＣＤ就離開了唱片行。

隔天茜寧又去了那座城市。

她在放學後特地跑到那個臭味瀰漫的城市，是因為這天要打工。她會在討厭的城市打工，是因為父母希望女兒在有熟人關照的地方工作。茜寧的兒時玩伴是那裡的正式員工。

過了十字路口，經過了和昨天那間不同的另一間唱片行，接著左轉爬上緩坡，就能看見茜寧打工的書店。她每週的班表有兩天或三天，平日是從下午四點半到晚上八點半，如果是週末會從上午九點四十五分開始工作四小時，或是從下午一點四十五分開始工作四小時。時薪是一千零五十日圓。

出門之前完美打理過服裝儀容的茜寧刻意把水準降低，裝出一臉想睡的模樣，走進熱鬧的書店，經過了即將改編電影而受到矚目的書本的區域，握住和店面相鄰的休息室的門把。

「早～安～」

茜寧打招呼的語氣會依照在場的人而有所不同。今天在場的是先前提到的兒時玩伴和店長，還有經常和她同一天打工的大學生，都是她比較熟的人，所以她多加了一絲慵散的味道。

休息室很小，打招呼時每一個人都聽得見。茜寧朝著傳來輕輕笑聲的方向轉過頭去。

「看妳一副快要睡著的樣子，眼鏡都快滑落了。」

「我上課上了一整天嘛，睏死了。」

茜寧對年長的兒時玩伴抱怨，對方就給了茜寧一顆糖果。茜寧向她道謝，打開包裝，放進嘴裡，說了句「好酸」，睜大眼睛，像是在表示對方給的糖果讓她清醒了一點。

她在更衣室裡把制服換成工作的衣服，繫上圍裙，接著把嘴裡的糖果吐在衛生紙上，包起來丟進垃圾桶。

她打工的主要內容是打收銀機。向店長報到之後，店長叫她趕緊去櫃檯。她周到地向先來的大學生同事打了招呼，然後站在指定的位置靜靜待命。

當茜寧正在看工作提醒事項時，第一個客人走到她的面前。

那位打扮優雅的太太拿來一本藍色封面、字體可愛的文庫本（註1）。那是《少女進行曲》。「請問要包書套嗎？」

「要，麻煩幫我裝在袋子裡。」

「好的。」

茜寧回答時的音量大小適度，說話流暢且帶有孩子的青澀味道。她以非常迅速但不是非常仔細的動作包好了書套。

「謝謝惠顧。」

鞠躬行禮之後，如果下一位客人沒在十秒之內出現，茜寧就會覺得櫃檯周圍的色彩彷彿變得黯淡。對她來說，努力藏起那種隱隱約約的落寞表情也是重要的工作。

「糸林小姐，妳看過剛剛那位客人買的小說嗎？」

註1　日本的小說會先出版一般尺寸的「單行本」，過一段時間再出版袖珍尺寸的「文庫本」，雖然較不精美但方便攜帶，也比較便宜。

另一位站在櫃檯裡的大學生向她問道。茜寧「啊？」了一聲，露出一副期待聊天的興奮表情望向那位大學生。

「剛剛的小說？」

她知道對方想聊什麼，可是和他當同事這麼久，她很清楚這個人喜歡主動掌控話題。

「對啊，《少女進行曲》。」

他得意洋洋地說道，茜寧也恰如其分地熱烈回應。

「喔，有啊有啊！」

「妳覺得怎樣？我是覺得還好啦，不過我可以理解這本書為什麼賣得那麼好，喜歡那種夢幻風格的人應該還不少。」

看到他主動問人意見卻又顧著自己講話，茜寧真羨慕他的無拘無束。

「我很喜歡喔，那個故事很美，雖然是小說，但風格有點像繪本或童謠。」

茜寧又咬了一下舌頭。她討厭隨便說出「喜歡」一詞的自己。

「改編電影是不是這個週末上映？糸林小姐要去看嗎？」

「兩人一起去嗎？如果西尾先生要付錢，我會考慮的。」

西尾輕輕地笑了，他有些靦腆地盤起手臂。

「我又不是在邀請妳。現在的高中女生真是難搞。」

「什麼嘛。」

雖然茜寧嘴上抱怨，但她其實知道他不是會把一起打工的高中女生約出去玩的那種人。從對方的反應看來，剛剛的對話似乎給了他不錯的印象，這讓茜寧感到很開心。

然後她為自己的心態羞愧到想死。

這一天，茜寧看到好幾個人買了《少女進行曲》。

隔天，茜寧又來到那座城市。

她連續三天來這個充滿臭味的地方是有原因的。

前一天午休時間，她在教室裡和固定的一群朋友吃午餐時，其中一人不經意地提起週末的計畫說「明天打工之前去購物吧」。那只是閒聊之中隨口提起的一句話，並沒有特別強調，所以其他人開玩笑地回答「妳就努力打工吧，賺到錢之後要請客喔～」，接著眾人聊起收入優渥的打工，把先前的話題拋在腦後。朋友說的話只留在茜寧的心裡，就像一顆沉重的石頭。

吃完飯後，眾人各自散去，有的去廁所，有的回其他班級。茜寧走向一樓餐廳旁邊的福利社，買了紅色商標的紅茶，又拖著腳步回到六樓，進教室前在走廊上拿出手機，然後裝得好像突然想起了什麼事，蹲在朋友的座位旁邊，把下巴靠在她的桌上。

「怎麼啦，林？」

每次聽到別人用暱稱叫她，茜寧就會感到腦中分泌出某種快樂激素，因為暱稱代表別人對她的親暱。為了隱藏心情，她輕咬一下舌頭，透過平光眼鏡看著朋友。

「美優，妳明天幾點打工？」

「一點半。幹麼？」

「我突然想到，明天父母可能會帶我去親戚家，我想找個藉口溜掉。如果妳上午要去買東西，我可以一起去嗎？」

因為是自己主動提出的，所以除了考慮到對方情況的貼心以外，茜寧還在語氣之中多加了一點強硬的味道。美優很怕寂寞，除了打工和上課這些固定活動之外，她會盡可能地和朋友在一起，但她又很不喜歡自己這種不成熟的個性，所以聽見朋友正巧也想購物，立刻喜形於色地說：

「真的嗎？太棒了！一起去吧！」

「好耶！」

茜寧也裝出率直的笑容，立刻向附近另一位朋友提出邀請。這是為了避免私下行動，重點只是要讓其他朋友知道，所以那人有事不能一起來也無所謂。

到了隔天，看見遲到了五分鐘的美優，茜寧表現得像一般高中女生一樣興高采烈。

美優今天要去買新的手機殼，她把現在用的手機殼拿給茜寧看，背後有一條很大的裂痕。

一起逛了幾間店之後，美優只找到幾個候補的選項，始終沒看到能讓她下定決心購買的商品。為了休息和吃午餐，兩人進了一間速食店。

「我還是上網找找看吧，雖然我比較喜歡逛實體商店。對不起喔，林，讓妳陪我找這麼久。」

「沒關係啦，妳煩惱地挑選的樣子也很有趣，眼珠子瞪到都快要掉出來了。」

「竟然嘲笑我認真的表情。」

兩人又笑又鬧，拖拖拉拉地吃完午餐後，美優的打工時間快到了。兩人決定先去拍大頭貼，於是去了這座城市最具代表性的那條街，走進大頭貼商店。

她們選了機臺，拍了好幾張照片，每一張的表情和姿勢都不同，有搞笑的，也有正經的。

在這種時候，茜寧會看情況決定眼睛和嘴巴要張得多大，免得讓和她一起拍照的人看起來太突兀。

兩人拍完之後移到編輯區，各隨所好幫照片加上特效和塗鴉。

「今天有妳陪我一起來真是太好了，下次再出來玩吧。」

「嗯，當然！」

美優開心地繼續說：

「偷偷告訴妳，跟妳在一起的時候最讓我安心喔。說出來應該沒關係吧？」

「嗯嗯，我很開心！」

朋友跟茜寧在一起竟然會這樣想，而且還親口說了出來，簡直讓她得意到快要飛上天了。

然後她又為自己的心態羞愧到想死。

「我也是喔。」

茜寧在店門口和美優揮手告別，說著「後天見」，相約在教室相見。接著她拿捏時機，走向看不見朋友背影的地方。她準備回家，她的父母今天不會去親戚家。

她在男友面前是這樣，在同事面前是這樣，在朋友面前也是這樣。

茜寧非常討厭自己任何行動都遵循著同一個原則。

想要討人喜歡。

不是出自愛情或同儕意識或友情，而是出自慾望。

或許茜寧一生下來就帶有這種強烈的慾望，當她發現自己被這種慾望束縛、想要掙脫時，已經來不及了。這種心態如同比堅固牢房更結實的項圈，時時刻刻監視著她的反應、控制著她的行動。

只要是在別人的面前，她的興趣、喜好、話語、動作、表情都會受到「想討人喜歡」的心態所操控，能由她自己作主的只有內心的理解力和想像力。

茜寧十分痛恨那種心態時時威脅著真實的自己。

雖然她很想拋開那種心態，但是只要想像反抗之後會有什麼下場，她就會被深植心底的恐懼所淹沒，根本無力抵抗。

要說是代價也不太對，總之她具備的能力和外貌都足以表現出討人喜歡的言行，所以她長到這麼大還沒被人看透真實的想法。

今天的她也和平時一樣選擇了討人喜歡的作風。

和朋友分開以後，茜寧踩著圓形圖案的地磚來到了大馬路，融入了心裡藏著各種思緒的人潮之中。她小心避免打亂隊伍、惹得別人不愉快，規規矩矩地走著，如同化為背景的一部分。

前方是本市最大的十字路口，茜寧快要到達的時候，號誌變成了紅燈。

她和不匆忙的周遭人群一起停下腳步。除非馬路對面有人在等她，否則她不會勉強衝過去。

即使是在陌生人面前，想討人喜歡的心態依然持續運作。

雖然強烈和優先程度不像對待熟人那樣，但茜寧還是不想做出惹人討厭的行為。

她在這個路口有兩種選擇，第一是在原地等待綠燈，第二是走地下道。要選哪邊都無所謂。

光是思考的時間已經花了十秒，所以她決定繼續等下去。

可是，她很快就發現自己選錯了。

在無數噪音之中，有一個聲音像是刻意瞄準茜寧，突然鑽進了她的耳中。

突然聽到刺耳的聲音時，人都會不自覺地望向聲音傳來的方向。

那裡有一面巨大的戶外電視牆居高臨下地俯瞰著十字路口的人群，以失真的尖銳高亢聲音播放出她熟悉的對白。

畫面播放得快速又雜亂，不仔細看根本看不懂那是在播什麼，最後螢幕出現一行標語：

『《少女進行曲》電影版。真實的愛就在這裡。』

吵死了，給我閉嘴。

茜寧沒有把這句話表現在臉上或嘴上，因為她面對今後不會再見面的人也會忠實地發揮出想要討人喜歡的心態。

少女的心情深藏在茜寧體內，沒有任何人知道。

製作這部電影的人、宣傳的人、不符合原著的演員們，到底有沒有親自讀過那本小說？

什麼真實的愛嘛，把這種連高中女生都能輕易想出來的標語大剌剌地放在廣告裡，這些人根本毫無感性可言，怎麼可能理解那個故事？

疑惑在茜寧的心中浮現過很多次了。她很想做些什麼，但又做不到。因為「想討人喜歡」的心態時時監控著她。

一如往常，她用輕咬舌頭的方式壓抑自己。她已經養成了這種習慣，雖然用處不大，總是好過什麼都不做。

沒過多久，紅燈變成了綠燈。急躁的駕駛人以稱不上慢行的速度從旁邊駛過。茜寧隨著前方行人的步調踏上了白色和灰色的安全地帶，她沒有看著地面，這是為了避免撞上路人，也是因為她知道自己抬頭時看起來比低頭時更可愛。

那天的情況究竟是茜寧的性格和其他種種原因累積而成的結果，或者只是單純的巧合，只能隨各人的心意去解讀。

「咦？」

看著洶湧人潮不斷往自己背後走去，茜寧的視野一角注意到了朝她走來的某個人，耳朵聽見了喧譁擾嚷之中的某個腳步聲。

披肩長髮，黑外套，白裙子。

彷彿能踏碎一切喪氣話、發出響亮聲音的靴子。

以及像是在宣告不會逃避任何難事、意志堅定的側臉。

就在那一瞬間，雖然只有短短的一瞬間，茜寧拋開了想討人喜歡的自己。

「愛……？」

茜寧轉頭叫出這個名字，可是聲音沒有傳達給那人漸行漸遠的背影，而是掉在地上，被不認識的人踩了過去。

宇川逢

「要打火機嗎？」

街道的縫隙間有個狹小的吸菸區，擺明了硬要把惹人嫌的傢伙塞進去。逢看見旁邊有位身穿套裝的女人在摸口袋，就把自己的打火機遞到她面前。

「呃，是的。咦？」

女人聽到逢的聲音，點頭回應，但是看見他的臉，卻不禁發出疑惑的聲音。

她道了聲謝，戰戰兢兢地接過打火機，點了菸，歸還打火機的動作十分流暢，可見很講究日常生活的言行舉止，但她之後還是頻頻打量逢的樣貌。

對逢而言，被人好奇地注視早就是家常便飯，而且他行動之前就猜到對方會有這種反應，所以只裝作沒看見。他把打火機收回口袋，自顧自地吐著煙。

細細品嘗之後，逢看著和自己外表很協調的纖細手錶。

他本想再抽一根菸，卻突然想到 Suica 卡（註2）的餘額快不夠了。他打算去車站儲值。車站和他的目的地正好是同一個方向。

逢離開了煙霧瀰漫的空間。黑色長大衣隨著他的步伐在風中搖擺。行走之間，衣襬掃到一位像是皮條客的男人，不過這座城市的人才不會在乎這點小事。

他走進高架橋下找尋售票機。站前廣場有一群人在高聲呼喊，逢自言自語地說著「小聲一點啦」，一邊穿過人潮。

順利儲值完以後，逢又看了看緊貼在左手手腕內側的圓形錶面。現在時間還早，但他還是決定直接去目的地。

逢感受到自己為接下來的行程興奮不已，這讓他非常開心。有支持的偶像，而且衷心期盼偶像的活躍，逢很喜歡這樣積極又直率的自己。

註2　類似悠遊卡，可用於乘車和購物的預付式ＩＣ卡。

他利用在大十字路口等紅燈的時間，用手機檢查妝容和髮型，稍微調整一下被風吹亂的瀏海，然後自信十足地向前走。

馬路的這一邊有人用廉價的喇叭宣傳著某些主張，馬路對面也有巨大的戶外電視牆播放著電影預告片，兩邊都用巨大的聲音來吸引人們的注意，不過站在路口的每個人都只關心自己的生活，無論那些聲音再大，他們都聽不見自己不感興趣的事。

逢抬眼望向大螢幕。他對那部電影沒有興趣，卻專心聆聽預告片裡的主題曲。

『《少女進行曲》電影版。真實的愛就在這裡。』

逢心想，這真是隨處可見的老套廣告詞。

行人號誌變成綠燈，人們懷著各自的心思跨出第一步。走在前方的兩個人不知道是 YouTuber 在錄節目還是在拍攝ＭＶ，一邊拿著手機攝影一邊慢吞吞地走，逢又發出響亮的腳步聲。

從十字路口就能看見他的目的地，一間掛著黃色招牌的顯眼唱片行。等一下在唱片行地下室的舞臺就要舉行偶像團體的唱片發售紀念活動。

若是平時，逢在這個時間應該會在他現在要去的唱片行更遠的坡道上的工作地點。幸運的是他今天剛好放假。演唱會和活動幾乎都是在午後舉行，這種時間逢通常要工作，今天難得有空參加。

過了大馬路後，依然是滿滿的人潮，如果要仔細看每一個人，恐怕會忙到來不及呼吸。疲憊的上班族，跨著大步的高中女生，還有跟他擦身而過之後說了一句「剛剛那個人好漂亮」又折回他前方的年輕男人，逢全都沒有放在心上，還是依照自己的步調前進。他很開心聽到別人的讚美，但他並不太在意別人評價的標準。

在吸菸區借出打火機時，他也不是想要得到別人的感謝，只是看到別人有麻煩，就很自然地幫個小忙。

逢希望隨時隨地都能做自己。

無論是步伐、外表，或是行動，他希望以自己喜歡的方式存在於這個世界上。逢很喜歡順心而為的自己。

「愛？」

所以當逢到達唱片行前，正要推開門時，聽到聲音而轉過頭去，也只是依照他自己的心意而行動。

糸林茜寧

——邂逅好比滾在地上的柳橙撞到了哪個人的鞋子，如此平凡，卻又如此奇妙。（《少女進行曲》單行本，第9頁，第2～3行。）

在這個時刻，茜寧包包裡的文庫本依然守護著她，臥室書櫃裡的單行本依然等著她回家。累積銷售量超過九十六萬本的小說《少女進行曲》的故事大綱是這樣的……

用美好外在行為來遮掩自己醜陋內心的少女在某一天經歷了非常特別的邂逅，兩人相識之後都受到對方的性格所刺激，卻又不禁受到吸引，於是成了一對特別的朋友。這位朋友看穿了少女隱藏已久的內心，最後接受了真實的她，讓少女也開始以真實的自己去面對世界。

直到故事結束，都沒有提到少女的名字。

書中也沒有寫出那位朋友的全名，只知少女一直叫那位朋友「愛」。

站在大十字路口正中央的茜寧簡直不敢相信自己的眼睛。

怎麼可能？「故事裡的人物」怎麼可能出現在現實世界？

可是剛才那個人的長相、身高、打扮都和書中的描述一模一樣，那彷彿能穿透一切噪音的響亮腳步聲也清楚地留在她的腦海中。

快追！茜寧做出決定時，突然有個高大的人影擋在面前，她抬頭一看，身穿西裝的男人一臉困惑地盯著她，茜寧想討人喜歡的心態立即舉刀指向她。

「啊！對不起！」

茜寧嚇得跳起來，雖然她不覺得自己做了什麼擾人的行為，身體還是對突如其來的事態做出了反應。她朝那個男人微微鞠躬，不等對方回應就溜走了。想討人喜歡的心態這才把刀收了回去。

趁著綠燈還沒變回紅燈，茜寧趕緊掉頭，回到先前等紅燈的地方。絕對不能跟丟，一定要查出剛剛看到的那個人是誰。茜寧仔細觀察迎面而來的每個人行走的軌跡，小心避免和人相撞、惹得別人不高興。就算再怎麼心急，她的行動還是逃不開這個原則。

她一再說著「不好意思」，好不容易脫離人潮，來到了前天和男友相約的唱片行。剛剛看到的那個人握住了唱片行的門把。

再次見到的背影果然和書上描述得分毫不差。

「愛？」

她忍不住喊道。

其實茜寧刻意壓低了音量，以免嚇到其他人，所謂的「忍不住」只是她一廂情願的想法，其實這依然是屈服於想討人喜歡的心態所做的行動。

她雖期待那人回頭，卻不認為那人真的會回頭，其實她根本不確定那人有沒有聽見她的聲音。就算那人聽見了，大概也不覺得這聲「愛」是在喊自己。

可是，那個人放開門把，轉過身來，像是受到牽引似地筆直走向茜寧。

那張直視著茜寧的臉，令她愕然屏息。

愛。

不可能的。愛怎麼可能出現在這裡？茜寧還在說服自己時，和外表完全不相符、彷彿從其他地方傳來的低沉聲音頓時把她敲得粉碎。

「妳叫我？」

茜寧還能穩住腳步，是因為那種心態束縛著她。

她沒辦法享受把心情爆發出來的快感。

不過，萬一她真的能表露出來，真的能解開想討人喜歡的心態的綑綁，只為了自己而表露情感，當場大哭或大聲感謝，也不會得到別人的理解，別人只會覺得人來人往的大街上出現了一個瘋子。

聽到愛的聲音，聽到那個「我」字，茜寧感到了專屬於她的幸福。

我不是孤單一人。

我在這個世界上並不是孤單一人。

我是對的。

任何人都聽不見茜寧在心中的大喊。

可是茜寧漠視自己因深受感動而顫抖的內心，裝出有些困惑的表情。茜寧老是覺得自己像機器一樣，只會根據情況而選擇適當的行動。

「是的，那個……」

「抱歉，我不記得妳。妳是誰啊？」

或許是因為聽見這渾厚的嗓音和粗魯的措詞，站在附近的兩位高中女生驚訝地「咦」了一聲。愛一定聽見了她們不禮貌的驚呼，卻好像一點都不放在心上。

茜寧也完全不當一回事。

茜寧和那兩個高中女生不一樣，她早就知道了。

所以她雖然大受震撼，卻沒有感到意外。

她一直都知道，外表像女人的他其實是個男人。

「對不起，突然叫住你……因為你的背影很像我認識的人，所以我認錯了。」

「喔喔，這樣啊。」

愛似乎相信了她說的話，他轉頭看了唱片行的門口一眼，又望著她說：

「那個人也叫逢（註3）嗎？」
「嗯，是的。」
「喔？我的名字也是逢，所以才會回頭。」
我知道。我都知道。
茜寧在心中拚命點頭，但表面上的她卻露出了訝異的表情。
「哇！竟然這麼巧！」
「就是說啊。那我走了，幫我問候另一個逢吧。」
他對茜寧留下了這句話，語氣輕鬆但又透露出一股真心想要問候那人的誠懇，然後就朝著門口走去。
這種自然又真摯的氣質完全符合書中對他的描寫。
茜寧有十足的理由認為自己遇到的一切都是在作夢。
所以她覺得如果追丟了愛，就再也見不到他了。
茜寧為了不擋到路過的人們，跟著愛走了一步，然後同時兼顧了不至於惹人起疑的自然動作和私心的目的繼續走向店門口，裝出本來就打算去唱片行的樣子。
為了不引起愛的疑心，她的速度沒有快到像是緊追不捨。茜寧沒辦法做出會

註3「逢」和「愛」的日文發音都是「Ai」。

惹他討厭的舉止，她只想等待時機假裝巧遇，跟他多說幾句話。如果只是這種程度的行動，她想討人喜歡的心態應該還能容許。

茜寧真的只有這點期望。

可是，走在前方的愛打開門之後，或許是根據平時的習慣向後方瞄了一眼，發現茜寧跟在後面，所以走進店裡之後還繼續幫她開著門。

「啊，謝謝你。」

愛搖搖頭說了聲「嗯～嗯」，表示「這沒什麼」，茜寧緊緊隱藏著真心，只是露出微笑。

其實她感動得要命。不是因為他的體貼。

而是因為她在書上看過這一幕。

在愛原本存在的世界——《少女進行曲》開頭的地方出現過類似的情節。

主角少女本來沒打算去那個地方，她見到一條人影，想去打聽前面的情況，不過她還沒開口，那人就開著門，回過頭來，等著少女走進去。

茜寧能遇到愛已經很感激了，沒想到愛竟然還像書中情節一樣為她開門，這令她的心跳聲激烈得幾乎像在尖叫。簡直像作夢一樣。

「再見，我要下樓了。」

聽到愛禮貌地道別，茜寧不加思索地說出……不，她是故意這麼說的。

「啊，我也要下樓呢！」

愛絲毫不掩飾自己的心情，睜大眼睛說「真的嗎？」，顯然為這個巧合感到驚訝。

茜寧深深期盼自己也能發自真心露出這種表情，而不是演出來的。

「妳也是 Impatiens 的粉絲嗎？妳是高中生？還是大學生？」

「高中生。我也不知道自己算不算粉絲。」

「哇……沒有啦，我只是覺得很稀奇，因為我很少在現場觀眾之中看到高中女生。或許是高中女生都穿便服，我才沒看出來吧。」

聽到他提起 Impatiens，茜寧知道那是表演者的名稱，也知道這間唱片行的地下室有個場地經常舉辦收費或免費的活動。她從愛的話中蒐集線索，判斷情況，斟酌適合的回應。她從小帶著想討人喜歡的心態長到這麼大，當然練就了這種能力。

「我今天是第一次看現場。本來是跟學校的朋友約好一起來的，可是現在只有我一個人。」

「喔……」

既然目的地一樣，兩人便一起走向地下室。茜寧在途中看到了牆上的海報，得知活動的內容包括迷你演唱會和簽名會。

即使茜寧正因和小說人物同行這種離奇事態而感到混亂，她還是迅速地想到了可能發生的幾種狀況，並且為每種狀況都想好了對策。

樓梯下方站著一位店員。她已經想好了若是對方要求看入場券該怎麼應對。

「咦？今天不是免費活動嗎？」

茜寧裝出驚愕的神情，店員因為職責而露出不知所措的表情，然後向她解釋「必須今天在本店購買CD才能拿到入場券」。

「那我現在去買可以吧？」

「已經賣完了喔。」

茜寧可憐兮兮地望向愛。

雖然露出那種表情，其實她並沒有感到失望。如果今天的演唱會是免費入場是最好的，如果需要收費她也可以立刻去買票，不過十七年的人生已經讓她明白事情不會總是一帆風順，所以她早就想好了，如果沒辦法入場，她就在唱片行裡泡到演唱會結束，等愛出來時再裝作和他不期而遇。這一連串的流程，她在心底早已盤算過了。

所以，她接下來會喊得那麼大聲，不只是因為她算準了此時的狀況必須這樣表演。

「我還有多餘的入場券，可以送給妳。拿去吧，這張算是她的。」

「咦！」

愛指著茜寧，從長夾裡掏出入場券，遞給店員。

「真、真的可以嗎？」

茜寧驚慌地叫道，一邊揣測愛的用意。

但她立刻想到，愛就是這樣的人，他不可能有其他目的。長得漂亮，有些蠻橫，過分熱心，這就是茜寧所認識的愛。即使是初次見面，他也不會對遇上麻煩的高中女生見死不救。

「嗯，我自己也有。」

說完以後，他又從長夾裡拿出另一張入場券給店員，接著兩人一前一後地從店員身旁走過。

「真的很謝謝你。對不起，都是我太粗心了。」

「不會啦。反正只是剛好嘛，這樣多的入場券也不會浪費掉。」

愛沒有表現出絲毫賣她人情的態度，迅速地走向活動場地的入口，茜寧也跟在他的身後。灰暗的活動區裡已經擠滿了人，愛站在人群後方，茜寧跟他並肩而立。

「為什麼你會有兩張入場券？」

在自己允許的範圍內，茜寧想出最自然的話題找他說話。剛才愛主動說了聽到她呼喊時轉頭的理由，藉由這件事，以及書裡對愛的性格的描述，她相信愛不會拒絕別人的攀談。她的判斷是正確的，原本望向前方的愛聽到她開口就立刻轉過頭來。

「這張ＣＤ總共有三個版本，我在這場活動的消息宣布之前就全都訂了，所以我還剩一張。」

「喔……我真是太幸運了。」

茜寧裝出自言自語的口氣說道。愛的噗哧一笑，她也看得仔仔細細。

她無意識地聽著現場播放的背景音樂，身體隨著搖晃，腦中同時還在拚命思考愛為什麼會出現在現實世界。

可是她還沒想出這個難題的答案，一位男性工作人員就拿著麥克風問候觀眾，說明注意事項。

茜寧心不在焉地聽著，工作人員不知何時退場了。

接著燈光突然變暗。

爆炸效果聲響起，一群女性出現在舞臺上。此時茜寧才知道她們是七人團體。

茜寧對於偶像團體 **Impatiens** 了解不多，只知道那是個女團，不過第一首歌放出來之後，她發現這是她唯一聽過的歌。

是《少女進行曲》電影版的主題曲。

聽到現場演出，她的感想還是和第一次聽到CD版時一樣。歌詞感覺根本沒有讀懂小說，茜寧極力忍受著耳朵和心靈的雙重折磨。

三十分鐘左右的演唱會結束後，廣播宣布簽名會即將開始，可以拿剛買來的CD去簽名。茜寧望向愛，他也看著她，指著出口說「我要先走了」。茜寧感到疑惑，但還是跟著他走。她心底的疑問或許該用慌張的神態表達出來。

「你不去要簽名嗎？」

茜寧在爬樓梯的途中問道，愛輕鬆地回答「嗯，看到演唱會就好了」。茜寧也不以為意，心想每個人追偶像的態度都不一樣，他大概是不渴望接近偶像的那一類吧。

也就是說，愛覺得 Impatiens 的歌舞表演才是重頭戲。

對茜寧來說，接下來才是重頭戲。

「請問……」

茜寧叫住了正要走出唱片行的愛。從愛的表情看得出來他的大方，他一點都沒把送她入場券的事放在心上。

「幹麼？」

「如果你不嫌棄的話……」

「嗯？」

「要不要一起喝個茶？難得有這個機會。」

邀約故事中的人物未免太不真實了，茜寧當然也很猶豫，可是她又覺得這可能是此生唯一一次遇見書中人物的機會。

所以，她想在自己容許的範圍內盡量跟他多相處一些時間。她提出邀約的語氣中包含著高中女生都具備的熟練聊天技能、對第一次見面的人而言稍嫌親近的俏皮感，同時又稍微洩漏出她不希望被對方發現自己對穿女裝的男人很感興趣的庸俗心態。

茜寧聽著自己的聲音，突然意識到自己是在模仿《少女進行曲》的愛喜歡的表情和語氣，頓時羞愧到想死。

她又開始咬舌頭時，愛移開了視線，看著自己的手錶。

「嗯，我還有一些時間。」

現在就為他接受邀約而開心還太早。

「喝茶是沒問題啦，不過我想找間有吸菸區的店。」

這句也是。

「當然可以！」

《少女進行曲》也出現過相同的對話。

少女遇見了愛，為了問他事情而陪他抽菸。

茜寧心想，竟然能親身體驗到這麼多的故事情節，這個白日夢未免太豐富了吧。

愛知道的那間店離這裡不到三分鐘路程。打開門，一眼望去，幾乎所有位置都坐滿了，此時門口附近正好有客人離開，茜寧趕緊把包包放在座位上，拿出錢包。

「妳先去點飲料吧，我抽完菸再去。」

「好的，那我先去了。」

「喂。」

背後傳來一聲不像是剛認識幾個小時且懂得一般禮儀的人會發出的語氣。茜寧嚇得肩膀一抖，轉過頭去。

「什麼事？」

「呃……妳叫什麼名字啊？」

「糸、糸林茜寧。」

「糸林茜寧啊。把包包帶著。如果我是壞人，妳的東西會被偷走喔。」

「你是壞人嗎？」

「我是說如果啦。」

愛抓住包包較堅固的部位，遞給茜寧。茜寧接了過去，一邊還開玩笑地向他點頭喊著「收到」。愛不知道有沒有看到，他從外套口袋中掏出香菸和打火機，粗魯地丟在桌上。

茜寧再次轉身走向櫃檯，心中思索著對她而言很罕見的問題。

上一次我努力掩飾內心的緊張是什麼時候的事？

為什麼他會在這時問她的名字？只要想想他的個性，很容易就能明白了。他一定是叫了她「喂」之後覺得自己太沒禮貌，所以才會問她的名字。發問之前的「呃……」茜寧平時也經常使用，所以一下子就想通了其中含意。

她收下了愛的反省和體貼。

茜寧點了一杯熱檸檬茶，一邊想著「你有什麼打算呢？」。

不是在問愛，而是在問讓她和愛相遇的這個世界。

如果我和他聊得很開心，變成了朋友，會怎麼樣呢？如果他明天以後依然存在於這個世上，會怎麼樣呢？

那我簡直像主角一樣嘛。

茜寧回座位後，愛只說一句「妳回來啦」就走向吸菸區。從茜寧的位置可以清楚看到吸菸區的情況，她可以目不轉睛地盯著愛點燃香菸吐出白煙，因為他沒有轉頭看她一眼。

茜寧曾經被男友慫恿著抽過菸，但她沒有抽菸的習慣，所以不知道愛抽完一根菸的時間是長還是短。他抽完菸以後去點了一杯咖啡，回到座位。

「久等了。我突然想到一件事，姑且問問看。」

愛一坐下就這麼說。他搖曳的裙子把淡淡的菸味帶到茜寧的鼻腔裡。

「妳找我一起喝茶不會是為了推銷什麼東西或是仙人跳吧？」

他單刀直入、沒有絲毫委婉的說話方式讓茜寧不禁心神蕩漾。

「才、才不是！」

她大聲否認，摻雜著吃驚、笑意、遺憾的語氣。

然後她打開包包，拿出錢包，從裡面抽出學生證，拿給愛看。

「我是沒做過任何壞事的高中生！我還在那邊的書店打工，絕對不是可疑人物！」

「喔？妳的學校不錯嘛。原來如此，不好意思。」

他直率的信任和道歉的話語在茜寧眼中比學生證更珍貴。

「沒關係啦。你雖然懷疑我，卻還是送了我入場券。」

「不，我當時沒想到這些，是剛剛才突然想到妳說不定是個壞孩子。還有，我也是不會做壞事的社會人士，所以我得先聲明，我可不會對未成年少女有非分之想喔。」

「壞孩子？」

茜寧刻意地噗哧一笑。

「應該有很多看起來不像壞人的社會人士會對未成年少女有非分之想吧，不過愛先生一定不是那種人。」

她鼓起勇氣叫出他的名字。愛沒有意識到她的決心，揚起嘴角。

「大人都不是好東西啦。或許我只是靠著這身打扮讓別人放下戒心，妳最好還是小心提防任何人。」

他對自己選擇的服裝風格既不吹捧也不貶低，只是當成普通的事實來看待。茜寧所認識的愛就是這種個性。

「對了，我工作的地方就是那條坡道上的 Live House（註4）。妳有去過嗎？」

「Live House？沒有耶。」

茜寧歪著頭回答，愛說出了一個聽起來像動畫人物名字的店名。和書中的愛一樣，雖然書中沒有清楚指出愛的工作，但是提到他工作的地方能聽到音樂。

「上網搜尋就能找到，如果妳覺得可疑，改天可以挑一個妳喜歡的表演去看，我多半都會在。」

「真～的嗎？」

註4　Live House，歌手或樂團進行現場表演的小型展演空間，有些還會供應酒精飲料。

其實茜寧真正想問的是「你不只是今天存在，明天也會繼續存在嗎？」。

不過她想討人喜歡的心態把這句話換了一種開玩笑的質疑語氣，彷彿是在回敬他剛剛對她的懷疑。

愛笑著說：

「妳要一直懷疑下去也無妨。」

他的笑容也和她想像過無數次的笑容一模一樣。

「不說那些了。妳第一次看 Impatiens 的現場表演有什麼感想？」

對彼此的身分有了些許認識之後，愛提起了這個共通的話題。

茜寧對這一類的問題非常拿手。

她小心避免冒犯到對方珍惜的事物，故作不經意地讚美對方的眼光，並且用婉轉的說法分享自己的感想。

「真是太帥氣了！」「老實說，我以前都沒發現她們的歌這麼棒。」「要說可愛確實很可愛，不過她們帥氣的那一面更打動我。」「我第一次看偶像團體的現場表演，原來粉絲都那麼熱情啊。」「要一直穿著那麼厚的衣服跳舞，還真有體力呢，她們的內臟脂肪一定很少。」

茜寧顧慮到旁人的眼光，沒有把興奮表現在音量，而是表現在臉上和肢體動作。

愛不光是靜靜地傾聽，她每說一句感想，他都會出言附和，或是表達自己的意見。茜寧也不光是回答問題，而是向他問道：

「你有特別喜歡的成員嗎？」

「有啊。」

愛毫不猶豫地點頭。茜寧看得出來，他對個別成員的喜歡一定勝過對整個團體的喜歡。她所認識的愛也是這種感情豐沛的人。

想要得到別人的好感，絕對少不了能分辨對方心情的種類和強弱、又懂得小心說話的技能。他的心情是崇拜？還是類似戀愛？還是像父母對孩子的寵愛？

「妳知道叫後藤樹里亞的那個短髮女孩嗎？」

老實說，離舞臺那麼遠，燈光又那麼暗，平時完全不關心偶像團體的茜寧根本記不住她們每一個人。愛提到名字的那位，她倒是有注意到。

「你是說那個有點男性化的女生嗎？她跳舞跳得很好耶。」

「對對對。我最支持的一直都是樹里亞。」

有一種親暱的感覺。茜寧還來不及理解這個感覺，愛就把話題帶開了。

「原來妳看得很仔細嘛，還會注意到個別的成員。抱歉，我本來還有些懷疑妳。」

「嗯？」

茜寧睜大眼睛，嘴角往兩邊拉長，用表情俏皮地表現出不理解的意思，接著她像是想到了什麼，露出有些尷尬的表情。

「哎呀，這個……其實有好幾位成員的長相和名字我還記不起來……」

這個表情底下藏了各種心思，茜寧既驚愕又懊惱，沒想到自己看表演時竟然那麼鬆懈，但她又很期盼自己心中依然殘留著這種單純的部分。

不過，愛想說的是另一回事。

「這是當然的啊，她們的成員多達七個人呢。不只是這樣，我本來以為妳是因為把我誤認成朋友，結果發現是個穿女裝的男人，所以才找藉口跟了過來。就算真是那樣也無所謂啦，反正現在誤會已經解開了，很抱歉我懷疑妳不是真的想看Impatiens。」

就是這句話讓茜寧相信，小說裡面的愛真的出現在現實世界了，她眼前的男人真的是愛。

「不會不會，一點都沒關係！」

只要懷疑過某人，就算事情已經過去，還是會留下疙瘩，既然現在不懷疑了，根本沒必要說出口。一般人應該都有這種常識才對。

可是愛卻說出來了。

因為他不會算計得失，不會隱藏真心，總是真誠地面對別人。

茜寧和《少女進行曲》的主角一樣，對愛這種坦蕩蕩的性格崇拜得不得了。

「這事確實很巧，換成是我一定也會懷疑的。不過我真的以為演唱會是免費的。真抱歉，我還沒有聰明到一下子就能想出那麼多花招。」

正是因為茜寧非常痛恨自己可以若無其事地對愛說謊，她才會如此崇拜他的性格。

「還好我是在那個時間來的。」

「我真感謝愛先生，也很感謝這個奇蹟。」

……啊，那個又出現了。

茜寧沒有表露出內心的驚慌。

無關先前對話的脈絡，她看見了那幅景象。

除了在她面前露出美麗笑容的愛、視野裡的其他客人、擺在木桌上的他們各自點的飲料以外，茜寧還看見一個白色的房間。

這幅景象不時會出現在她的視野裡。

如果咬舌頭也不能消除對自己的厭惡感，心中的容器滿到一定的程度，她就會看見不存在於現實世界的白色房間。

只有平坦的四面牆壁，沒有門也沒有窗。安靜又冰冷，像是單人牢房。房間裡關著夢想，有朝一日可以出去的自己。

但她知道這只是不實際的夢想。

「對了，妳說和我很像的那位朋友是怎樣的人？」

直到今天為止都只是夢想。

即使知道無法傳達出去，她還是一直在心裡喊叫。

大喊著「救救我」、「快發現我」。

茜寧意識到，眼前的人或許真能聽見她的呼救。

如果她真的是那位少女。

「呃，那個，其實，是這樣的……」

茜寧一邊掌控語調和語速，一邊死命安撫著想討人喜歡的心態。

她小心不讓表面的自己發現，悄悄地傳達出她渴望得到他的理解、共鳴，以及救助。

茜寧既不訝異，也不恐懼。平時的她絕不可能在別人面前說出這麼奇怪的話。

所以茜寧甚至誤以為她已經因為愛而走到了改變的轉折點。

當然，她並沒有真的獲得釋放。

其實她還是在算計，因為她知道承認自己說了謊、真誠地道歉、說出心底話，一定能獲得像愛這種人的好感。

晚餐後，茜寧待在客廳裡。看到父親回來，她像朋友一樣以不近不遠的距離感說了聲「唷～」，父親笑著抱怨了幾句，她也用完全不像討好的態度回嘴了幾句。接著她看準時機跑去洗澡，回到房間。

她坐在床上，為了明天繼續討人喜歡而保養皮膚和頭髮，一邊回憶著白天那個如夢似幻的遭遇。

茜寧遇見了本來只存在書中的他。

愛，你的外表和名字都和我非常喜歡的書中人物一樣，你聽到我喊叫時的表情，還有你的聲音，也都和他一模一樣，跟你交談過後，我更覺得你就是他本人，就連喜歡抽菸和工作地點這些資料也都符合。你一定覺得我很奇怪吧，但我真的相信你就是他，所以才鼓起勇氣告訴你。

茜寧說完這番話以後，愛毫不掩飾地皺著眉頭說出感想。

「什麼跟什麼啊？」

他筆直打量著她，然後喝一口咖啡，像是為了喘口氣。

「第一次有人跟我說這種話。呃，難道妳以為我穿成這樣是在扮演那個角色嗎？」

她可以理解為什麼愛沒有意識到這件事。

沒有一個書中人物會注意到旁白。或許有些小說會這樣，但《少女進行曲》

的角色不會被故事之外的人事物影響。

「呃，不是啦，我沒有這樣想。我說你的外表和他一樣，不光是打扮或氣質，連長相都是。」

「啊？唔……」

愛無言以對，摸了摸自己的臉。

「所以我才覺得你可能真的是從書中跑出來的……」

茜寧也覺得自己說的話很荒謬，並且用猶豫的語氣和心虛的眼神來表達，愛卻不客氣地一口反駁。

「怎麼可能嘛，我就是我，不是別人。」

茜寧也知道依照愛的性格一定會這樣說，但這句話還是打擊到她了。

他像是驚訝又像是不屑地嘆了一口氣，盤起手臂。袖子被手肘拉高，露出青筋浮現的手腕。

「妳比我想得更奇怪呢，糸林茜寧。」

茜寧嘟起嘴巴，把視線移向愛的背後。

「唔……我也知道你會這樣想，所以本來不打算告訴你的。」

「是哪本書啊？」

他可以立刻站起來走掉，也可以像成年人一樣向她訓話，明明有那麼多選擇，他卻問了這個問題，他果然是愛。

茜寧為了強調自己具有一般人的常識，繼續演出尷尬的神情。

「那本小說被改編成真人電影了，昨天才剛上映。就是小楠那乃佳寫的《少女進行曲》。」

「就是 Impatiens 演唱主題曲的那部電影？」

「對啊！」

只要用強烈的語氣附和，就能讓別人覺得她是真情流露，受到打動。

「喔，所以妳才會對 Impatiens 感興趣？」

「這是其中一個理由啦，我在學校本來就常常和同學聊到 Impatiens。也是因為那首主題曲，我覺得會遇見你或許真的是命運的安排。」

在回答是非題時，除了肯定之外再加上其他申論，別人就分辨不出哪些是謊言了。

「不過，說到命運好像會讓人覺得更不可信吧……」

「是沒錯。」

「你看過那本小說嗎？」

「沒有，完全沒看過。」

愛爽快地搖頭。

「我一年讀不到一本書，所以我絕對不可能是小說裡的人物。」

《少女進行曲》的愛也不看書，所以他想否認自己和小說的關係，反而令他更符合愛的形象。

「姑且問一下，和我很像的那個角色在電影裡是誰演的？」

茜寧說出一位演員的名字，愛聽了就臉孔扭曲地說：

「那不是女的嗎！」

「其實……」

她似乎很在意旁人，看了看左右，然後把臉向前湊過去，過分熱心的愛見狀也同樣湊了過來。茜寧壓抑著和男友在一起時從未如此劇烈的心跳聲，低聲說道：

「他是男的。」

「喔……難怪。」

愛還沒退回原位就開口說道，所以他呼出的氣息拂在茜寧的臉上。香菸和咖啡的苦澀味道持續地殘留在喉中。

「如此相似還真有些恐怖，未免太巧了吧。這就是所謂的共時性（註5）嗎？」

「好像不太一樣……」

兩個人同時歪起腦袋，愛多半只是隨口一提，很快又接著說：

「只是各種巧合剛好湊在一起吧。我從小到大都活在現實世界，還要付貴死人的稅金和手機月租費和水電費，才不是什麼書中人物。」

「果然是這樣……」

茜寧明顯表現出失望的情緒，又穩重地立刻吞了回去。這當然不是她真正的心情。

不過愛似乎只看見她表面上的態度，安慰般地說：

「我沒有完全否定妳的心情啦，這大概就像第一次看到喜歡的樂團現場表演，興奮地體會到那些人確實是活生生的吧。」

茜寧用力點頭，藉此表現出得到對方理解的喜悅。這當然不是她真正的心情。

「我雖然沒看過小說，電影倒是可以去看一看。」

「呃，電影喔，嗯，該怎麼說呢……」

註5　共時性，synchronicity。心理學家榮格提出的概念，指沒有因果關係的事件之間出現了看似有意義的關聯，也就是「有意義的巧合」、「冥冥中的安排」。

「啊，妳是只支持原著的那種人嗎？」

「愛在小說裡是主角的朋友，可是電影預告片把他跟主角拍得像情侶一樣。」

「嗯……這是為了增加票房吧。隨便改動原著還真討厭。」

「就是說啊。」

茜寧癟著嘴巴，輕輕點頭。

「啊，不過，真是對不起，我突然跟你這麼說，你一定覺得很莫名其妙吧……不過愛在小說裡是主角的朋友，在我的眼中也是個理想的人，此外，也是因為你長得很漂亮啦，哈哈……」

這是用來模糊焦點的笑聲。她很懂得拿捏分寸，免得讓別人不舒服。茜寧覺得表現出這種態度會讓愛覺得她雖然古怪卻沒有惡意，這樣將來或許還有機會再跟他見面。

不過愛的反應和她想得不一樣。

「很可惜，我不是別人，但我很高興妳誇我漂亮。」

「呃，嗯。」

「也有其他人說過我若是光看外表，很符合他們的理想。」

「我想也是……」

「如果妳是想和我當朋友，那當然沒問題。」

聽到這句話，茜寧發出了驚呼。她覺得這彷彿不是表演給對方看，而是真心感到驚訝，但又知道她既然會這樣想，就證明了那聲驚呼還是想討人喜歡的心態發出來的。

即使是這樣也無所謂。

比起一時誤會所帶來的喜悅，愛願意和她當朋友的事實更讓她開心。

茜寧拿起丟在床上的手機，觸碰螢幕，打開通訊錄。她今天單獨一人時都會不斷打開來看，確認自己不是在作夢。

最上面的聯絡人，是她輸入的「愛」。大聲喊叫會嚇到家人，所以茜寧用不至於弄壞手機的力道緊緊抱在懷裡。愛說自己討厭 Line，因為看到別人已讀不回會很鬱悶。確實很有他的風格。

在《少女進行曲》先提出要當朋友的不是主角，而是愛，先給出聯絡方式的也是愛。

後來茜寧向他簡單介紹了小說主角，他聽完以後，說自己身邊沒有類似的人。愛在遇到主角之前先遇到了茜寧。

而且他主動提出要跟茜寧當朋友，又主動給了她聯絡方式。回到家以後，她上網搜尋他工作的 Live House，確實有那間店。

這一連串的事，加上他的外表和性格，讓茜寧得出一個結論。

她本以為愛是從書中世界跑出來的，但是她搞錯了。

事實並非如此。

或許故事是從今天才開始的。

這麼一想，她很自然地把故事主角的行動、心情，以及還沒遇到的經驗，全都當成了自己的。

或許故事還會繼續發展下去。

她想要確定這點。

於是茜寧當場下定決心，第一次把她對《少女進行曲》真實感想的其中一部分告訴了別人。

『這本小說的主角和我非常像。』

茜寧沒有說出那位少女內在的想法，是因為她還沒有勇氣揭露自己的內心。

或許有朝一日也能和愛分享這些。她如此夢想著。

當天晚上，逢一邊用吹風機吹頭髮，一邊想起白天遇到了奇怪高中女生。

她突然叫住他，聊過之後才知道她把他當成了喜歡的小說裡的人物。他自然而然地跟她交換了聯絡方式，還像朋友一樣跟她相約下次再一起出來玩。

這場奇特的相遇原本讓他既好奇又有些戒備，但他如今已不再懷疑。

他的身邊本來就有著各式各樣的人，白天遇到的糸林茜寧只不過是讓他又多了一個不同類型的朋友。

目前他感覺不出那個女生有什麼惡意。這在逢的心中是最重要的一件事實。

他跟她交談過，依照自己的感覺判斷可以跟她當朋友，如果今後她背叛了他，他到時再生氣或後悔就好了，不需要這麼早就擔心還沒發生的事。

逢很喜歡依照感覺來結交朋友的自己。

「逢，你今天是不是遇見了有趣的事？」

「不好說。」

逢依照自己的直率作風回答之後，向室友道了晚安。

回到房間後，打開菸盒一看，只剩下一根。他打開窗戶抽了起來。

後藤樹里亞

舞臺變暗。
爆炸的音效聲。
臺下傳來歡呼聲。
團員們發出吆喝聲。
和工作人員擊掌。
緊緊裹著身體的服裝。
堅硬的地板。
不是因為聲音而震動的空氣。
我，還有大家。

簽名會結束後，大家繼續穿著表演服裝在後臺拍攝要給後援會會員的影片，然後團員和工作人員開檢討會交換意見，後藤樹里亞到此時終於能換下服裝。

她穿上圓點圖案的便服，故意維持表演時的髮型，一個人自拍。她打算等到剛才和團員一起拍的影片公開一段時間之後再上傳到 Twitter，這是為了表示她會在私底下向粉絲展示自己在演唱會後換上便服的模樣。

樹里亞一邊瞄著團員們紛紛離開，一邊在休息室角落按著手機，她簡單地記下經過今天的演唱會後需要改善的地方，以及檢討會上聽到的意見。

記錄完後，她點開右上角浮現紅色數字的通訊 APP 圖示，裡面幾乎全是廣告信和工作相關的聯絡事項，只有一條訊息是朋友寄來的。

裡面只有簡單一句「太帥了。」，樹里亞的回覆只有「謝謝！」。兩人之間經常互寄一句話的短訊息。

「樹里，準備好了嗎？」

「我好了。」

樹里亞向女經紀人志野木回答，然後拎起托特包。演唱會結束後，志野木常常會開車送樹里亞回家。經紀人並非每次都負責接送，只是因為和樹里亞住得很近，所以方便的話就會順便載她。

另一位成員麻希也是因為相同的理由搭便車，等她收拾好以後，三人一起離開唱片行。

走出店外時，樹里亞做了個深呼吸。

舞臺上的空氣和外面不一樣，既潮溼又帶著汗臭味，讓人有些氣悶。樹里亞在會場裡奮戰過後，吸到外面的空氣時，都會覺得自己好像走錯地方。她品嘗著這份陌生感，意識到自己把人設看得比現實更重要，因此感到安心。

到了會場附近的停車場，兩位成員坐進黑色廂型車的後座，駕駛座上的經紀人沒有認真確認過，只說了一句「要走囉」，就直接踩下油門。

車子低速行駛在公路上，樹里亞從打開一半的車窗看著外面的景象，這時有三個人朝她揮手，他們身上的T恤印著 **Impatiens** 的標誌。樹里亞盡量以帥氣的動作回應他們，不過車子很快就開走了，不知道他們有沒有看到。

「樹里，妳還是不肯告訴我小說和電影的差別嗎？」

車子正要離開這座城市。

樹里亞正在搜尋自己名字時，旁邊的麻希如此說道。樹里亞刻意沉默片刻，假裝不知道她說的是什麼事，然後才回答：

「妳不是說要努力讀讀看嗎？」

「我有啊，我真的讀了，可是書好厚啊，全都是字。」

坐在旁邊的麻希說著「妳看嘛」，把手機螢幕朝向樹里亞，畫面上的電子書軟體顯示出小說的一頁。不是其中一頁，而是第一頁。樹里亞還記得那些句子，所以立刻看出來了。

「麻希，才剛開始就放棄，未免太快了吧。」

「我已經看到後面了啦，大概二十頁左右。」

樹里亞嘴上不說，但她知道麻希頂多只看了十頁。

「裡面動不動就出現我不知道的詞彙。可是，如果我一點都不了解原著，應該不太好吧？只要妳教我一點，以後有機會見到作家本人，我就不會惹人家不高興了。」

想必有很多歌手即使唱了動畫或電影的主題曲也不會去看原著，作家才不會只因這點小事就生氣。

樹里亞心裡雖然這樣想，但她知道麻希是個多慮的人，沒辦法對此一笑置之。同時她也覺得，既然妳這麼在意就多花幾個晚上努力讀完嘛。

「直接說出來不就好了？」

答應她的要求也沒有意義，所以樹里亞提出了一個建議。

「說出來？」

「嗯，妳可以在 Twitter 上分享自己不擅長讀書，可是這是第一次唱小說改編電影的主題曲，所以會努力試著讀完原著。譬如分享今天讀到第幾頁，或是查了多少個字。」

「這樣不會讓人覺得我很笨嗎？」

「大家本來就是這樣想的，沒差吧？」

樹里亞不禁佩服自己對語氣的拿捏恰到好處。

「那正是妳的武器啊。與其假裝很會讀書，還不如表現出妳為了克服不擅長讀書所做的努力，這樣更能加強人設。」

「樹里動不動就會提到人設呢。這樣或許也不錯。」

說完之後麻希就沒再開口了。

樹里亞知道自己不需要回答什麼，所以也閉著嘴巴。

麻希的 Twitter 帳號或許明天就會出現「讀書馬拉松」之類的企劃吧。向粉絲展現弱點可以勾勒出麻希的煩惱、糾葛、顧慮，讓粉絲去思考她的性格。每位粉絲會各自解釋偶像的行為，把麻希平日表現出來的開朗單純加上更深刻的意義。讓大家覺得麻希面對不擅長的事也很認真，更能增添她的偶像光芒。

樹里亞常常提到的人設，指的就是這一類的表演及其營造出的效果。這可說是樹里亞身為偶像極力遵行的守則。她們必須時時堅守自己的人設。

所以，沒必要讓支持麻希的人知道她其實有些懶惰，或是 Twitter 的讀書企劃其實是由其他成員提議的。因為那些事和人設無關。當然，在某些情況下揭露這些事，反而會有正面效果。

樹里亞又繼續在 Twitter 上搜尋自己的名字和團體的名稱。關於唱歌、跳舞、團體配合，若是聽取每個外行人的意見只會讓情況更糟糕，所以這方面的事她只參考工作人員的意見。

話雖如此，粉絲的意見也不是毫無價值。樹里亞會把網路上對她們的讚美或批評當成塑造自己人設的指標。

『樹里最近感覺好拚命，但是今天終於恢復了笑容，舞蹈動作也更放得開了，就像是在充滿回憶的地方想通了什麼。』

『能幫電影主題曲作詞當然是好事，可是壓力一定也很大。我既希望自己的偶像多多努力，又不希望樹里太勉強自己。』

『Twitter 分享的照片太棒了！樹里平時在團體裡都很酷，難得看到平時的笑容，我的心都要被射穿了。』

看到這些留言，樹里亞知道了粉絲們都很享受她的人設，因此開心得不得了。

看來她這幾個月表演得不錯。要為電影演唱主題曲的消息公布之後，樹里亞每次接受訪問都會提到「一想到這可能是影響到我們團體能否更受大眾接受的關鍵，我就會緊張到發抖」，每場演唱會也都極力保持緊繃的表情。最近的幾次公開表演，全體團員最後鞠躬時，她都刻意比其他人更早抬起頭，其他人還在向觀眾揮手，她已經先一步離開舞臺了。在那些日子當然都有粉絲在留言中提到她的緊張態度，不過樹里亞在今天的演唱會出了新招。Impatiens 剛出道時，第一次舉行唱片發行紀念演唱會就是在這間唱片行，她刻意在這個值得紀念的舞臺上表演了跨越沉重壓力、重新愉快地投入演唱的姿態。

她實際上的心態如何根本不重要。她塑造出一副拚命的模樣，演得像是壓力很大，接著準備了掙脫束縛的一幕，讓粉絲都很開心。人設才是最重要的。接下來她還得再想個新的設定。

「看招～」

像在施展魔法一般，樹里亞對著手機螢幕喃喃說道。

演唱會的幾天後，樹里亞又來到了這座城市。

她來這裡已經不會有「出門」的感覺了。

成為 Impatiens 的後藤樹里亞之後，她至今只休假過四天，此外的日子大多都是跑遍各地開演唱會，或是在這座城市的馬路上奔波。

她們的經紀公司、錄音室、練舞室、練唱設施全都位於這座城市，樹里亞的偶像生涯幾乎都是在這裡度過的。

今天她也要在本市接受雜誌採訪，因為得穿自己的衣服拍照，所以她把自己建構出來的特色全塞進今天的裝扮：黑底白點的帽T，緊身牛仔褲，粉絲送的怪獸造型黑色運動鞋，一樣是粉絲送的另一種怪獸造型刺繡黑色漁夫帽。掛在肩上的側背小包裡放了耳環，她打算等到看過接下來一起接受訪問的成員的服裝，再來決定要不要戴。

到了採訪地點的大樓一樓，樹里亞先傳 Line 給經紀人，問出要去的樓層，接著她獨自走進寬敞的電梯，按下按鈕。

電梯門再次打開，眼前出現了經紀人和熟識的化妝師，以及團體的另一位成員。「早安。」樹里亞先向兩位工作人員打招呼。

「啊，樹里，早啊～」

「朔奈早～」

Impatiens 的隊長朔奈在不遠處朝她揮手。

「我還以為來了個小男生呢。」

「因為我跟男生一樣帥氣嘛。」

樹里亞沒有揮手，而是回以笑容，然後她打量朔奈全身上下。

不同於樹里亞兼具兩性特色的打扮，朔奈穿的是很符合她形象的淑女風格淺綠色連身裙。

得知要跟朔奈一起受訪時，樹里亞就猜到採訪者會想要強調她們兩人的對比，當然也包括服裝的對比。看到朔奈和她一樣忠實地表現出個人特色，樹里亞就放心了。她決定不戴耳環。

經紀人領著兩人經過走廊，來到了類似會議室的白色房間，裡面已經坐著幾位大人，樹里亞和朔奈端正姿勢，口齒清晰地向眾人打招呼。

採訪之間也會拍照，不過聽說採訪結束後還要去公園拍攝主題照片。樹里亞和朔奈經過化妝師的簡單打理，一起坐在位置上。一位男性自我介紹說是雜誌編輯，請她們自由挑選桌上的寶特瓶飲料，樹里亞選的是番茄汁，因為她的官方資料記載了她愛喝番茄汁。飲料可能也會被拍進去，所以她當然會這樣選。一旁的朔奈說了聲「呃……」，猶豫片刻之後選了礦泉水。

採訪者在她們面前坐下，接著迅速地拿出一臺錄音機。另一位工作人員此時已經開始拍照，不知道是要當成什麼的素材。

簡直是四面楚歌。

樹里亞對於眼前的處境只有這種感覺。

「好了，那我們就開始採訪吧。」

兩位偶像歌手同時鞠躬，說「請多多指教」。

訪問者問到了 Impatiens 最近的工作，包含電影主題曲在內，請她們回顧先前的活動，並談論對未來的展望。這些問題早就被問過很多次了，但樹里亞還是秉持著自己的人設，認真地回答。

「其實我最近有些緊張過頭，讓朔奈很擔心呢。」

「哎呀，我確實很擔心，樹里這陣子還會在 Twitter 上提醒其他團員注意自己的發言呢。我還認真思考過，自己身為隊長應該怎麼做？是不是該找樹里談談，『有什麼事都可以跟姊姊說喔』這樣？」

「我的年紀還比妳大耶。唔，不過我以後大概還是會繼續讓朔奈操心吧，有勞妳了。」

「給我添麻煩是無所謂啦，但是妳可別太讓人操心喔。」

因為不是單獨受訪，而是有兩個人，所以她們很積極地互動。樹里亞早就學到了，對話可以緩和現場氣氛，還能製造出和其他訪談不同的話題，讓採訪者寫出更好的報導。

「兩位現在有把哪個人當成目標嗎？」

聽到這個問題，樹里亞低頭想了一下。她利用這個時間打磨真正的想法，美化心中所想的人。說謊只會讓氣氛變僵，她必須說出符合人設的事實。

「我這樣說或許像是串通好的……我現在的目標就是她，高槻朔奈。」

「哇，嚇我一跳！什麼啊，真的假的？」

「還是當我沒說好了。」

樹里亞笑了起來，不過採訪者堅持詢問原因，所以她回答：

「或許該說她的偶像意識很強吧？有一次我們在休息時，朔奈上網搜尋自己的名字，發現有人把她批評得很難聽。」

「妳是說那個 YouTube 留言嗎？」

「啊，對對對。那人真的講得很過分，朔奈看了之後『哼』了一聲，不停地按著手機，不知道是在做什麼，後來我才發現她是在 Twitter 上說『你們快點喜歡我、快來支持我啦』。這也太強了吧，看得我都笑翻了。」

「那件事有那麼好笑嗎？」

「嗯，換成是我一定會害羞到說不出來。」

如果將來有這個必要，樹里亞一定說得出來，所以她這句話指的只是「現在的情況」，搞不好她明天就會說了。只要是為了人設，她隨時都可以忘掉先前說的話。

以前樹里亞對偶像的內在根本沒有半點興趣，但她也把以前的自己忘掉了。加入 Impatiens 之後，她就開始盡其所能地研究各個成員的性格和彼此間的差異。

「這又沒什麼好害羞的，樹里也可以向一直支持妳的粉絲說出自己真正的心情啊。」

樹里亞可以理解，朔奈是基於真心而說出那些令人害羞的話，她也是真的具有這種自我認同，不過「理解別人的想法」和「吸收別人的想法」需要不同的思考邏輯和理由。

樹里亞完全不明白說出自己真實的心情有什麼好處。

「這就是樹里亞小姐想要把朔奈小姐當成目標的理由嗎？」

「嗯，身邊有一個人能做到我做不到的事，當然要先從她開始學習嘛。」

不只是心情。

在樹里亞的生活中充滿了各種不能分享的事，只要她還是偶像，就絕對不能坦白地說出來。

譬如說，前陣子在網路上宣布要開始挑戰閱讀的麻希其實很怕朔奈，一直盡力避免和她單獨相處。譬如說，以前有個未滿二十歲的成員惹出了不能公開的麻煩，樹里亞凶狠地質問她，把她給弄哭了。

就是因為她知道偶像不會只有美好的一面，所以看到朔奈能毫不畏懼地說出真心話、讓自己由內到外都成為偶像的作風，讓她不由得有些敬畏。

「朔奈可是 **Impatiens** 的心臟呢。」

她絕對不會暴露這份畏懼，為了凸顯後藤樹里亞和高槻朔奈的角色，她總是在粉絲面前塑造出她們兩人是盟友的關係。

「聽到這句話真叫人開心，不過樹里原本的個性就很帥了。」

「如妳所見，我的不足之處多的是呢。」

樹里亞粗魯地盤起手臂，和盟友相視而笑。快門拍下了這一瞬間。

早在還沒被稱為偶像的時候，樹里亞已經捨棄了真實的自我。

採訪大約在一個小時後結束了，接下來去附近的公園拍照，也進行得很順利。

看過影像，確認沒問題之後，所有人不知為何一起鼓掌。

「樹里，妳餓了嗎？一起去吃飯吧。」

樹里亞正在以公園的遊樂設施當作背景自拍，朔奈跑來向她問道。現在已經是下午兩點，被朔奈這麼一問，樹里亞也開始覺得餓了。

「好啊，不過我不清楚哪裡有餐廳，讓妳來選吧。」

「ＯＫ。其實我也不太熟，還是上網搜尋吧。啊，去問志野木小姐或許更好。」

說完以後，朔奈就跑向正在遠處和雜誌編輯說話的女經紀人，打聽附近有沒有適合的餐廳。樹里亞不知道她們是怎麼談的，總之志野木也加入了她們，三人準備一起去吃午餐。

附近似乎有些時髦的日式西餐廳。平時吃得很簡單的樹里亞沒聽過那間店。

走在街上時，樹里亞不會用眼鏡口罩之類的東西遮住臉，朔奈也是一樣，不過她們兩人都很少被人發現，今天難得有一群男生跟她們擦身而過時說「剛才那兩個人是朔奈和樹里亞嗎？」。

她們走進一間裝潢得像二手衣店的餐廳，座椅是非常軟的沙發，樹里亞心想腰不好的人坐在這裡一定會很難受，另外兩人興奮地叫著「朔奈，這裡有賣酒耶」、「真的耶，要不要來一杯呢」。

三人各自點完餐，在等料理上桌時聊到了她們為電影唱的主題曲。

「麻希在 Twitter 上說她開始看小說了。」

聽到朔奈的話，志野木點點頭。

「那是樹里提議的。」

「喔？了不起。」

樹里亞被她誇獎，若無其事地回答「有個目標比較能保持幹勁啦」。

「樹里見過小楠老師吧？」

「嗯。」

「她是怎樣的人啊？」

前幾天，樹里亞和寫了《少女進行曲》的小說家小楠那乃佳一起接受了採訪。因為她們的團體人數太多，所以這次先由負責幫主題曲作詞的樹里亞做為代表。

「氣氛很不錯喔。我本來以為小說家都是個性奇怪的人，不過小楠老師對我非常客氣，感覺人很好。」

樹里亞加上了少許美化。

其實小楠那乃佳讓她有一種類似在朔奈身上感受到的恐懼。不知道她們兩人對這一點有沒有自覺，總之她們都打從心底相信自己及自己的職業是特別的，都顯得很有魄力。樹里亞既覺得這種人是天選之人，又覺得他們的腦袋不太正常。

不用說，樹里亞當然不會告訴她們自己的感想。
「小楠老師稱讚了樹里的歌詞嗎？」
「嗯，她說歌詞和小說很貼切，她很高興。」
「太好了！」
朔奈開心得像是自己得到了崇拜之人的讚美。
「那首歌果然寫得很棒。樹里寫的每首歌詞我都喜歡，但我覺得這一首可說是樹里至今最棒的傑作，所以看到原著作者也喜歡，我真是太高興了。」
「朔奈果然是樹里亞的粉絲呢。」
朔奈一邊接過送上桌的飲料，一邊挺胸說道：
「我可是 **Impatiens** 裡的偶像宅喔。但不只是因為這個啦，我之前也說過，這首歌的歌詞和原著女主角的心情完全同步，清楚地展現出了樹里把感性和心情化為文字的能力呢。」
「謝謝，不過妳誇得太過頭了。」
樹里亞露出不好意思的笑容，把叉子刺進和飲料一起送來的小份生菜沙拉。
她一邊咀嚼著萵苣，一邊思考朔奈說的「同步」是什麼意思。如果是指她的歌詞符合書中人物的心境，那朔奈的看法是正確的，如果朔奈以為樹里亞是對女主角很有共鳴才寫出這首歌詞，那就大錯特錯了。

接下為這首歌作詞的任務後，樹里亞一直在思考故事主角的心情，但浮現在她心中的並不是肯定的情感，對於那位少女，她既不認同也不喜歡。

樹里亞打從心底憐憫那位少女。她至今還是這樣想。

那位少女是如此害怕被人看穿自己的內心，但她的想法卻被鉅細靡遺地寫出來，暴露在所有人的眼前。

小說家都這麼殘酷嗎？

「【被寫成文字之前，只有妳知道的 Story】。」

樹里亞正吃著沙拉、想著血糖值的事，朔奈突然唱出兩句歌詞。那兩句正是樹里亞給那位可憐主角的餽贈。

「那兩句真是太棒了。女主角的煩惱雖然微不足道，看在她眼中卻很重要，這是叫她重視的人注意她的心情吧。」

「感謝妳的分析。」

「第二段的【不能交給任何人，只有我受傷的 Story】我也很喜歡喔，不只寫到女主角的優點，也寫出了她我行我素的個性。樹里在演唱會上唱到這句時，一定會把自己想像成主角吧？」

「大概不會吧。」

「我可不是說樹里我行我素喔！」

「沒事的啦。」

朔奈自稱偶像宅，她在工作之外所聊到的話題全是包含自己在內的偶像歌手，或是偶像的作品及粉絲，但樹里亞和團體成員私下聊天時從不主動提供話題，因為她覺得沒必要和周遭的人分享與她人設無關的想法或興趣。

從這個角度來看，樹里亞或許真的如同朔奈所說，和隱藏自我的小說主角有共通點，她會同情那位少女，說不定也是因為覺得自己的處境跟她相似。

幾分鐘後店員送來了減醣義大利麵，她在少女時代根本沒吃過這種東西。

飯後她們吃著符合各自形象的甜點時，店員跑來跟她們說話，還以為是有什麼事，原來是想要請樹里亞和朔奈合照及簽名，經紀人幫她們回絕了，不過店員還是因為朔奈的提議而和她們握了手。店員離開以後，朔奈一邊吃著加了洋酒的水果塔一邊遺憾地說「以後不能再來了」，讓樹里亞留下了深刻的印象。

後來她們待了很久，倒不是因為這是第一次兼最後一次來這間店，不知不覺間，窗外開始出現黃昏的色彩。為了避開電車的尖峰時間，她們終於起身。如果沙發沒有那麼軟，或許樹里亞會更捨不得離開吧。

走到店外，路上行人比兩個小時前更多了。三人一邊走一邊閃避行人，對話自然減少了。

樹里亞刻意不看經過的人們的臉，她運用了躲避推銷和搭訕的技巧。

就在此時，飄向遠方的視線焦點突然落在馬路對面某個人的臉上。樹里亞嚇了一跳，同時抑制著自己的心情。

還好那個人沒在看她，她立刻移開視線。

《少女進行曲》主角的朋友也是叫這個名字。

樹里亞看著前方，想起了這件事。

糸林茜寧

——真實的心情就像神明的存在。我一直裝作不記得。（《少女進行曲》單行本，第32頁，第5～6行。）

茜寧雖然確信，但又擔心所有的確信都只是八、九成的實際狀況加上一、兩成的期望，因此非常緊張。還好此時表現得很緊張還算合理。

放學之後，她去了那座城市的那間黃色招牌唱片行，每走一步都覺得左右兩隻平底鞋變得更沉重，好像只有雙腳違背了重力的定律，或是鞋底突然變成了會吸住地板的材質。

除了體育課和偶爾騎騎腳踏車以外很少運動的茜寧微微地喘著氣，好不容易走到店門口。

一走進去，就發現愛站在從門外看不到的地方。愛看見了她，抬手打招呼，她本來重得像鉛塊的平底鞋頓時變得像有了浮力。茜寧小心避免動作太不自然，以小跑步靠近愛。

從那天以來，這是他們第二次見面。

「今天是制服呢，妳果真是高中女生。」

茜寧知道他是在說笑，於是放心地睜大眼睛說：

「你還在懷疑我嗎？」

「開玩笑的啦。」

愛愉快的表情讓茜寧感到無以言喻的快樂，接著她又像平時一樣咬了舌頭，不過她今天很快就轉換了心情，因為她向自己解釋「我今天來這裡又不是為了博取他的好感」。

「那個像墨西哥鈍口螈的東西是什麼？」

愛突然指著茜寧的書包說。

「嗯？」

茜寧不用看也知道他指的是什麼，但還是往書包望去，拿起吊在背帶上的粉紅色布偶。

「你說這個？這是豆沙包娃娃，你不知道嗎？」

「不知道。在高中女生之間很流行嗎？」

「在我眼中很流行。你看，還可以當成卡套喔。」

她把布偶翻過來，背後貼著一張 Suica 卡。

「不過這個布偶未免太大了。這樣倒是比較不會弄丟啦。」

愛沒有讚美也沒有批評，只是單純地說出心中所想。茜寧對此沒有任何不滿，但她故意裝出因為他沒誇布偶可愛而不高興的表情，她想要藉此讓愛覺得她掛著這個布偶沒有任何目的。

事實上，她至少有兩個目的。

第一是為了塑造形象，利用這個道具讓別人覺得她是個喜歡奇怪東西的女孩，第二是盡量避免和別人興趣一致，以降低被人當成競爭對手的危險。這些都是為了討朋友喜歡所需的特質。

如果說還有其他理由的話，那就是《少女進行曲》的主角也有喜歡的吉祥物。茜寧把這個布偶當成護身符，祈求自己也能多少得到一些和少女類似的經歷。如今茜寧的心願真的實現了，所以她更不可能捨棄這個布偶了。

姑且不論這些理由，茜寧會在無數的選項之中挑中這個豆沙包娃娃，就證明她其實偷偷對這個角色很有好感，但她現在沒必要解釋這種喜歡和表露在外的感情有何不同。

愛一見面就聊到她今天穿制服，所以應該不會不自然吧。茜寧抓住這個機會，仔細觀察愛全身上下的穿著。

他身上沒有任何一件衣物和上次看到的一樣，頭上戴著毛線帽，上半身是深藍色的寬大開襟羊毛衫和織紋細密的白色毛衣，下半身是窄管牛仔褲和高跟短靴，肩上背著米色的托特包。

再配上閃亮的唇蜜和長髮，今天的愛還是很容易讓人搞錯性別，也還是一樣美麗。

「愛先生今天也很漂亮呢。」

「謝謝。」

茜寧知道坦率地誇獎別人通常會被視為可愛的表現，而愛也坦然地向她道謝。到此為止都和茜寧想得一樣。

「我今天也很像和我同名的那個傢伙嗎？」

茜寧非常意外，他竟然會主動提起這個話題。

「啊，是的，我覺得很像。」

「喔？這樣啊，到底是怎麼回事呢……」

愛毫不隱藏心中的訝異，這個表情讓茜寧得知他的問題沒有藏著其他用意。他不是為了刺探，而是以自己的方式思考著兩人相遇的意義。茜寧在心中偷偷地品嘗著感動。現在可不是想這種事的時候。既然他自己提起這件事，當然不能放過機會。茜寧趕緊把手伸進包包裡。

「呃……其實我今天拿來了。」

她掏出來的是《少女進行曲》文庫本。

「這就是妳上次說的書吧？啊，難道妳要讀給我聽？」

「才不是。」

愛明知故問。茜寧所認識的愛也是這樣。

「我從來不會因為哪本小說得了芥川賞之類的而去讀。」

「啊，我懂我懂。」

茜寧頻頻點頭，表示自己也有同感。

「我也不會因為文學獎或是書店大賞什麼的而去讀小說。」

茜寧廉價的認同卻讓愛露出有些意外的表情，類似於發現自動販賣機掉出來的罐裝咖啡比想像中更熱的那種程度。

「書店什麼的……我自己也不看書，沒資格說別人，不過糸林茜寧，妳可是在書店打工呢。」

「是沒錯啦，不過聽說文學獎的背後都有很多不為人知的隱情，像是出版社自己的考量，或是作家施加壓力。再說，如果有個不認識的人突然跟我說『這本書很好看喔！』，我只會覺得『你哪位啊？』。如果是身邊的人推薦的，譬如朋友或家人，我可能會更相信吧。」

這段話之中只有一小部分是茜寧的真心話，大部分都是表面上的她所說的。說得更詳細點，愛質疑茜寧明明在書店打工卻不相信書店推薦，其實茜寧就是因為在書店打工才會萌生出那些真心話。正因她跟書店裡的人相處過，更覺得接觸書本的頻率和閱讀量對於提升感性毫無助益，所以她一點都不相信小說家、編輯，甚至是評論家的推薦。《少女進行曲》被某文學獎提名時的評論意見簡直讓茜寧看不下去。話說回來，她當然也不相信朋友和家人看小說的眼光，她覺得那些人根本不會區分大眾的評論與自己的感想。到頭來，茜寧想要遇見自己喜歡的書本只能靠運氣。

「我是不了解小說的獎項啦，但我也覺得朋友的推薦更值得信任。譬如音樂之類的。」

「就是說啊。對了，我從上次就很想問，為什麼你都叫我的全名糸林茜寧啊？」

「因為叫習慣了。」

他回答得很乾脆。真的只是因為這樣嗎？《少女進行曲》從頭到尾都沒提過主角的名字，不過愛都是用正式的稱呼來叫她。

「那現在要幹麼？還有一些時間。」

可能是因為她問了稱呼的事，愛以為小說的話題已經結束了。他看看手錶，然後望著茜寧。戴在他手腕上的手錶也跟上次那個不一樣。

山重水複疑無路，或許柳暗花明之後又是一村。以茜寧的角度來看，愛仍在持續談論《少女進行曲》的話題。

「啊，既然你都這麼問了，剛好我今天帶了書。」

「那是小說，又不是導覽手冊。」

「這雖然不是導覽，呃……如果你不喜歡的話就算了，我一點都不介意！」

「怎樣？說說看。」

愛不帶成見，表達出願意聆聽的態度。他寬宏大量的胸襟讓茜寧不禁開始想像自己被他胸中浩瀚的汪洋所淹沒的景象。她勉強探出頭，喘了口氣，暗自構思著想要說的話。

「呃……」

他們今天相約在此處有一個目的。愛上次說過改天可以一起出去玩，為了實現這個目標，茜寧在訊息往來之間提出了一個必須有愛相伴才能達成的目標。

『我想去看看愛先生工作的 Live House，可是我不敢一個人去，如果你能陪我去就太好了！』

提出這個要求時，茜寧不太有自信，但她覺得愛一定不會拒絕。沒想到愛竟然跟她約在離上次見面還不到一週的今天。對愛來說，只不過是休假的日子剛好有空罷了。

茜寧真是迫不及待，度日如年，好不容易等到今天，就連約得比表演時間更早而產生的空檔要怎麼安排她都想好了。說「想好了」不太正確，借用愛剛剛說的話，應該是「參考了」小說的導覽。

「難得有機會跟你見面，我有點想體驗看看小說主角和愛一起做過的事。你看，就是這一段。」

茜寧翻開夾著書籤的一頁，指著某一處的句子。愛也湊過來看。為了避免碰到他，茜寧拿著小說的手稍微移開了一些。

其實她有件事沒說出來。

她會想去看愛工作的地方，也是因為小說裡有這段情節。不過她想要裝出真的對 Live House 很感興趣的樣子，而且她確定愛絕對不會讀這本小說，所以毫無顧忌地瞞著他這件事。這令茜寧羞愧到真的很想死。

「一起去裝飾指甲吧……呃，是說美甲沙龍嗎？」

愛的指甲散發出光澤，但是沒有塗上色彩。

「不是要去店裡讓人家做指甲啦。」

她漫不經心地闔起書本，把手指夾在剛才那頁，然後抱在胸前，像是沒把握能得到對方同意，低頭瞄著愛的臉說：

「如、如果你不嫌棄，可不可以陪我一起去買指甲油呢？」

「好啊。」

就算她不擺出這種討好的神情，愛想必還是會答應吧。

「不過我得把話說在前頭，糸林茜寧是不是主角姑且不論，我可不是書中的那個傢伙，我對顏色有自己的喜好喔。」

「當然！呃！你真的要去嗎？」

「不是妳邀請我的嗎？」

「呃，是沒錯啦。我太開心了！啊，如果你不覺得麻煩，能不能也幫我挑選呢？」

「只要我找得到適合妳的顏色。」

「太棒了！哇塞！真的假的！」

沒想到可以實現心願。

茜寧非常清楚，這種反應可以帶給對方幫人實現心願的成就感和優越感，跟剛才那種討好的神情一樣，其實茜寧沒必要這樣表演給愛看。

就算她心知肚明，卻還是放不下想討人喜歡的舉止。

「糸林茜寧，妳太誇張了。」

愛被她的反應逗笑了。

看到他的笑容，又讓茜寧羞愧到想死。

認識愛以後，茜寧真的很想改變被想討人喜歡的心態束縛的自己，可是看到他的笑容，證明她成功地取悅了他，又令她開心得不得了。

茜寧也跟著笑了，然後閉起嘴巴。

不同於出現在她視野裡的白色房間，她清楚地嘗到了紅色鮮血的味道。

「泡了高中女生還把人帶到工作的地方，你是瘋了嗎？」

「一般都會先問是不是親戚吧？」

兩人走進刻著 Live House 店名的拱門，走下樓梯，地下一樓的櫃檯坐著一位女人。茜寧安靜地在一旁聽著她和愛的對話。

「咦？她是你的親戚？」

「不是。」

「那你是在說什麼廢話？」

兩人說笑了幾句後，愛指著櫃檯裡的女人向茜寧介紹「這是我的同事，藤野，和我同齡」，接著又指著茜寧向同事說「糸林茜寧」。

「妳、妳好。」

茜寧慌慌張張地打招呼，拿出學生證交給櫃檯裡的女人，她笑咪咪地說「感謝妳的配合」，比對著照片和她的臉。

「謝謝，證件還給妳。嗯，坦白說，你的朋友什麼人種都有，就算再來個高中女生也不會嚇到我的。啊，不過妳要小心喔，這個人連表演者都不放過……抱歉抱歉。」

被那雙漂亮眼睛一瞪，櫃檯裡的女人笑著打住了話題，接過愛遞出的兩張千圓鈔和兩枚百圓硬幣，茜寧也跟著交給她一張千圓鈔。愛之前就跟她說過，今天的表演者都是新人，所以門票比較便宜，如果事先預約還可以便宜五百圓。此外，就當作是 Live House 員工對高中生的投資，他會幫她付五百圓的飲料費用。沒有直接說要請客，這一點確實像是過分熱心的愛會做的事。茜寧依言付了剩下的費用。

姓藤野的員工給了她飲料券，對她揮揮手，接著茜寧第一次踏進愛工作的地方。

這是她第一次走進 Live House。

舞臺和觀眾席的距離比上次去的唱片行活動空間更近。

如同愛事先跟她說的一樣，整個觀眾席都空蕩蕩的。現在是平日下午五點多，愛很周到地提議，如果不是要看表演，而是要體驗 Live House 的話，這個時間最適合。

茜寧和愛一起走進陰暗的空間，只有飲料吧檯比較亮，看起來像是相約碰頭的地方，拿飲料券來這裡就能換飲料。

「喔，宇川，真難得。」

「啟治哥，我要啤酒。」

「你不是說這裡不能抽菸，所以放假時不想來嗎？」

「確實都沒人來呢。」

茜寧覺得他們的對話根本牛頭不對馬嘴，但是愛和吧檯裡的男人都不以為意，或許他們之間的溝通方式就是這樣。簡直像是高中女生嘛。當然，就算是隨口閒聊也會消耗茜寧不少心神就是了。

「糸林茜寧要喝什麼？」

愛一邊接過裝著金黃色液體的塑膠杯，一邊問道。

「呃，那我也可以點啤酒嗎？」

「當然不行啊。笨蛋。」

加在後面的「笨蛋」散發出毒藥般的香甜。

「我還以為蒙混得過去。」

「怎麼可能嘛。」

不只是回答，茜寧連遞出飲料券的動作都加上了裝傻的味道，愛帶著無奈的笑容確實地吐槽了她。

「那我要柳橙汁。」

「你不也是十八歲就開始抽菸嗎？」

名叫啟治的男人一邊倒出茜寧點的橘色液體，一邊對愛露出了相同的無奈表情。大人看孩子時都會露出這種表情。

「我在未成年的時候只會偷偷地抽。」

「我倒覺得你那時已經擺出一副滿二十歲的樣子。」

「是錯覺啦，是錯覺。」

愛拿起塑膠杯喝了一口，茜寧感覺他這個動作看起來像是為了中止談話，但愛一定只是口渴吧，他又不像高中女生整天只想著討別人喜歡。茜寧接過柳橙汁，喝了一口。全是砂糖的味道。

「看也知道，這裡是吧檯，我上班時常常負責這一區。當然不會給未成年人酒精飲料。」

「好啦～」
茜寧的語氣透露了自己其實偶爾會喝酒，愛以故作不知情的共犯態度補充一句「妳平時要抽菸喝酒我才不管咧」。
「妳準備來這裡打工嗎？」
吧檯裡的男人似乎很閒，探出上身問道。
「不是，我只是想要參觀一下Live House，愛先生就帶我來看看。」
茜寧如實回答，他聽到這個無趣的答案只是點點頭，沒有像門口的藤野那樣調侃愛。這樣對茜寧來說比較好。為了跟愛拉近關係，茜寧準備打聽他的兩性關係，如果同事的調侃讓他開始迴避類似話題就麻煩了。
愛離開吧檯幾步，指著後方說：
「那個叫ＰＡ（註6），簡單說就是管理音響之類的東西。我在這裡一邊當音控人員一邊學習。」
「學習？」
「類似學徒吧。」
茜寧不了解音控人員這種職業，從愛的話中聽來，他要走的這條路似乎很漫

註6 Public Address的簡稱，指的是擴音系統，也可用來指稱音控師。

長。不過故事以外的部分對她來說都不重要。

「我偶爾也會負責門口的櫃檯。要看是怎麼排班的。」

「你是在負責櫃檯的時候搭訕了表演者？」

愛噴出口中的啤酒。看起來完全不像在演戲。

「妳這傢伙……」愛脫口而出，這粗魯的第二人稱代表著茜寧成功闖入禁區了。

「我很好奇嘛。」

「那是大人的事。」

「是會做壞事的社會人士。」

愛一定立刻想到了這是他們上次在咖啡廳說過的話，他露出了頭痛的表情。要是在平時，茜寧讓身邊的人露出這種表情，想討人喜歡的心態絕對不會放過她，所以她努力說服自己這只是為了得到更多喜愛所做的布局，此外她也試著模糊焦點，把他的頭痛當成是針對站櫃檯的藤野。

「我說啊，世上有很多事是出於機緣巧合，譬如說，妳現在只是高中生，但妳將來說不定會跟有家室的男人或女人在一起。只要過了十八歲，就能自己做決定自己負責。懂嗎？好好記住吧。」

「喔……」

愛露出無奈笑容，再次給了她「妳這傢伙……」這句證據。

老實說，茜寧對愛的感情世界沒有興趣，因為小說裡沒有寫到，所以她真正的目的不是打聽愛的八卦，而是想要更接近他。

除了戀愛的事以外，藤野的發言還有更令她在意的部分，她只是依照糸林茜寧的形象優先問了比較自然的問題。

「啊，還有，藤野小姐說你的朋友什麼人種都有，意思是你的朋友來自世界各地嗎？」

她真正感興趣的是這一點。

「啊，那也是原因之一啦，我確實有加拿大、韓國和巴西的朋友。不過她指的應該不只是國籍，而是指我的朋友包含了很多屬性。」

「屬性？譬如呢？」

被她這麼一問，愛望向天花板，喝了一口啤酒。

「譬如喔……就像我今天早上遇見的朋友吧。我現在跟人合租房子，那是一位女性朋友。」

「哇喔！」

「不用那麼期待，我們之間什麼都沒有，那傢伙只對女生感興趣。她和我身高體型都很接近，所以我們把一個房間當成衣櫃，互相借用對方的衣服。這件開襟衫也是她的。」

「你家竟然有衣帽間！」

「沒什麼了不起的，只要找到品味相近的朋友，租了有很多房間的屋子，誰都有辦法做到。最重要的是要找到不會發展成戀愛關係的室友，免得把狀況搞得太複雜。」

「我很嚮往那種關係耶！」

茜寧的感嘆是真心的。

《少女進行曲》裡的愛也有很多朋友，他對自己家的描述則是「和朋友一樣的家人住在一起」。

她向愛簡單地提了這件事。

「真的假的？連這方面都一樣？」

「我改天也想去看看你的衣帽間。」

「可以是可以，不過等妳高中畢業再說。把會喝酒的高中生帶回家可不是正經大人該做的事。」

愛露出笑容，顯然是在報復剛才的事。茜寧意識到兩人之間的友情確實增進了。

發現自己把友誼當成集點活動，讓茜寧羞愧到想死。

不過，如果希望發展出和《少女進行曲》一樣的結局，不管是集點活動還是怎樣都好，她非得和愛成為親近的朋友不可。為了這個目標，他們不能只有表面上的融洽，因為她遲早有一天要讓愛了解她的一切。

「其他的朋友呢？」

「其他喔……」

愛正準備說話，卻被舞臺發出的巨響打斷了。愛似乎因這聲音而忘了本來的話題。茜寧心想，或許這就是 Live House 的常態吧，類似上課鐘響。這一天她都沒有機會再從愛的口中得到關於他朋友的資訊。

茜寧想要看愛工作的地方是為了效法故事情節，表演本身根本不重要。因為不重要，所以她連表演者的名字都不記得，只有一個樂團唱了「表露真正的自我會更快樂」之類的歌詞，讓她覺得很討厭。沒必要大聲唱出來，她也知道這一點。還有熱情的觀眾在幫他們錄影，但茜寧默默祈禱這個樂團不要紅起來，免得她以後再看到或聽到。

經過幾次日出日落，這天茜寧坐在教室裡上課，用一半的心思想著愛。為了獲得符合自己水準的成績，她還是得乖乖聽課，不能完全把老師的話當耳邊風。

茜寧的書包放在安靜的教室後方的櫃子裡，裡面放了《少女進行曲》和指甲油，外面還是一樣掛著豆沙包娃娃。

那一天的愛也很漂亮。
她看到的日常生活中的愛照著自己的樣貌和周圍的人相處，包括他隨興的性格、他的過分熱心，以及他的外表，無論是別人或他自己都能接受這些部分。這一定是因為照著自己真正的樣貌誠實地生活才是正確的。這個道理太過理所當然，根本沒必要寫在歌詞或小說裡。
我也希望有一天能那樣生活。
茜寧又如此期盼。雖然這個目標現在還遙遠得像夢一樣，或許愛能帶領她到達那裡。
期盼歸期盼，既然她還是高中生，就得繼續過著同樣的生活。或許她有朝一日可以向家人和朋友展露真正的自我，但絕對不是今天。茜寧還是像平常一樣，時時注意自己的舉止，好得到別人的歡心。在下課時間，她不時露出笑容，偶爾向朋友吐槽幾句，然後立刻打圓場。有時會出現一些突發狀況，像是誰失戀了，誰和父母起衝突了，為了妥善應對，她也準備了好幾種回應模式。
如同往常，沒有任何朋友發現並指責茜寧的偽裝。她只要想到別人若是發現她的真面目一定不會再給她好臉色看，就會怕到幾乎喘不過氣，只憑她自己的力量絕對無法跨出那條界線。
小說裡的少女也一樣，她的身邊明明有那麼多足以稱為夥伴的人，但她任何人都不相信。

「啊，我忘了。」

茜寧和朋友們圍著桌子一起吃午餐時，突然刻意喊了一聲，然後叼著筷子，在抽屜裡摸索，拿出一把鑰匙，然後她轉身將鑰匙丟向坐在教室後方獨自吃麵包的男生。她的力道拿捏得正好，但準頭不太對，鑰匙打中了男生手上的麵包，接著掉到地上。

「哇！」

「糟了……」

男生聽到她的叫聲，望向這邊。茜寧毫不在意地指著掉在地上的鑰匙說：

「你姊姊給你的。」

說完她又繼續吃飯，沒再看那男生一眼。這冷淡的態度正是她想討人喜歡的心態所期望的。

「林，對兒時玩伴要客氣一點啦。對不起唷，上村。」

美優見到她對上村漠不關心的態度就自言自語似地道歉，其他人都笑了出來。茜寧也不打算回頭看看被眾人取笑的上村是什麼表情。

她想討人喜歡的心態有個先後次序。

家人、朋友、熟人、陌生人，每個人都有明確的排序，上村是她打工同事兼兒時玩伴的弟弟，本來也該有個位置，事實卻不是如此。

茜寧犧牲掉了本來該給他的討好。

討好所有人不見得是好事，因為這樣可能會帶來負面評價，茜寧必須清楚地表現出對某些人的偏愛，所以她把上村這個陰沉的同學設定成冷淡對待的目標，藉此獲取其他人對她的好感。有些人本來看不慣茜寧對他的無禮，可是一聽說他們是兒時玩伴，就毫無理由地接受了她這種態度。

或許上村很生她的氣。

反正他個性懦弱，不敢當面向她發飆。茜寧想討人喜歡的心態似乎也能接受犧牲他以換取更大的價值，不會因此把刀尖指向她。

如果上村哪天真的爆發了，譬如拿銳物攻擊她，她也不在乎，反正到時所有人都會覺得她是受害者。

茜寧對他沒有半點愧疚之心。如果有的話，她一定會羞愧到想死。

她一邊吃便當，一邊又想起了愛，這令她正準備做的動作減輕了一點，讓她脆弱的舌頭少受了一點苦。

如果要達成小說的最後一幕，她得在那一天之前和愛通過好幾道關卡，為此她需要耗費大量的心力，實在沒有多餘的心力分給早已用來換取別人好感的兒時玩伴。

茜寧藉著在廁所裡的獨處時間傳訊息給愛，打聽他的排班時間。彷彿不需要顯示已讀的功能，他立刻回覆了。『晚點再傳給妳。專心上課』。看見自己讓愛費心叮嚀，茜寧控制不住，表情變得僵硬。沒關係，這裡沒有別人。

『好啦～（睡臉表情符號）』

送出訊息後，手機螢幕變暗。可是立刻又亮了起來，不是愛回覆訊息，而是跟她交往了半年的男友傳來訊息。打開一看，他說父母明天下午要去親戚家守靈，所以晚上不在家。

為了不讓男友感到不安或不滿，茜寧趕緊在腦中確認行程，接著又打開行事曆來看，然後立刻回以欣喜的情緒。

『茜寧回覆得真快（笑）』

看到男友開心又害羞的訊息，茜寧很高興能對他傳遞出正面的感情，接著又像平時一樣咬了舌頭。

我讓你開心不是因為喜歡你，而是因為我希望自己討人喜歡。

如果說得出這句話，想死的心情就會消失嗎？

茜寧沒忘記先把表情切換成給別人看的那一副，然後才推門走出廁所。

上村龍彬

攝影機有小到能藏進拳頭裡的款式。書包用久了自然會破洞。下課時間不需要偷偷摸摸的，只要小心注意背後，而且不在意解析度，就算直接用手機錄影也不會被人發現。

龍彬走出學校。他今天也沒被人抓到。

他在最近的車站上了電車，在平時不會去的車站下車，騎上姊姊叫他幫忙牽回家的腳踏車，花了二十分鐘左右回到家。他把腳踏車停在公寓旁的停車場，用不至於讓車子倒下的力道踢了一腳。

搭電梯回到自家的樓層，在走廊底端的門前用鑰匙開門進去。家裡沒有人。龍彬脫下鞋子，走進廚房，發現冰箱裡有一盒泡芙，袋子上寫著姊姊的名字，他拿著泡芙回到自己房間，鎖上門。

他放下書包，從裡面拿出微型攝影機，用傳輸線連接桌上的電腦。趁著把數據傳到電腦的時間，他換上居家服，從書包裡拿出寶特瓶，把裡面的水喝光，坐在書桌椅上，幾分鐘後又把手機的連輸線接上電腦，繼續把資料傳到電腦上。這是他每天都要做的工作。

清光手機裡的資料後，龍彬戴上耳機，用電腦螢幕播放今天拍到的畫面。他不在乎畫面搖晃和畫質不清，因為他的目的不在這裡。

看完一段影片，又接著看另一段，然後再看另一段，他專注地檢查在不同時間地點拍攝的這些影片，一邊又喝了一口水。

真虧沒被發現。

看著螢幕上的影像，他這麼想著。

每天回家以後檢查拍到的影像，是龍彬的固定工作。即使每天都在做這件事，他還是不禁感到驚訝。

他早就學到，只要熟悉了，就算光明正大地做也不會惹人起疑。話雖如此……

畫面中有東西飛過來，龍彬在這時停止播放，倒轉回去一點，仔細檢查，接著又按下播放鍵。

他想確認的當然不是飛過來的模糊物體。

而是眼睛望向這邊，但一眼就能看出心思不在這邊的女學生的表情。

真虧沒被發現。

在心中一再重複這句話，對龍彬來說是不自覺的快樂。面對漠視他的周遭人們，他都是用這種方式讓自己處於精神上的優勢地位。

缺乏觀察力和想像力的那些傢伙看不起他，惡劣地對待他，他就用這種手段來回敬他們。

為此，他幾乎每天都在進行校規禁止的錄影。

他在學校裡拍攝的主要是同班同學，他特別注意某個女生。

如果周遭人們知道他的行為一定會說出某句話，龍彬還沒等到那時就先否認。不是這樣的。他對那個女生沒有半點好感。對其他同學當然也沒有。

他只是想要揭穿那些裝出一副善人嘴臉、狡猾地活在世上的醜陋傢伙的真面目。

譬如說，他最常偷拍的兒時玩伴，糸林茜寧。她總是跟朋友泡在一起，笑得很開心，跟她在一起的全都是在一般人眼中能力強、地位高，或是外表好看的人。那句「真虧沒被發現」不只是指自己偷拍別人的事，也是在說兒時玩伴勢利眼的差別待遇。

為什麼他們能那樣虛偽？

不只是糸林茜寧，其他同學也是，龍彬看到他們就覺得只有自己是正常人。他們遲早會露出馬腳的。為了逮住那一刻，龍彬每天都在教室或走廊上錄影，回家以後再仔細檢查，看同學們的行為舉止是不是露出了破綻。目前他還沒得到明顯的成果，但他由衷期盼哪一天可以公然揭露他們的醜態。

他播放出今天最後拍攝的一段影片，那是他的兒時玩伴在放學和同學談笑風生的畫面。龍彬不知從何時開始討厭如此勢利眼、笑容醜惡的茜寧，但她的面容還是和他兒時的記憶一樣。或許他在幼時也曾單純地喜歡過那張面容。

各種厭惡交織在心頭，龍彬關掉最後的影片，嘆了一口氣。

無論是在家或是在學校，龍彬都沒有歸屬感。

話雖如此，他卻一直沉浸在和同學、家人、朋友共度的時間之中，就算在自己房間或網路上都無法得到解脫。無論在現實世界或其他地方，龍彬都受到那些沒品傢伙的感情所擺布，他不只覺得自己很可悲，也覺得和他一樣因為太老實而受盡傷害的人很可憐。

因此，他必須揭穿那些玩弄人心的醜陋傢伙的真面目，讓他們得到制裁，以免再有人像他一樣受到傷害。

基於這個想法，龍彬除了錄影之外還有一件每天都要做的事。

他在網路上使用「rind0」這個名字。雖然網上可以匿名，他卻使用固定的名稱，這代表他多少還是要為自己的行為負責。

這份虛擬的責任感帶給了他少許壓力，讓他對自己產生一種正氣凜然的錯覺。

若是批評別人，也會被別人指責。因為擁有「rind0」這個人格，龍彬可以把自己的謾罵視為討論，他說出的話也不是毀謗中傷，而是成了猛烈的批判。

『到處都有像你這種噁心的人。』

有時別人也會說出這種（從龍彬的角度來看）放棄溝通的無禮發言，但他覺得沒必要理會。

除了會主動發言以外，他在網路上和在教室裡做的事都一樣。他一直在觀察戴著面具博取稱讚的那些人是否露出了破綻，如果他們惹出大麻煩或說錯話是最好的，不過這種情況很少見，所以他也會把注意力放在那些人的金錢觀、健康管理、演技的好壞、服裝儀容，甚至是出身和家庭背景。

他會仔細地檢查公眾人物的表演影片、社群網站、採訪報導，只要找到可以譴責的地方，他就會憤慨地認為自己監視的對象果然也是個偽君子，這令他在心底深處品嘗到甜美的滋味。他的猜疑和不滿再次被證明是正確的，這令他興奮不已。

和學校同學不同，擁有粉絲的公眾人物一定多少有一些「黑粉」（註7），所以龍彬只要批評公眾人物一定會有人附和，這是他平日沒有機會體驗的注目。用這種方法，他可以輕易獲得類似成就感的感覺。

龍彬並沒有意識到，他其實很期待被他當成主要目標的名人每天都能做出評

註7　黑粉和粉絲一樣會特別關注某位偶像或名人，但不是為了追捧，而是為了攻擊。

價正反不一的行動供他發揮。

今天吃完晚餐後，他又立刻縮回房間。

出現在 Twitter 上的一句話成了他的獵物。

『不知道大家過去的歷史也無所謂，只要把握當下和今後就行了。』

沒有附上照片或任何圖片，只有這麼一句話。粉絲們努力想像沒說出來的部分，紛紛寫下正面的回應。

目標人物那種自以為是的措詞和語氣令龍彬瞬間熱血沸騰，立刻蒐尋和自己抱持相同看法的人，把他們的存在當成動力，拋出了指責的語句。

很快就有人附和，龍彬頓感安心。他今天又幫到了和自己相似的人。

這份類似滿足的感受為他的生活帶來了慰藉。

後藤樹里亞

「真噁心。」

在休息室等待網路節目開始直播時，最年輕的成員愛唯喃喃說道。

樹里亞刻意不理會，因為朔奈一定會問她怎麼了。如果年輕成員一撒嬌，年長成員就全部圍上去，對團體來說並不是好事。

「怎麼啦，小愛唯？」

「妳知道有人批評了樹里昨天在 Twitter 上的發言嗎？」

因為聽到自己的名字，樹里亞稍微瞄了愛唯一眼。昨天她只發了一條有意義的留言，也知道有些人把她批評得很難聽。

「那些人覺得只要自己不高興就可以口不擇言嗎？難道別人都拿他們沒辦法嗎？」

「他們只是焦慮。」

聽到樹里亞開口，愛唯立刻挺直上身，用強而有力的視線望著她。這副正經八百、不懂得放鬆的模樣正是愛唯最受粉絲喜愛的特色。

「他們沒辦法投入於自己的人生，所以非常焦慮，以為失去的自尊心可以藉著攻擊別人重新獲得。妳根本沒必要為了那種人生氣。」

事實上，樹里亞還有一個沒說出來的理由，她覺得黑粉的存在也是自己人設必要的一部分。如果只在小圈圈裡受人喜愛，很快就會嘗到苦頭，若想跨出圈外，就連和她想法不合的人也得拿來利用。不過，樹里亞也覺得不是每個表演者都需要知道這件事，譬如個性率直的熱血偶像愛唯。

「可是妳被這種人說三道四，難道不生氣嗎？」

「我也覺得那些人很討厭，但是把時間浪費在他們身上更讓我不耐煩。」

愛唯勉強同意「這樣說也沒錯啦」，朔奈跟著附和「就是啊，小愛唯，我們應該把時間用來讓粉絲更開心才對嘛」，愛唯無處發洩的怒火總算轉變成一次咂舌和兩聲嘆息。樹里亞心想，這樣就夠了，要是愛唯再糾結下去只會沒完沒了。如果她去讀《少女進行曲》，看到不理解的描述一定也會一直卡在那裡，遲遲沒有進展。

結束話題之後，休息室再次被沉默籠罩。最年長的成員蘭還是置身事外地看書，朔奈和愛唯都在滑手機。

樹里亞打開了粉絲送她的隨身鏡。

她想起了以前的事。每次聽到黑粉的話題，她都會想起那件事。

樹里亞曾經親自向粉絲下達禁令。

那件事本來應該由主辦單位或 Live House 來處理，但樹里亞卻親自出馬。她覺得這是後藤樹里亞該站出來的時候。即使一再警告，那位粉絲還是不懂得看氣氛，繼續破壞規矩，所以樹里亞在特典會（讓粉絲和偶像團體成員握手合照的活動）上告訴那位粉絲：

「以後不要再來了。」

樹里亞一直忘不了那位粉絲當時的表情。既悲傷，又失望，而且還有些憤怒。她深切地體會到，原來愛情可以變得這麼快。

當時她是以什麼心情站在那位粉絲面前呢？雖然她下一秒就把注意力放到其他粉絲身上，但是在那短短幾秒之間，她感受到一種難以形容的心情。

不是生氣。樹里亞很少真正發怒。她有時會在 Twitter 上向其他成員抱怨，但那些只是為了服務會看她 Twitter 的粉絲所演出的人設。她也曾經針對某位網路評論家說過「雖然對方是在誇獎我們，可是看到那些不該用在偶像身上的詞彙就讓我生氣，他根本是在侮辱偶像」，那也是為了強化自己設定的性格，其實只要對方能提升她們的名氣，她才不在乎這麼多。她把其他成員弄哭的那次也只是為了讓對方守規矩，並不是控制不住怒火才把對方逼到牆角。

面對再也不會見面的那位粉絲，她是什麼心情呢？

樹里亞收起鏡子，拿起手邊的紙杯喝了口茶。

不是悲傷。那類的情感全都會變成懊悔。

當然，也不是高興。雖然她不後悔，但她趕走一位粉絲是事實。他似乎加入了某個粉絲組織，後來這件事成了火種，網路上對於「偶像是否能選擇粉絲」這件事引發了諸多討論。這事也讓 Impatiens 的知名度稍微提升了一些，但樹里亞面對那位粉絲時並沒有想到會有這種結果。

樹里亞經常思索自己當時的心情。她有一種毫無根據的預感，如果她不理會還沒弄清楚名稱的那種感覺，遲早會對她的人設造成負面影響。

其實樹里亞曾經在其他時候體會過類似的心情，當時她也跟另一個人道別了。

不過那種心情並非不捨或寂寞。如今那份感覺還深藏在她的心中。

「要準備上場囉。」

工作人員來提醒她們，成員們紛紛回應，接受化妝師的最後檢查。

樹里亞離開休息室之前，把手伸進她的背包裡。

她從打開的化妝包裡拿出一小瓶指甲油，不是要塗指甲，只是握在手中，接著又放了回去。

這像是一種儀式，為了把她心中收藏著寂寞的地方鎖起來。

另一天，樹里亞練唱結束後又走在那座城市的大馬路上。

她戴著鴨舌帽，穿著喜愛品牌的飛行夾克，下半身是工裝寬褲和運動鞋，夾克裡面的運動衣也有怪獸圖案，這件運動衣是她自己在二手衣店買的。

她一路上沒有被粉絲或可疑的推銷員搭訕，順利地走到車站時，走在旁邊的情侶聊著：

「真的假的？聽說電車停駛了。」

樹里亞在路邊停下腳步，拿出手機，打開 Twitter。

通知時間軸顯示著某位樂手的抱怨，他要搭的電車和那對情侶是相同的路線。樹里亞搜尋誤點資訊，很不幸地發現那是她回家的路線。可能是發生了什麼意外事故吧。

她的嘆息之中也融入了後藤樹里亞的人設，接著她思考接下來的安排。要繞路回家也可以，但她想起上午看到的消息，決定在電車恢復行駛前先去其他地方逛逛。

她要去的是這座城市的幾間書店之中最近的一間。

在樹里亞的粉絲眼中，她的興趣和朔奈截然不同，所以粉絲送她的東西多半跟那個興趣有關，她在特典會上也經常聊到那方面的事。

原因是她們剛出道時的一小段影片。

在巡迴演出期間，朔奈在坐車去 Live House 的途中拍了一段短短的影片，其中也拍到了當時還在摸索服裝風格的樹里亞，她穿的橫須賀刺繡外套胸前的圖案和她在舞臺上爆發力十足的表演很相配，消息靈通的粉絲們都津津樂道。

『是怪獸。』

日暮時分，在天空開始閉起眼睛的城鎮裡，樹里亞走進一間書店。

她有兩個目的，第一個很快就發現了。

小說新書區堆著好幾疊平放的小楠那乃佳作品。樹里亞不了解小說家排名，不過這幅景象讓她清楚體會到小楠那乃佳毫無疑問是當紅作家。

樹里亞拿起一本封面夢幻程度不輸《少女進行曲》的書。她會在工作之外對小說有興趣，甚至在發售日當天就跑來買，是為了得到小楠那乃佳書迷的好感。她晚點當然會上傳照片到社群網站，不過她得先設法消除刻意表演的味道。

所以她還有另一個目的。

這個目的也不能讓人覺得太刻意，所以小楠那乃佳的新書能在這時出版真是太剛好了。她帶著書走向標示著「興趣」的一區。雖然那是新書，但是有一大堆封面相似的書，所以她沒辦法很快找到。好不容易發現了疑似目標的書，她拿起來一看，封面上有隻巨大怪獸用妄尊自大的態度面向她。為了慎重起見，她翻開來檢查，確認這本還沒買過。

「不好意思……」

一旁傳來女生的聲音，把樹里亞的注意力從怪獸身上拉走。

那聲音客氣又僵硬，彷彿是刻意打造出來的，樹里亞覺得那很像偶像會有的聲音。

她好奇地望去，這一區除了她以外只有一位店員。那位應該是打工的職員，只有十幾歲、看似高中生的女孩彎著上身看著樹里亞。

「不好意思，我前陣子第一次看了妳們的現場表演，非常地帥氣！」

她像是害怕打擾到旁人，用細微的聲音簡短地說道。樹里亞立刻明白了她的意思，沒有被嚇到。

樹里亞用沒拿書的那隻手豎起拇指，裝出帥氣的表情揚起嘴角。

「謝謝。」

這句淡淡的道謝似乎讓打工的女孩感受到了後藤樹里亞的風格，她睜大眼睛，臉頰泛紅，鞠了個躬，又回去繼續工作。

看到她的反應，樹里亞的心中開出了一朵花。

那朵花的顏色和香氣令她心蕩神馳。

沒想到這裡也有沉浸於後藤樹里亞人設的粉絲。

雖然愛唯那麼生氣，但是只要還有這些粉絲，她就可以把誹謗中傷當成只是用來塑造她人設的東西。

今天遇到的女孩讓她重新意識到了這一點。

樹里亞意氣風發地走向櫃檯，幫她結帳的並不是剛才的女孩。

她短期之內不會再來這間書店，但或許還能在其他地方遇到那個女孩。如此一想，她就不覺得遺憾了。

走到店外，樹里亞拿出兩本書，和手提袋一起舉到臉旁，拍了一張照片。

她是第一次在書店遇到粉絲，說不定這也是拜電影主題曲所賜。她得再根據狀況構思新的人設。

無論樹里亞對小楠那乃佳是喜歡討厭或害怕都不重要。樹里亞很感謝寫了《少女進行曲》、令她們粉絲增加的這位作家。

之後她提早吃晚餐，打發了一些時間，才搭上重新行駛的電車。

下車之後，走大約十五分鐘，回到了一棟不新也不舊的公寓。她用鑰匙打開三樓某戶的大門，玄關的燈光感應到人，自動亮起，像是在等待樹里亞的歸來。

她進入短短的走廊，走進廚房旁邊的門，回到了臥室。

洗了手，漱了口，換上居家服，她坐在椅子上，把先前在書店門口拍的照片上傳到 Twitter 和 Instagram。附上的文字是「買回來了。正要開始讀。真期待」。回應、點讚、轉推陸續出現。她不認為粉絲們的行動都是出自明確的想法，但是能得到大家的反應還是令她感到安心。她看了一下粉絲留言，幫手機充電，接著依照剛剛說的話，從手提袋裡拿出小楠那乃佳的新書，翻開。

樹里亞不會用偶像身分說謊，她一向該說的就說，該做的就做，聽到不方便回答的問題時她也會直接說「我不能回答」。

但她會自己調整時間順序。

如果情況需要，她會在還沒看過時就說自己看過，還沒想過時就說自己想過，事後再去學習、再去接觸。

對樹里亞來說，時間不是依照固定的方向流動，而是像拼圖一樣，可以照她想像的模樣來調整。

剛才樹里亞在社群網站上的發言也和事實有著些許出入。其實她在那座城市打發時間時已經看了幾十頁小說，她卻不說「正在讀」而是說「正要開始讀」，因為她考慮到可能會有粉絲為了和她一起讀而跑去買小說，所以最後還加了句「真期待」。

這是樹里亞對小楠那乃佳表示的小小謝意。

她一字一句地讀著文章，陸續地翻頁。

因為工作的緣故，她見過小楠那乃佳本人，還因作家散發出的魄力而感到畏懼，但她在接受採訪時說自己「喜歡小楠老師的文章」並不是在說謊。

秉持著善意，用自己的話語來形容，樹里亞會這樣敘述小楠那乃佳作品的特徵：

她的小說讓人感覺不出輪廓。

抒情的文風、不明確的時間地點、含糊的專有名詞，這些手法淡化了故事的邊界。除此之外，有很多對白難以區分是誰說的，樹里亞事先做功課時看過小楠那乃佳的訪問，她本人也表示過「是誰說的都不重要」。或許會有讀者因此覺得小楠那乃佳的作品不真實又沒有重點，但樹里亞不這樣想，她覺得正是因為故事沒有明確的背景，沒有固定的型態，反而能嵌入這個世界的形態和問題點，對讀者的生活和心靈提出問題。像是在問她「如果是妳會怎麼做？」。

雖是如雲霧般朦朧的幻想風格，卻又具體地連接到現實生活。如果這是小楠那乃佳特有的作風，她大概就是因為這種原創手法才會廣受讀者喜愛。

在採訪時詳細交代這些事不是後藤樹里亞該做的事，所以她只簡單地表達了喜歡，以及她在作詞時受到小說什麼影響。

樹里亞頻頻變換姿勢，看了兩個小時的小說，然後把書籤繩夾進書裡，伸著懶腰，打了個哈欠。

回到現實世界後，她開始想像在這個世界裡寫下這本小說的小楠那乃佳過的是怎樣的生活。

小楠那乃佳的模樣像個大家閨秀。

她的房間是什麼模樣？樹里亞只知道她有養貓，她是否和家人同住？寵物會打擾她工作嗎？她創作是用手寫還是用電腦打字？桌上都放了什麼東西？是不是放了飲料呢？她構思故事背景、人物和設定時會有怎樣的表情？那些虛構的書中人物是不是其實來自作者記憶深刻的某些熟人呢？

如果《少女進行曲》的主角是以真人為藍本，希望現實世界的她不會被人偷窺內心。

想像變成了願望，令樹里亞不禁笑出來。

就像她對小楠那乃佳和不知道是否真的存在的少女充滿想像一樣，她的粉絲一定也對自己的偶像充滿想像。樹里亞心想「這才真的叫作人設吧」，突然覺得讓她感到畏懼的小說家說不定和她本質很接近。這點倒是很有趣。

她有些餓了，走到冰箱前拿出番茄，簡單地洗一洗就直接咬下，打開電視。螢幕上播放著音樂節目，不久前剛發行的電影主題曲登上了排行榜，她很單純地感到開心。

她聽著電視播出的樂團及偶像的歌曲，直到吃完番茄。

基本上，樹里亞不會為別人的音樂掏錢包。一想到Impatiens的歌曲可能因為少賣一張CD或少了一次點閱而被搶走市場和排名，她實在不願意為別人的銷售量做出任何貢獻。電視和廣播就沒有這個問題了，反正她也不會配合收視率調查，可以放心享受電視或收音機自顧自地播出的音樂。

吃完了番茄，她把蒂頭丟進垃圾桶，關掉電視，脫下衣服。

就算一絲不掛，泡進熱水裡，今天的她一樣沒有赤裸的感覺。

她想起了書店遇見的女孩的反應。

樹里亞對自己在人前所戴的面具感到自豪，她相信那正是大家對她的期望。

她想都沒想過竟然會有人想要剝下她的面具。

糸林茜寧

——在少女的周遭，花朵從來都不是自行綻放，而是被迫綻放的。（《少女進行曲》單行本，第50頁，第21行。）

看到愛的身影佇立在約定的地點，茜寧從二十公尺外跑了過來。愛聽到腳步聲，轉過頭來，她早就想好和他對上視線時要說的第一句話。

「我一直在想見了面一定要告訴你！」

茜寧興奮地全力衝刺。

這是她第三次和愛見面。這次和上次隔了一段時間，但她絲毫不以為意，輕鬆地開口說道。這些日子他們經常互傳訊息，還講過一次電話，逐漸拉近了關係，所以茜寧確信這樣不會使他不高興。

這似乎不是茜寧的一廂情願，看到這個高中女生連招呼都不先打一聲，愛並沒有露出不悅的表情。

「怎麼啦，糸林茜寧，看妳這副激動的樣子。」

「你聽了以後一定也會很激動的！」

過大的音量會被這座城市的喧囂吸收。就連正常音量能被清楚聽見的地方也一樣。

茜寧把一隻手貼在臉旁，壓低聲音，刻意表現出自己要分享的事情是祕密。

「我前陣子在打工時，樹里亞來了我們書店喔！」

愛本來明顯擺出一副不怎麼期待的神情，但茜寧的消息顯然超出了他的預料。

「喔！」愛睜大了美麗的眼睛，茜寧對他的反應非常滿意，她卻故意說出違心之論。

「你的反應未免太平淡了吧？不過你是在 Live House 工作，一定常常看到偶像歌手吧。」

「我確實很驚訝，只是反應不像高中女生那麼大。聽說樹里亞常來這裡，但我沒有遇見過。」

「原來如此！我悄悄地跟她說我前陣子第一次看了她們的現場表演，覺得她們非常帥氣，她還跟我說了謝謝呢！」

茜寧豎起拇指，模仿著樹里亞的語氣。這是表演之中的表演，不能太過逼真。

「偶像就連私底下也很帥氣呢。」

「那才叫專業啊。」

別人正在為自己知道的事情感動時，成熟的人不會多說什麼去干擾對方，只會簡單地回應，靜靜地分享對方的驚嘆。看到愛穩重的態度，茜寧身為高中女生當然可以發出俏皮的抗議。

「哎唷，你應該更興奮一點才對嘛，虧人家遇到了你的偶像呢。」

愛笑著回答「真抱歉沒有滿足妳的期望」。他不會偽裝自己的感情，讓茜寧感受到他的誠實。這種反應更吸引茜寧，至於他興不興奮一點都不重要。

「對了，更讓我興奮的是樹里亞買了小楠那乃佳的新書喔。此外她還買了怪獸的雜誌。」

「喔，怪獸啊。」

「我在維基百科看過，樹里亞很喜歡怪獸。」

「小楠那乃佳就是和我很像的傢伙那本書的作者吧？」

愛露出苦笑，稍微偏離了話題。他可能還沒發現，最近剛認識的這位高中女生非常擅長觀察別人的表情，不過就算他知道，多半也不會隱瞞情緒，還是會清楚地露出苦笑。

「咦！難道你讀了小說？」

「我不會看啦，說不會看好像怪怪的，我本來就不愛看書。我是在音樂網站看到樹里亞和那個小說家一起受訪，才知道她的名字。」

「這樣啊。呃，我沒看過那篇訪談，裡面講的是音樂的事嗎？」

「我們邊走邊聊吧。」

兩人站在相約的紀念碑前，愛指著要去的方向說道。

相約地點是愛指定的，因為附近有吸菸區。今天吹著微風，他身上的紅色毛衣飄來淡淡的菸味。

今天的愛穿的是毛衣和長達踝上的寬鬆黑色長裙及內搭褲，腳下穿著灰色運動鞋。他沒有穿外套，多半是為了今天的行程而挑了方便活動的衣服。茜寧穿的是米色的毛呢大衣及百褶裙，雖然天氣很冷，她卻露出了小腿。想討人喜歡的心態要求她必須好好運用年輕的優勢。

如果沒有遇見愛，或許她到了七老八十還是會執著地討好別人，一想到這點她就怕得背脊發涼。

「訪談主要是在談樹里亞作詞的經過和書中人物。」

開始行進後，愛詳細地向她說明。

「此外只聊了她養的貓吧。我本來還以為小說家的生活都像仙人一樣，所以有些意外。我因為工作的緣故，早就知道樂手和偶像都只是普通人，卻把小說家想得那麼超凡脫俗，說起來還真奇怪。」

「樂手和偶像在我的眼中也不普通啊。」

「或許吧，畢竟高中生很少有機會去Live House。等一下，我突然想到一件事。」

看著前方聊天的愛突然停下腳步，轉頭望著茜寧。茜寧也停下來，訝異地看著他。

「想到什麼事？」

「聽說妳最近跑去打聽我的事？」

「咦！我都說過要保密了！」

茜寧的驚訝表情是有技巧的。融洽的朋友圈中若是有人交了男友，都會展現這種差勁的演技，拜那些朋友所賜，茜寧已經很熟悉這種技巧了。

愛停下來似乎只是為了掌握會話的節奏，說完後又繼續向前走。看來這不是嚴重到需要面對面質問的事，茜寧放心地跟在他的身旁。

「有個陌生高中女生來打聽店員的事，還要求保密，不管是誰都會提防吧。」

「我才不是陌生人呢。我只是打工結束後順路過去看看，剛好遇到上次那位大姊姊，是叫藤野吧？我看見她在門口掃地，好像很閒，就去找她說話。」

「妳這傢伙的溝通能力是不是壞掉啦？」

愛一臉無奈地吐出粗魯的第二人稱，讓茜寧的鼻腔隔了許久再次感到一陣酸甜。

「正常來說，只見過一次面的店員和顧客，等於互不相識。」

「可是我們聊得很開心耶。」

「因為那傢伙的溝通能力也壞掉了，而且她應該是真的閒著沒事做。不過她好歹也是成年人，工作時遇到這種事當然會告訴我。我還被她懷疑了呢。」

「咦！怎麼會呢！真對不起……」

因為無心之過導致了不好的結果時，如果露出反省和後悔的語調及表情，會讓對方多少感到自責，這份自責很快就會變成寬容，甚至還會對她產生更高的評價。

茜寧還記得，奶奶也曾因為這樣而誇獎過她。

——茜寧做錯事會乖乖反省，能夠體諒別人的心情，真是個好孩子。

「她懷疑的不是什麼嚴重的事啦。我問了以後，她說妳是來打聽我的生日，說是要感謝我幫妳挑了指甲油又幫妳付門票的錢。妳有這份心意是很好啦，不過妳不需要放在心上，那些事沒什麼大不了的。」

「唔……好吧。」

「不過我還是很開心啦。謝謝。」

看到愛率性、誠實、過度熱心又體貼的反應，茜寧看似覺得自己的計畫失敗，露出了又懊惱又不好意思的表情。然後她暗自咬了舌頭。

茜寧那一天的行動和她現在的表情，當然都藏著其他的心思。

在書店打工遇到樹里亞的那天，茜寧下班後沒有直接去車站，而是去了愛工作的 Live House。她站在樓梯上望向店門口，發現一個熟悉的面孔，於是上前攀談。茜寧本來還想買票入場，真是太幸運了。那人也還記得茜寧，一看見她就說「妳是愛的朋友吧？」，讓她省下了解釋的工夫。店員告訴她「今天愛沒上班喔」，茜寧就是知道才故意挑了這天，然後她向對方說明自己的來意，打聽愛的生日和他喜歡的東西，最後還裝得像是在準備驚喜一樣，拜託對方幫忙保密，其實她早就料到對方會告訴愛了。看到藤野勉強地點頭時，她很確定這婉轉的傳話一定會成功。

其實茜寧主要的目的不是致謝，而是為了模仿《少女進行曲》的故事主線，她必須去找愛的女性朋友打聽他的事。如今茜寧認識的只有藤野，所以就來這裡找她。

茜寧當時只是抱著姑且做做看的心態，但她現在可以確信小說提到的「愛的朋友」一定就是藤野，因為她從 Live House 回家的路上又得到了進一步的證據。

「對了，聽說那天電車停駛了？」

「是啊，不過我搭的是其他路線。」

茜寧若無其事地點頭附和。

事實上，那件事對茜寧造成的影響甚至比行程被延誤的乘客更大。

「其實《少女進行曲》的主角去找愛的朋友時，也出現過交通工具停駛的情節，所以我很高興呢。」

「那本小說到底是怎麼回事啊？」

愛垂著眉梢無奈地笑了，像是聽到一個差勁的笑話。他的表情看不出對年輕女孩的擅自行動有半點怪罪的意思。茜寧也知道，愛在這一幕不會表現出生氣的態度。

以故事的角度來看，她問藤野什麼問題都不重要，因為小說只提到少女去打聽愛的事。茜寧從無數選項之中選擇了「要向愛道謝」這個藉口，是為了讓藤野轉告愛，她想讓愛知道她雖然有些莽撞，卻是個善良體貼又關心朋友的女孩。

愛一定不會對這種女孩生氣的。

兩人從高架鐵路下方經過，過了大馬路。

茜寧不只討厭這座城市的臭味，也討厭在這座城市裡走路。她得時時刻刻注意避免撞到人，或是擋到別人的路，惹別人不高興。

不過，愛還是和走在人少的地方一樣跨著大步前進。他抬頭挺胸，腳步聲喀喀作響，彷彿在表示沒必要把精力浪費在顧慮別人。

茜寧很希望自己有朝一日也能像他一樣，但她若是一直顧著看他，恐怕會無暇閃避路人。

這座城市的建築物很密集，他們幾分鐘後就到了目的地。茜寧跟在愛後方兩步走進商場，嘴角和眼神充滿了好奇和興奮，這樣愛無論何時回頭都能看到。

兩人經過一樓的遊樂場，和其他顧客一起搭電梯到七樓。茜寧看見電梯門打開時的景象，立刻發出清楚表達了驚訝之情的驚呼。

「哇塞！」

接著她立刻望向愛，像是為自己的反應感到不好意思。愛倒是很意外地看著她。

「我還以為妳一定來過撞球間。」

茜寧從他的語氣之中察覺不出半點優越感，不禁大感意外。

和愛一起付過錢以後，茜寧從成排的撞球臺之中挑了一張空著的，把手按在臺上，表示「就選這裡吧」。愛沒有出言制止，看來她的行為並沒有違反規矩。就算她做得不對，也有好幾種方法可以把無知變成可愛。

幾天前，茜寧主動提議要來撞球間。

在藉著互傳訊息逐漸累積情誼的過程中，茜寧看準了愛的個性，直接提議：

『其實我很想試試看小說主角和愛做過的另一件事，你想聽聽看嗎？』

愛回覆得非常快。

『只要不是壞事就行。』

『才不是壞事！是非常有趣的事喔！』

茜寧先丟出一句可能會讓對方提起戒心的開場白，然後講述了小說之中主角和愛一起出去玩的情節。

在《少女進行曲》裡，主角在各方面都受到愛的影響，其中最重要的當然是她揭開了從未暴露過的內心，不過在進行到那一幕之前，主角在喜好和興趣方面也因愛而接觸到了她原本不知道的文化。

『我想請你教我一些我沒玩過的東西。』

她說出這種不莊重又不設防的發言，彷彿可以看見很會操心的愛在螢幕前露出無奈的笑容。他拋回「妳在說什麼啊」這句看似厭煩的回答，隨即舉出幾項興趣，撞球就是其中之一。如果沒有認識愛，茜寧一定沒機會接觸撞球，所以他有這項興趣證明了他確實是愛。除此之外，這項興趣也很符合她想討人喜歡的心態，因為運動和時尚或音樂不一樣，運動競賽是有規則的，她在學到一定的程度之前都得聽他的教導。茜寧認為，受人請託而教導人，可以藉著把自己的一部分灌輸到別人心中而獲取簡單的滿足感，她相信自己向愛學打撞球一定能討他的歡心。

所以走進撞球間時，她發現沒打過撞球的高中女生興奮的態度並沒有讓愛展露出任何優越感，不由得大受震撼。愛和她至今認識的成年人都不一樣。

愛很特別，這是理所當然的事，但茜寧或許到現在都覺得這件事像作夢一樣難以置信。

她從臺上並排的撞球桿之中拿起一支。桿子比她想像得更長，也更重。

「一開始要怎麼做？把中間那堆球打散？」

「我了解妳急著學會，不過一開始得先練習怎麼讓球直線前進。」

「我大概知道動作。」

茜寧拿起白球，放在近處，模仿著以前看過的撞球姿勢拿起桿子，往前一推，但前端滑了一下，白球歪斜地往左方滾去。

「奇怪？」

「我先教妳基本的姿勢。」

愛拿起另一支撞球桿，站在她旁邊。

「手指要這樣放。」

他美麗的指甲靠在綠色的臺布上，讓茜寧想到綻放在草地上的花朵。她只能陶醉一下子，隨即刻意發出聽起來不怎麼刻意的驚呼。

「啊！那個難道是……」

茜寧像是在報告此時的發現，她終於可以把今天第一眼看到愛就一直藏在心中的感動表現在臉上了。

愛很大方地搖晃著左手。

「買都買了，就用用看了。」

他把拇指握在四指之中，接著放開，重複了兩次，如同燈光一閃一滅。

被這個動作突顯的五隻手指的指甲都擦了鮮紅的指甲油。

茜寧不用問也知道，那就是前陣子第一次去參觀愛工作的地方之前，她為平時不擦鮮豔指甲油的愛推薦的那一款。

因為茜寧不希望別人發現她一直很仔細地觀察別人，所以今天見到愛以後，她一直努力不讓視線停留在他的指甲上。其實她看得出來，他今天穿了紅色毛衣多半是用來搭配紅色指甲油的，但是她卻沒有說出口，只是默默地在心中為他和《少女進行曲》的愛一樣體貼的性格而感動。

「我是很開心啦，早知道我也該擦指甲油的。」

「對耶，妳沒有擦。」

「因為今天要來打撞球，我擔心擦了會被刮掉。平時我都會擦的喔。你只擦左手也是因為這個理由嗎？」

「不是，是因為明天上班之前就得卸掉，有點可惜。此外，**Freddie** 和 **Brian**

（註8）也都只擦左手。」

「喔……」

茜寧用不懂裝懂的語氣附和道。愛露出苦笑，說著「然後啊」，再次把左手貼在撞球臺上，這次食指比剛才抬高了一點。

「撞球桿要靠在這裡。對了，雖然現在妳旁邊沒有人，但還是要注意一下後方。」

茜寧先回頭看一眼，左手擺出和愛一樣的姿勢，撞球桿靠在食指之下。這個動作比她想得更不好做。

她一邊聽著愛的教導，一邊調整動作，再把好不容易準備好姿勢的左手貼在撞球臺上。

「中指到小指要盡量張開，保持穩定，然後瞄準，撞擊。」

愛上身前傾，把白球朝著角落的洞口撞了出去，茜寧看到白球筆直進洞，喊了一聲「哇！好厲害！」，其實她更在意他的指尖被綠色襯托出來的鮮紅指甲油。愛擦的是左手而非右手，說不定也是因為這一幕的美感，而不光是因為左手比較容易擦。

註8　英國搖滾樂團 Queen 的主唱 Freddie Mercury 和吉他手 Brian May。

愛從落球袋裡掏出白球，丟到茜寧面前，於是她也學著他的動作，把球撞出去，這次她準確地撞到了球，但滾出去的方向完全脫離了她的預測。

「拇指和食指的圈圈要固定不動，這樣才會穩。」

「這樣嗎？」

茜寧再次把左手按在臺上，但她自己也看得出來桿子的前端搖晃不定。這不是為了讓愛繼續教她而故意演的，而是因為初學者的笨拙。

看到初學者的這種表現，愛對朋友接下來所表現的行動並不算特別。

「應該是這樣……」

看到愛伸出手來，茜寧立刻做出反應，這是因為她隨時隨地都在注意他的動作。愛是要調整她的姿勢，她卻立刻躲開。茜寧知道自己的反應不太禮貌，所以用縮回去的手摸摸桿子，露出假裝沒事的笑容，又迅速地眨眼幾下，以表達心中的驚訝。愛似乎沒理解狀況，表情有些困惑，接著露出吃驚的表情。是露出，不是裝出。然後他不好意思地說：

「抱歉，是我思慮不周。」

看到自己期待的反應，茜寧才放下心中大石。

好險。現在還不到結束的時候。

「我不會碰到妳的。妳看，應該是這樣。」

茜寧希望不開口解釋會讓愛誤以為她很專心，所以只是默默地學著愛的動作，戰戰兢兢地重新擺好姿勢。她再次撞擊，這次白球直直地滾出去。

「對對對，就是這樣。」

「喔！謝謝你！」

茜寧很有自信，在所有偽裝的表情之中，她最擅長的就是在男性面前裝出害羞的表情。

她在愛的指示下持續地練習，一邊想著自己或許就是把心思都放在那種無聊的地方，所以才做不好撞球姿勢吧。

愛指定一個洞，茜寧打了好幾次，白球老是打不進去，就算偶爾進洞，她也沒有成功的感覺。比起成功進洞的次數，她更在意自己對於成功或失敗感覺不出多大的差別，這令她覺得自己和撞球的契合度很低。其實她打保齡球時也有這種格格不入的感覺。

「愛先生也一起玩嘛。」

茜寧的提議之中明顯透露出厭倦，愛卻沒有不高興，依然繼續陪她練習。他的性格果真是過度熱心。

接下來的練習要先把各種顏色的球分散在球臺上。在準備的過程中，茜寧依照以前看過的印象，試著挑戰開球。

她收斂心神，擊出一球，正巧命中目標，但是力道不夠，那堆球只是發出喀噠喀噠的聲音稍微滾開一點就停住了。

「好難啊。」

茜寧垂頭喪氣地把位置讓給愛。愛大可帥氣地親身示範一次給她看，但他卻先說明：

「腳的位置也要注意，姿勢才會穩定，就像這樣。擊球的時候我不是想著把球撞出去，而是推出去。」

然後他才舉起撞球桿，擊出有力的一球，把中間那堆彩色的球撞得四散。不知道是基於怎樣的機緣巧合，一顆顆的球各自滾開，其中一顆直接落入洞裡。茜寧心想這大概有些類似意外碰上的交通事故吧。

「就是這樣！就是這樣！愛先生是在哪裡學的啊？學校社團嗎？」

「我高中的時候有個很要好的學長家裡很有錢，他家裡有撞球臺。」

「好厲害！」

「我常常去他家打撞球，後來我們開始賭果汁，我不想輸，所以越來越會打了。」

「你說自己是不做壞事的社會人士，以前卻是個會做壞事的高中生呢。」

「我都說了賭的是果汁。」

「賭果汁還是賭博啊。」

「我成年以後可是連小鋼珠都不打喔。好了，糸林茜寧，輪到妳了。現在先不用在意球上的數字，挑個容易打的就行了。」

「好啦～」

茜寧意興闌珊地回答，又繼續練習，很可惜她沒能發掘出撞球的才能，但是和熱心教導的愛共度的時光還是非常美好。不過愛想必已經看出她不適合打撞球了。

「妳應該累了吧？」

聽到愛的關心，茜寧先衡量心中想的話會不會被解讀成負面的意義，然後才回答：

「嗯，不過和愛先生在一起真的很快樂。」

她的心思本來很純淨，可是話才說到一半，想討他喜歡的心態卻讓她的純粹變得混濁了。

愛開心地露齒而笑，這令她加倍地羞愧到想死。

「我聽了也很開心啦，不過妳若常常說這種話，會被當成花言巧語喔。」

「花言巧語？我心裡想的又不是壞事，直接說出來有什麼不好的？」

她怎麼好意思說這種話。

「我也這麼覺得。不過妳長得很好看，我有時會覺得妳好像跟我同齡。」

「好、好看？才不咧！沒這回事啦！我男友也說他喜歡我的內在勝過外表。」

每次聽到這種話，她都會咬自己的舌頭。被人稱讚長得漂亮，她一點都不高興，好看的五官和恰當的位置只是從父母那裡遺傳來的，化妝技巧和身材保養也只是因為她想討別人喜歡而學來的。

「我竟然被高中女生放閃光了。妳只是因為害羞而客套吧，不然說這種話可是會被揍的。」

「哪有那麼誇張。你現在的女友會讚美你的外表嗎？」

「別套我的話，我在訊息裡早就說過我沒有女友了。啊啊，我開始想念喜歡的味道了，我出去一下，妳也趁這個時間休息吧。」

茜寧睜大眼睛，愛從口袋裡拿出壓扁的菸盒給她看。茜寧默默地向他揮手，露出了會讓對方在獨自一人時想起來的表情。

愛在離開之前，很體貼地先告訴她哪裡有椅子，哪裡有自動販賣機。不管再怎麼假裝，喉嚨還是會渴，所以她決定去買飲料來喝。

茜寧看著愛的背影消失在轉角，直到看不見他以後，她依然望著那個方向，看見有個打扮花俏的男人也朝著相同方向走去。茜寧心想抽菸的人還真多，不經意地把視線移向那人本來所在的地方，看見一群像是大學生的人笑著望向那打扮花俏的男人。

茜寧和其中一人對上目光，察覺到了什麼。

察覺到之後，她拿著包包走向角落的自動販賣機，買了一小罐茶。她這次事先咬了舌頭。

她已經猜到接下來的狀況了。

宇川逢

距離空無一人的吸菸室還有四步時，逢已經把打火機和香菸拿在手中，一進去立刻把菸叼在嘴上，並且在關門的瞬間點燃，一口煙灌進肺中。不知這是他此生抽的第幾根菸了，今天香菸依然幫助他保持了平衡。

第一口讓他感到解了喉中的乾渴，第二口的香氣繚繞在他的舌上。抽到第二口菸，他才開始回想上一根菸到此刻之間的事。

教導別人比親自去做更困難。

他對著吸菸室的牆壁沉思，思索著茜寧和撞球的契合度很差，以及她開始對撞球感到厭膩的情況。

逢並沒有用負面角度去解讀這些事。他自己也有擅長的事和不擅長的事，不需要拿來互相比較，再說茜寧或許本來就只是隨口提議，所以他很單純地接受了她已經開始厭膩的事實。

如果茜寧真心這樣想，那也沒什麼。如果她即使不擅長還是想要進步，他會繼續陪她練習，如果她打算放棄也無所謂，他不會勉強她的。逢希望身邊的人都能盡可能地展現出自己真實的想法，他要把決定權交給茜寧的心。

他在菸灰缸上抖了抖香菸，隨即想起了茜寧見到他的偶像後藤樹里亞的事。菸灰隨著他的笑而飄落。

茜寧應該是最近才對 Impatiens 產生興趣，也是最近才第一次看了她們的演唱會，但她遇見日常生活中的 Impatiens 成員卻敢上前攀談。

此外，她還會因為逢很像她喜歡的小說人物而跑來找他說話，甚至為了送他禮物跑去找他的同事打聽，看得出來她不怕生的程度高到誇張。

由此可見，她無論是對人或是對興趣都會勇於挑戰。

這些就是逢目前對於糸林茜寧這個人的感想。

她的個性熱情積極又有行動力，而且五官端正，世故得恰到好處，有時卻很粗心大意，是個會為人著想的善良高中女生，她在同性或異性之間一定都很受歡迎。

不只這樣，男性要摸她的手，她還會端莊地退避，人格簡直完美得過分，不過這並不是逢需要強烈質疑的事。

逢的諸多朋友之中，有些人死都不讓別人碰自己的東西，也有些人盡可能地不跟別人發生肢體接觸。要和別人保持多遠的距離感，本來就是因人而異。

食指和中指之間的香菸在菸草部分燒完四分之一時，逢從口袋裡拿出手機。茜寧先前跑去找過的藤野傳訊息給他，請他幾天後幫忙代班。

『抱歉，我那天有事。』

『又是其他女人嗎！』

『才沒有。』

他正和同事用訊息鬥嘴時，自動門打開了。進來的人都是為了抽菸，逢禮貌地往角落移動一步。

旁邊傳來百圓打火機的聲音，以及男人嘆息似的呼吸聲。

過了一會兒，視野比先前更差的房間裡響起聲音。

「常來嗎？」

逢第一次抬頭看那個人。吸菸室裡只有兩個人，他必須判斷那人是在講電話，還是在對他說話，如果那人是在對他說話，他還得判斷對方的目的是什麼。

所謂的目的，要嘛是閒聊，要嘛是因為誤會而搭訕。

也有可能是了解狀況才來搭訕的，不過這種情況非常少見。

「小姐的撞球打得很好，一定是常常來吧。」

有三種可能的狀況，這次來的應該是最常見的那一種。在這種時候，只要快點讓對方明白就行了。

「也還好。」

那個年輕男人聽見他的聲音，露出誇張的訝異神情。

「小姐的聲音很帥呢！和我想得完全不一樣！有人說過妳的聲音很渾厚嗎？」

偶爾會有些男人一直堅持誤會下去，或許是滿心只想著要讚美對方吧。逢早就學會如何應付這種人了。

「我不是小姐。」

「咦？難道妳跟剛才那個女孩是母女？如果是這樣，那妳也太年輕了吧！」

或許這人不是直覺太差，而是自尊心太強。

他不願承認自己想搭訕的人其實不是女人，也不想聽對方解釋，所以就算已經發現真相，他還是會照自己希望的方向解釋。逢也知道，不管是搭訕或是其他情況，這樣的人在這個世上多的是。

逢也可以不解釋，讓對方繼續誤會他和茜寧是母女，但他就連對素昧平生的人也不願意說謊。

「不是，我是男的。」

「……啊？」

他這句話的語氣，虛張聲勢和威嚇的意味多過疑惑。接著他毫不客氣地直直盯著逢的胸部，隨即又往下移。今天逢穿的是寬鬆的毛衣和長裙，所以看不出明顯的性徵。

逢抬頭朝著天花板吐出白煙，彷彿要讓那個不知所措的男人看見他的咽喉。

「如果你不是來搭訕的就無所謂。」

出自善意，逢還是給對方留了一條後路。這種時候，對方若是懂分寸，即使被逢的男人身分嚇到，還是能說幾句話來消除尷尬，像是「咦？你就是所謂的男大姊嗎？我第一次遇到，真的看不出來呢」，比較低俗的傢伙可能會說「這種外表竟然是個帶把的？」，不管怎麼樣，反正事情到此就能結束了，逢也可以馬上把這些事拋在腦後。

不過逢看得出來，這一次不會這麼簡單就解決。剛才他說出自己的性別時，對方的眼神已經稍微透露出他們之間不會發生那麼成熟的對話。

男人不是因為厭惡，而是因為羞恥，硬是擠出了嘲弄的表情，把還沒抽完的香菸按在菸灰缸裡。

「真讓人噁心。」

「……」

逢認為自己的性格非常易怒。

他不喜歡欺騙自己，所以生氣的時候不會假裝沒事，也不會放大情緒，而是會讓憤怒以真實的模樣存在自己的心中。不過，並不是什麼事情都會令他暴跳如雷。

他的憤怒有程度之分，他的情緒也會隨著年齡成長。

以前他也曾經難以原諒別人汙辱他因興趣而打扮的外表。如果是在他剛學會打撞球的那個年齡，他早就把對方叫出去打架了。

不過他在成長過程中漸漸累積了人生經驗，如今他只覺得滿不在乎地羞辱別人無傷大雅興趣嗜好的人很遜，他沒必要浪費心力去改變那些人的想法。

「我經常被人搭訕，你不用太在意。」

這只是為了讓對方更沒面子而出言諷刺。逢不知道自己的諷刺是否對那人造成打擊，因為那人快步離開時他根本沒有抬頭看一眼。

逢不是假裝，也沒有隱藏，而是真的懶得理那種人，所以一直看著手機。

如果別人看見逢這麼穩重的應對方式，絕對不會相信他的性格其實很衝動。

或許茜寧對他也沒有這種印象。

不過，跟逢熟識的人都知道他是會為了一句話而變臉的性情中人，也都看過他氣到怒髮衝冠的場面。

這次因為是他自己的事，他才睜隻眼閉隻眼。就只是這樣罷了。

如果是親戚的小孩遭到霸凌，朋友受到仇恨言論的攻擊，支持的偶像被人不分青紅皂白地謾罵，逢絕對會直接說出心底所想的話。

我要宰了你。

我會讓你見血。

當然，他不會真的付諸行動，所以他現在才能在這裡抽菸。

因為這個世界有社會道德規範及法律，更重要的是他知道大家都不希望他這樣做，如果他做了衝動的傻事，家人和朋友都會為他傷心。正是因為如此，如果別人傷害了他的家人朋友，他有時甚至會憤怒到睡不著。他也想過，或許自己有朝一日能解決這個兩難的問題，但幾分鐘後就放棄了。

反正下次遇到他還是會生氣，既然如此，繼續煩惱也沒有用。

只要世界上還有別人，他就很難避免為了自己重視的人而發怒。逢已經大致能接受這個事實了。

有朋友說過，很羨慕逢能活得如此至情至性。他和那位朋友已經多年未見，那位朋友每次看見他發脾氣就會說：

「我也很想把傷害我重要的人的那些傢伙抓來揍一頓。」

應該還沒揍過任何人的那個朋友現在不知道過得好不好？朋友說過的話飄浮在白煙裡，逢把香菸扔進菸灰缸。

看剛才那個男人的態度，他一定不想再跟逢有任何瓜葛，說不定已經離開這個樓層了。如果他是跟朋友一起來的，或許會跟朋友說笑打鬧來獲取安慰，反正逢沒必要再理他了。

不過逢不希望自己遇上的麻煩讓身邊朋友感到不舒服，若是茜寧在意，他就會離開撞球間。

逢極力奉行的人生觀是只處理眼前的事，他一邊想著這些事，一邊開了吸菸室的自動門。

沒想到，當他正要走回撞球臺羅列的店面時，還沒看見茜寧，卻先聽見她的聲音。

「請你們別這樣！」

那不是撕裂空氣的喊叫，所以逢才會轉頭看。

如果是失去原本個性的尖叫聲，他只會覺得某處有人在吵架，看都不會看一眼。

在這座城市裡，有時正常的音量也能聽得很清楚。

「嗯？」

逢四處張望，發現茜寧不在他們先前用的撞球臺旁，也不在自動販賣機或沙發旁邊，卻在角落的撞球臺邊和一群青年對峙。

她面對的四個人之中，也包括剛才搭訕過逢的那個男人。

依照這幅景象，加上茜寧剛才的發言，以及逢活到這個年紀的經驗，他大概猜得出來這是什麼情況。

雖然對茜寧有些失禮，但他還是笑了。

為了快點把自己忍俊不住的原因告訴茜寧，他朝著那些人走過去。一方面也是因為他覺得有責任處理這個情況，但他更想分享這件有趣的事。

「我說啊……」

逢的語氣比自己想像得更不屑，所有人同時朝他看過來。

在吸菸室搭訕過逢的男人是第一個會意過來的，露出一臉不爽的表情，其他三人都露出詫異的表情。

茜寧因為逢出現而顯得安心，但她很快就收起了這個神情。

所有人的反應都如同逢的預料，他毫不客氣地笑了出來。

「你們未免太老套了吧。」

他直接說出心中所想，但五個人都沒有反應，像是聽不懂他在說什麼。

那些男人不懂也就算了，但他很想告訴被這些無聊傢伙纏上的朋友，這件事從旁人的角度看起來有多好笑。

「你們是串通好的吧？叫一個人拖住看起來像長輩的我，其他人趁機去搭訕真正的目標。你們以為這種狡猾又俗濫的計畫會管用嗎？是說有一種情況還滿常見的，本以為是個乖乖女，去搭訕之後卻被對方罵走。一想到那種常見的情節，我就覺得好笑。」

逢笑容滿面地望向茜寧，但她沒有笑。難道是因為對方人數太多，她不敢隨便嘲笑對方嗎？逢又補了一句：

「不過像我這樣乍看像女人事實上卻是男人，可不是常見的情節。」

「不是啦。」

聽到逢的玩笑話，茜寧給出了否定的反應，然後她抿緊嘴唇瞪著那些男人，似乎不準備繼續解釋。

逢感到不解，和她一樣望向那些人。如果他對目前的場面理解錯誤，從他們的臉上或許找得到答案。

這四個人在逢看來像是在居酒屋打工的同事，或是在大學社團裡認識的朋友，他在吸菸室遇到的男人這次直接用咂舌表現了不爽。

「你少胡扯，是那個女人自己跑來找我們麻煩的。」

「咦？是妳啊？」

逢伸出手掌擋在茜寧面前。在制止糾紛時，最重要的就是阻止雙方再次向前一步，這是他在工作場所應付醉漢時學到的。

「怎麼回事？」

逢看著茜寧的眼睛。她張開嘴巴，隨即又閉起來，轉開目光。看她的反應，逢就知道那些男人沒有說謊。他又看看那些男人，其中三人答不上來，只有在吸菸室遇到的男人又咂舌一次，或許他是四人之中的老大，又或者是在表示「你自己鬧的事，你自己負責收尾」。

「我們只不過是在笑女裝大佬很噁心罷了。」

他應該不是真的覺得好笑，卻又擠出笑容。

「喔……」

逢這次真的了解狀況了。

他看看茜寧，她的怒火又重新被點燃，彷彿隨時都會撲向那群男人。她的眼眶都溼潤了，平時一定很少跟人吵架。

看到她的模樣，逢想好了對應的方法。

「原來如此，那事情就到此結束吧。我們要走了，你們愛怎麼說都隨你們高興。」

「喂，明明是你們先來找碴的，難道就這麼算了嗎？」

先前一直沒說話的其中一人看見逢打算走人，似乎覺得抓到了對方的破綻，繼續糾纏不休。

逢不禁感到厭煩。

就是有這種人，一旦以為自己占了優勢，就會突然變得很多話。

「繼續吵下去對誰都沒有好處，只會讓所有人敗興而歸。還是說，你們這些大人真的想跟一個高中生繼續鬥下去？」

逢知道他們把利害關係看得比骨氣或面子更重要，那人一副不肯善罷甘休的樣子，多半只是覺得若是輕易原諒對方，自己好像吃虧了，為了多少得到補償，所以打算叫茜寧向他們道歉或是幹麼的。

在逢看來，對方的敵意並不強烈。

「既然是她來找你們麻煩的，那我向你們道歉。抱歉哪。對了，你和我抽的是同個牌子的菸，我這裡還剩兩三根，送你吧。」

逢從口袋裡掏出菸盒，丟給在吸菸室遇到的男人，然後帶著依然滿臉不甘心的茜寧去結帳，進了電梯。

不出逢所料，那些男人沒有跟出來。最重要的理由或許是茜寧的高中生身分吧，逢這麼想著，但幾秒之後就拋下這件事。

盒裡的香菸可能只剩下一根。

逢也懶得繼續想這件事，向茜寧問道「我想喝咖啡，去咖啡廳坐坐吧？」。等茜寧消極地點頭後，逢就帶她去了熟悉的咖啡廳。

走進店裡，爬上二樓，逢點了咖啡，茜寧指著菜單上的紅茶。兩杯飲料很快就送上桌。

「這裡的南瓜布丁很好吃，不過我剛才看到已經賣完了。」

「明明是我贏了。」

在伯爵茶送來之前都沒開過口的茜寧像是沒聽見逢的介紹，如此說道。

「啊？」

「我是說剛才那些人。」

「喔喔，我都已經忘光了。」

茜寧大概是為他打抱不平吧。

「那種事哪有分什麼輸贏？硬要說的話，或許是讓對方更不舒服的一方就算贏家，不過做這種事只是白費力氣。」

「我才不是為了讓他們不舒服，而是要他們收回那些話。」

「妳是指他們說我的壞話？我又不在乎，妳也沒必要一直把那些人放在心上。」

「我不能原諒他們！」

茜寧提高了音量，然後說了聲「對不起」。

「可是我真的不能原諒。」

或許是先前的激動情緒再次湧現，茜寧的眼睛又變得溼潤。

逢看到她的眼淚，並沒有覺得不耐煩。

但是發現她如此不甘心，本來已經放下那些事的逢改變了想法。

「的確，妳跟他們吵架或許會贏。」

逢不是在哄她，而是從她情緒強烈的程度如此判斷，所以照實說出來。

「就是啊！」

「可是妳若吵贏了，事情可能會變得更麻煩，搞不好我會當場跟他們四個人打起來，或是出去之後才動手。這是無所謂啦，我的勝算鐵定比妳想像得更大。可是我揍他們又沒有好處，我也不想讓高中女生遭到危險，所以才想盡快解決。」

「因為高中女生會有危險，就算看到無法原諒的事也不能生氣嗎？」

茜寧直視著他，反脣相譏。

「這個，也不是啦……」

「因為高中女生會有危險，所以看到朋友被人嘲笑也只能裝傻嗎？」

「不是這樣的。」

為了把現在的心情轉換為言語，逢含了一口咖啡。他一邊喝，一邊整理心中的想法。

茜寧沒有等他先開口。

「因為打不過別人，所以看到討厭的事也只能漠視嗎？」

「我不是那個意思……」

真頭痛。

從客觀的角度來看，茜寧的打抱不平對逢來說只是多管閒事。喜歡女裝和化妝的逢比茜寧想像得更容易被人以好奇的眼光注視，聽到別人不客氣的評論也是家常便飯。

逢在不知不覺間改變了心態，他覺得一直跟這些無聊傢伙糾纏下去實在沒有意義，也學到了要怎麼排解至今還盤旋在心中的輕微怒氣。

所以最近才和他結識的高中女生突然跳出來幫他打抱不平，根本沒有多大用處。

茜寧為他發脾氣，沒有任何人能得到好處。

可是……

「不是這樣的。」

逢抵抗不了別人展露的真心。

他天生就是易受感動的人。

即使他不需要朋友挺身保護他的心意，即使朋友的行動再怎麼無益，他還是覺得很高興。

他沒辦法客觀地面對這種心情。

「糸林茜寧，妳想生氣的時候大可生氣，但生氣若是化為行動，讓妳遇到不好的事，妳的家人和朋友都會難過，我也會難過的。」

逢以前發脾氣的時候，他珍視的家人和朋友對他說過這些話，如今他也一樣對茜寧說出來。

此外，逢還加上了自己的想法。

「但是，我很感謝妳。」

茜寧生氣是因為想保護朋友尊嚴的正當理由，逢想告訴茜寧，至少她的氣概和勇氣看在他的眼中並沒有錯，所以他也依照真心說了出來。

看到茜寧吸了一口氣，他覺得自己的心情傳達到了她的心中。

逢經常感受到和茜寧相似的憤怒，所以他當然了解。

茜寧的氣憤多少有些自以為是、自我中心的成分。

逢也一樣，所以他很清楚這一點。因為重要的人受到侮辱而憤怒的心情絕對不是假的，可是就算知道別人不希望自己發脾氣，就算被勸告說發怒可能引來麻煩，可能讓家人朋友傷心，他的心中還是會殘留著難消的怒氣。

這怒氣不是來自旁人，而是來自看到朋友受辱的自己。

雖然逢知道這種情緒包含了自我中心的成分，他還是不想否定忠於真心找人吵架的茜寧。

茜寧沉默片刻，輕輕地吐了一口氣，像是想要掩飾她因得到他的諒解而鬆了口氣，又像是為了轉移注意力，端起紅茶喝了一口。

「老實說，我當時很害怕。」

看到茜寧總算收起劍拔弩張的態度，逢也鬆了一口氣。

「我想也是。」

習慣吵架的人在凶別人的時候才不會像她那樣眼角含淚。

她平時若是聽到一兩句難聽的話，多半會假裝沒聽見，或是另找方法來排解情緒，讓自己平靜下來。茜寧應該擁有這點程度的世故。

這次她沒有忍住，一定有她的理由。

或許是對方說話真的太難聽，又或許她早就料準了會有人去保護她，譬如警衛，或是逢。

逢心想，一定有個特別的理由。

「因為我是和你一起來的，所以我覺得一定要鼓起勇氣。」

逢的猜想並沒有錯，茜寧確實有自己的理由。

但是她挺身對抗那些人的理由和他想得不一樣。

「因為……」

茜寧露出理直氣壯的表情。

「《少女進行曲》的主角聽到朋友受到別人侮辱而生氣的時候，也沒有畏懼暴力，而是勇敢地挺身對抗。」

逢直率地表達了感想。

「真的假的！」

無論是開心、生氣、感激或歉意，逢總是盡其所能地表達出最直接的感受，他會刻意朝這個方向努力，他也喜歡率性而活的自己。更重要的是，他本來就是個藏不住心情的人，尤其是在親近的人面前，他完全不會想到要客套地裝出怎樣的表情，任由情緒表達在言行上。

就像有些人很喜歡自己的長相或聲音，他這種直來直往的性格和他想要成為的那種人剛好是相符的，所以他也分不清自己的直率究竟是來自天性，還是來自他的選擇。

他現在的驚訝表情，也只是單純地傳達著面前的高中女生在他眼中是什麼類型的人。

「竟然做到這種地步！」

這不是在對茜寧說話，而是他心中的感嘆，所以缺乏脈絡，茜寧一定聽不懂他在說什麼。

逢體內的交感神經大大地活躍起來，他的眼睛睜得比平時更大，吸進去的空氣彷彿帶走了喉嚨中的水分，於是他拿起手邊的咖啡，喝了一口。

如同表情所顯示，逢非常驚訝。

他發現自己誤解了糸林茜寧這個人。

他本來以為她只是覺得好玩。

就像朋友之間故意做出類似情侶般的互動，他本來以為這只是為了好玩的角色扮演遊戲。茜寧提過的那本小說裡的人物很像她自己和逢，所以她非常高興認識逢，想和逢一起嘗試書中描寫的情節，在逢看來，這大概就像藉由音樂而認識的朋友佩戴相同的樂團周邊商品。

但是茜寧投入的程度遠超過他的想像，《少女進行曲》這本書對她的影響力大到足以讓她為了正義而涉險。

逢的驚訝表情和感嘆就是出自這個原因。

「糸林茜寧，妳真是嚇到我了。」

「呃，怎麼了？」

「我有朋友會因為別人的影響而行動，或是因為受到樂團的影響而改變對事物的看法，但我從沒見過像妳這樣把一首歌或一本小說當成人生準則的人。」

逢很直接地說出感想，茜寧不好意思地扭頭。

「還不到人生準則那麼誇張啦，我本來就希望自己能像《少女進行曲》的主角那樣為了朋友而奮戰，只是遇見了你剛好給了我更大的動力。」

「是嗎……但我又不是那個傢伙。」

話說出口，逢才意識到自己太不體貼了。

他明明可以顧慮對方的心情，說些附和的話，結果他還是說出了自己心底的話。就算會讓對方失望，他也想堅持當自己，所以才顯得如此笨拙。

茜寧露出靦腆的笑容，像是努力壓下心中正要甦醒的失望。

「我早就知道你會這麼說。」

「不過，我覺得這樣很幸福。」

逢覺得心口不一的稱讚等於是在汙辱對方，所以他在這種時候絕不會光揀好聽的話來討好對方。

「人也好，東西也好，小說也好，我覺得能遇到讓自己想要效法的人事物，是非常幸福的。」

聽到這番話，茜寧靦腆的笑容消失了，她露出認真的表情，用力點頭，不過還有一抹喜色殘留在她的嘴角。

「那本書是我的支柱。雖然我和主角一樣苦惱，但我相信總有一天會改變。如果你哪天也去讀讀看，我會很開心的。」

「妳就耐心地等下去吧，糸林茜寧。可能要等到妳的撞球技術追上我的那一天。」

「那也太久了吧！」

逢含蓄地笑了。他把茜寧和《少女進行曲》的關聯加入了在吸菸室裡想到的她的特徵。

接著，他既不排除也不否定剛才他的心受到動搖的瞬間冒出的嫩芽，而是將其握在手中。

那支嫩芽現在只是一種可能性，但它確實存在。

如果他將來因此深深傷害了茜寧，他一定不會原諒自己。

但逢還是順著本心，容許自己握住這支沒人希望成長的嫩芽。因為他就是這種人。

雖然逢說要等到茜寧的撞球技術追上他，但茜寧已經不想再玩了，雖然撞球很有趣，但實在不適合她。逢和已經不生氣的茜寧暢談著這些話題。

兩人在閒聊時慢慢地喝著各自的飲料，茜寧正在享受這段遲早會結束的時光，突然發出一聲驚呼。

「啊！」

隨即又為自己的疏忽露出後悔的表情。

逢沿著她的視線回頭望去，看到一位少年縮頭縮腦地走到角落的座位。

「那是妳學校的人嗎？」

被他這麼一問，茜寧神情不悅地點頭，一臉不情願地解釋說：

「那是我的同班同學，跟我住得很近，算是兒時玩伴吧，不過感情沒有多好。」

「喔。」

逢明白了。光看他們的態度就知道這兩人地位不平等，感覺有點可憐，反正他們的關係到了成年以後自然就會化解，再不然就是老死不相往來，所以逢不打算插手別人的事。

不過調侃幾句應該沒關係吧。

「他來咖啡廳休息一下，竟然遇上了凶悍的兒時玩伴，真不幸。」

「我哪有？任何人跟他相比都很凶悍啦，是那傢伙太軟弱了。他要是再這樣下去，出了社會以後一定無法生存。」

逢知道茜寧尖酸的語氣背後隱藏著對朋友的擔憂。等到那位少年理解了茜寧彆扭的溫柔之後，他們的關係一定會大大改善的。

雖然逢心裡這樣想，但他還是不打算干涉朋友的人際關係，也不想把更多的注意力放在遠方座位上滑著手機的少年。

比起那個人，逢對面前朋友的人際關係更有興趣。

「妳平時都跟朋友玩些什麼？」

「跟那傢伙？我才不跟他玩咧。」

看到茜寧氣鼓鼓的可愛模樣，逢忍不住笑了。他沒有從小認識的朋友，所以不知道茜寧這種態度算不算正常。

「不是啦，我是說跟妳要好的女生，或是男友。」

「你是說他們啊！喔，很普通啊，像是唱KTV啦，去逛街購物啦，或是拍大頭貼。啊，晚點我也想跟你去拍！」

「可以啊，不過我不太熟悉現在的機臺，我上次跟朋友拍大頭貼已經是好幾年前的事了。」

「那就交給我這個行家吧。順便問一下，你有帶著以前拍的嗎？我想看。」

「我沒有檔案，貼紙應該放在家裡，也有可能被我室友丟掉了。」

「你是不會回憶過往的那種人？」

「對啊，反正交給別人保管就行了。」

「沒想到你這麼隨興。」

「就是啊。不過朋友若是叫我收好，我就會收好。」

「那你要收好跟我拍的大頭貼喔！」

那麼喝完飲料就去拍大頭貼吧。基於這個共識，逢喝飲料的速度稍微加快了一點。

就在茜寧去洗手間時，事情發生了。

逢會發現情況不對，一方面是基於巧合，一方面是基於他的工作。因為他每天上班時都要注意有沒有人做出違規行為，所以很熟悉那種人的動作和態度會有什麼特徵。

茜寧的背影消失之後，逢不經意地想起剛剛的少年，所以朝他看去。會在這個時機看他純粹是基於巧合。

他一發現就立刻站起來，朝少年走去，說了一句話，然後回到自己的座位。

逢依照自己的道德準則行動之後，若無其事地從口袋裡掏出手機，逛起Twitter，看見Impatiens為了紀念《少女進行曲》電影票房熱賣將在電影院舉行見面會和迷你演唱會的消息。他打開行事曆，確認那天是否能休假。

等茜寧回來以後，逢去吸菸區抽了一根菸。

他再回來時，少年已經不在了。

上村龍彬

龍彬來這座城市是很稀鬆平常的事，最大的理由是他的姊姊在這裡工作，他們的父母都有工作，如果兩人都要晚歸，就會叫他來這裡和姊姊一起吃晚餐。

另一個理由是電影院的數量。

這座城市有十幾間電影院，所以想看電影的時候一定可以找到他感興趣的作品。

不過有一個問題，那就是龍彬的學校離此不遠，所以他在這裡經常遇到同校的學生。為了不被同校學生認出來，他每次來這裡都會戴上帽子和口罩。其實他知道根本沒有同學會注意到他的臉，但他還是盡量小心。

他今天遇見她純屬巧合。

當他看完電影走向車站時，心血來潮走進一間遊樂場，正在看他不打算玩的夾娃娃機裡面有什麼獎品，卻隱約看見兒時玩伴從機臺後方的電梯走出來。

糸林茜寧和一個陌生女人在一起。龍彬戴著耳機，聽不見她們的聲音，但是看她們在對話，應該是一起來的。

他保持著距離，迅速把手伸進包包抓住攝影機，跟在她們身後。他覺得這是降臨在自己身上的使命。

離開遊樂場後，她們在遙遠的前方轉了個彎。在這麼熱鬧的城市裡若是跟丟了，今天之內恐怕很難再找到她們，不過和茜寧在一起的女人穿著紅色毛衣，正好可以當成目標。

她們走了一陣子，然後進入一間咖啡廳。這整棟建築物都是咖啡廳，所以他只要晚點再進去，再加上帽子口罩的遮掩，應該不會被發現。

不巧的是那兩人選擇了二樓最接近樓梯口的座位。他一看見她們就慌張地轉開目光，茜寧喊了一聲「啊」，一定是看見他了。

他不好立刻轉身離開，就坐在稍遠處剛好空出來的桌子。很可惜錄不到聲音，不過放在地上的包包還是能順利地錄到影像。

之後好一陣子他都在喝咖啡、滑手機，一邊偷拍兒時玩伴。她似乎一點都不關心他的存在。

過了十分鐘左右，茜寧突然起身，他還以為她要離開了，趕緊把藏在包包裡的攝影機換個角度，她卻走向洗手間。

他放心了，又把鏡頭對準她的座位。

接著他的眼前發生了意想不到的狀況。等到檢查影像的時候，一定能看到清楚的過程。

和茜寧一起來的人走到他的身邊。

「咦？」

對方沒有理會他愕然的聲音。那人從近處看起來真是美到驚人，不過這只是在他真正嚇到之前的一個小誤會。

「別做這種事。」

外表像女人，發出的卻是男人的聲音。

那人指著他的包包，只說了這句話，就回到自己的座位，若無其事地拿出手機來玩，沒有再看他一眼。

男人？男扮女裝？

龍彬暗自猜測，但性別或外表根本不是重點。

重點是那人很可能發現了他在偷拍，那句話是在警告他。

如果真是這樣，那就糟糕了。

即使那人只是猜的，如果茜寧知道了，說不定會要求檢查他的包包。以她的性格來看，這是很有可能的。

龍彬決定馬上離開。

為了避免和茜寧擦身而過，他還先等她從洗手間回來。還好，她一回來那個穿女裝的男人就去了吸菸區。

他拿起包包，目不斜視地走下樓梯，離開咖啡廳。茜寧和那個男人沒有跟過來，但他還是快步走向車站。

搭上電車，他的心臟怦怦作響，冷汗直流。

目前他心中的情緒只有焦慮和恐懼。

過了一段時間，他才意識到不只是這樣。

回到家後，龍彬才感到氣憤。

他不只氣那個男人，也很氣把朋友當成首飾帶在身邊的茜寧。

目前他還無法報復他們，這令他焦躁無比。

他不知道那男人是誰，即使他上網把今天看到的茜寧的作為寫在學校討論區，她也會立刻猜到是誰寫的。

到了隔天，他的情緒依然沒有平復。

晚上他獨自苦惱著該如何排解心情時，在另一個地方找到了洩憤的材料。

偶像後藤樹里亞出了紕漏。

後藤樹里亞

工作人員都跑去抽菸了，樹里亞獨自一人坐在豐田 Hiace 廂型車內，逛著 Twitter。昨天公布了 Impatiens 要在電影上映會後舉行座談會和迷你演唱會的消息，她正在查詢自己昨晚睡覺時增加了多少回應。大部分都是正面評論，但有少部分人覺得不需要找導演和演員以外的人來談論電影，也有人只支持 Impatiens 但是對電影沒興趣。這些分歧的意見可能會引起爭執，對樹里亞來說，這些也能做為構思今後人設的參考。

「是要出海嗎……」

車門突然開啟，同時傳來這句話。轉頭一看，Impatiens 成員之一的杜和子一臉不高興地站在外面。

「早安，怎麼啦？」

「樹里已經來了啊？早安。我是說集合時間。竟然是四點，天都還沒亮呢。是要出海嗎？」

「喔喔，妳是說出海捕魚啊？」

「嗯。」杜和子簡短地回應，上了車，關上門，一屁股重重地坐在樹里亞前排的雙人座。除了前後四個座位以外，車裡到處都堆滿了拍攝用的器材和服裝。

今天是拍攝新ＭＶ的日子，因為要到外縣市的海邊拍攝日出風景，所以天都還沒亮，就有兩輛廂型車分頭去接成員了。

「難道現在的ＣＧ技術做不出日出嗎？在海灘上拍的ＭＶ多的是吧。」

聲音從前方的座位傳來。現在車上只有兩個人，這種音量應該不是自言自語。

「好像不太一樣，我聽說還要光著腳站在海浪裡。」

「我也是這麼聽說的。怎麼能叫人在冬天做這種事啊？」

杜和子不斷地喃喃抱怨。這次她似乎是自言自語。

在Impatiens的成員中，最常批評事務所的人就是杜和子。

大多數的情況下，她只會在私底下抱怨，但偶爾也會讓成員或工作人員以外的人看到這一面。朔奈上次採訪時提到樹里亞在Twitter提醒過團員注意發言，指的就是杜和子。之前事務所安排她們兩人參加一個企劃，但杜和子明顯表現出不樂意的態度，樹里亞就轉推了一句話給粉絲看。

『重要的是能帶給大家多少歡樂，其餘的事都不用在意。』

她還特地打電話給杜和子說明自己沒有生氣，杜和子笑著回答：「妳又何必故意做這種事惹我的粉絲不高興呢？」

杜和子吐露真心話是基於服務粉絲的精神，這也算是她人設的一部分，所以她的作風截至目前為止還不至於給Impatiens帶來損害。

不過她的抱怨當然還是惹出了風波，而且支持杜和子的粉絲動不動就會提起這種話：

最早離開 Impatiens 的成員一定是杜和子。

粉絲們之所以繪聲繪影地流傳著這種無憑無據的說法，有一部分的原因來自她的背景。

Impatiens 成員的經歷幾乎都是公開的，始終把演藝工作當成正職的只有隊長朔奈，以及昨天繼續更新讀書馬拉松企劃的麻希。樹里亞本來是上班族，蘭是大學生，碧生是 YouTuber，最年輕的愛唯剛通過選秀時還是個高中生。

杜和子則是出身於古典音樂世家，不只是她的父母，連哥哥和爺爺奶奶都是音樂家，杜和子決定加入 Impatiens 時也是正在音樂大學主修弦樂器。

杜和子的粉絲都知道她的傲人背景，所以有人聽到她的抱怨就說：

『杜和可能根本不想當偶像歌手。』

這個猜測對了一半，錯了一半。

杜和子還不確定是否要像家人一樣把音樂當成人生的重心，不確定是否要如別人的期望走上音樂這條路，但她確實很喜歡音樂，所以選擇用另一種方式投入音樂的世界。她不是打從一開始就嚮往成為偶像，但她現在覺得偶像一職很有意義。樹里亞也聽她親口這麼說過。

此外，她也跟樹里亞分享過不能告訴粉絲的另一半真相。

與其逃避自己的生長環境，或是因此感到自卑，還不如用來抬升地位和形象。杜和子很明白這一點，所以才會在自己的偶像經歷中公開她從兩歲開始接觸樂器的經驗、她的絕對音感，以及她那位還算出名的小提琴演奏家母親。其實她自己比任何成員和工作人員都清楚，世上能拿出像她這種經歷的人多的是，但她還是稱職地營造出一副菁英的形象。

雖說杜和子表面上扮成任何要求都能毫不顧忌提出的菁英角色，事實上她的內心也差不多就是任何要求都能毫不顧忌提出的菁英角色。樹里亞知道，杜和子和被粉絲譽為怪獸的她是不一樣的。

『難道妳都不會有怨言嗎？直接說出來不就好了？』

樹里亞那次打電話給杜和子，杜和子不經意地這樣問她。

她當然不會沒有任何不滿或質疑，但她們只能屈就於事務所準備的、名為「Impatiens」的框架，所以她只需在這個框架之中盡其所能地表演。樹里亞用修飾過的詞彙向她表達了自己的想法。

「早安！」

「哇，來了個嗨咖。」

「既然杜和這麼說，那我偏偏要坐在杜和旁邊。」

「我還打算在路上補眠耶。」

在成員之中無論是外表、工作內容或資質都和樹里亞最契合的朔奈，故意逗弄著杜和子，坐在她身邊，並且不忘回頭向樹里亞打招呼。

「早安。」

「早安～」

朔奈關起車門時，司機和年輕的男經紀人正好回來，兩人各自坐進駕駛座和副駕駛座，看了朔奈和杜和子一眼。

「早安，人都到齊了，我們出發吧。」

「麻希還沒到耶。」

「她住在外景地附近，所以她會自己過去。」

「喔……」

「這些拿去，還沒吃早餐的人可以吃。」

「謝啦。」

杜和子接過便利商店塑膠袋，立刻轉交給身旁的朔奈。樹里亞聽見前面傳來窸窸窣窣和「要不要吃」的聲音，塑膠袋很快傳了過來，裡面放著兩瓶茶水和四個飯糰。

「朔奈也不吃嗎？真難得。」

買了早餐的經紀人關心地問了朔奈，她精神飽滿地回答：

「是啊！我昨天買了香蕉，所以今天的早餐是香蕉配優格，還有雪印 6P 起司。樹里呢？」

「我早上去慢跑，回家以後吃了蕎麥麵。」

「熱的嗎？還是冷的？」

「熱的。」

「有必要問這種事嗎？」

朔奈摸了摸明明說要補眠卻還是很貼心地配合吐槽的成員。樹里亞拿出一罐茶水，把剩下的東西放在旁邊的空位。

車子行進了好一陣子，前面的兩人仍在為某事拌嘴。杜和子雖然嘴上抱怨，卻不是真的不高興，所以樹里亞也懶得插手。

樹里亞默默沉思，每次看到這個情況她都會冒出一種想法。

她們喜不喜歡其他成員呢？

直到現在她都不確定。

這些像朔奈一樣因為嚮往偶像才加入這個團體的成員們，如果除去對偶像一職的感情，對其他成員還會有好感嗎？

她們總是互相支持、互相幫助，有時也會像普通朋友一樣地相處，應該不算討厭。樹里亞也會覺得跟大家在一起的時光很快樂。

即使如此，樹里亞卻不曾用「喜不喜歡」的眼光去衡量她們。製作人曾經說過，樹里亞的眼中只有觀眾。

她確是如此。這樣又有什麼不對的？

如果不注視觀眾，不面對觀眾，那她又該為誰奮戰呢？

前面的兩個人不知何時已經靠在一起睡著了。樹里亞雖然不想睡覺，但是在到達目的地的三十分鐘前也開始打盹了。

長達幾小時的拍攝工作結束後，早上才真正地來臨。

在等工作人員收拾時，樹里亞一個人走在海濱。

拍攝MV或宣傳照的工作總是很辛苦。今年夏天她們爬到陡峭的山頂拍攝，當然累得半死，這次又要光著腳泡在海水裡唱歌跳舞。結束以後，她覺得自己的腳凍到被針刺也不會有感覺了。

即使如此，成員們在拍攝過程從頭到尾都沒有表現出受到環境影響的表情或動作。一聽到導演喊OK，杜和子就指著一架攝影機大喊「姊姊們是練過的喔！」，把其他成員和工作人員都逗笑了。大概是要用來製作幕後花絮的。該做的都做了，接下來是剪輯專家們的工作。

樹里亞因為完成一份工作而感到了充實。

Impatiens不光是承載女孩夢想的寶船，而是和大唱片公司及其他各種製作公司息息相關的生意。樹里亞知道自己的職責所在，就是站在這個娛樂產業的最前線，承受這些辛苦的工作。

走了一陣子，遇到一顆大石塊，於是樹里亞決定折返。她一轉身，就發現麻希一個人看著大海，神情若有所思。

「既然妳住在附近，國中高中的時候一定跟朋友來過海邊吧？」

樹里亞不知道她是否想聊天，但還是開口問道。

「小學的時候和家人一起來過，不過我很早就進入演藝圈，所以沒有和朋友來過。」

「這樣啊。」

「那樹里呢？」

她不知道麻希這個問題的意思。樹里亞不但不是本地人，甚至不是出生在靠海的縣市。她露出不解的表情，麻希發出了符合她形象的哈哈大笑。

「妳國中或高中時跟男友一起來過海邊約會嗎？」

樹里亞也給出了符合偶像形象的回答。

「沒有，我高中時只是個普通人，不像妳或朔奈，但我也沒有那麼閃亮的回憶。」

這是她早就準備好的答案，但不是假的。

「應該說，我對國高中的事根本沒什麼印象，我只記得家裡有電子琴，所以常常自彈自唱。」

「所以樹里是在 Live House 誕生的吧。」

樹里亞時常會被麻希一句不經意的話觸動心靈。

「或許吧。」

跟麻希說話的時候，樹里亞偶爾會覺得「學習能培養感性」這句話真是說錯了。麻希討厭學習，也很缺乏一般的詞彙和知識（樹里亞聽到她說「合葉〔註9〕是一種花嗎？」的時候還以為她是故意的，沒想到她竟是認真的），她上電視或廣播節目會被主辦單位當成傻妞角色，連粉絲都是這樣看她，可是她往往能說出打動樹里亞心靈的話。

樹里亞經常幫麻希思考人設，試圖把她這種資質展現在大眾的面前，但至今還沒想出可行的方法。

要把自己或親友的魅力傳達給別人，比她想得更困難。

註9　鉸鏈。

不用說，每個人都有優點和缺點，樹里亞覺得身為偶像就是要展現出自己的優點，以及會讓別人覺得可愛的缺點。如果別人主動注意到這些優點是最好的，但是這種好事很少發生，所以她們必須自己把優點展現在別人看得見、聽得到的地方。

沒有人會主動來發掘她們的優點。

樹里亞剛開始當偶像就立刻意識到這件事，所以她一路走來不斷地塑造自己的人設。為了不輸給站上舞臺的千千萬萬明星，為了具備獨特背景、性格和夥伴們並駕齊驅，她持續地塑造著自己的人設。

她和 Impatiens 這個團體今後一定要持續進步。今年夏天，她們第一次的大廳院巡迴演唱會大獲成功，今年最後一場演唱會的門票在昨天上午一開賣立刻被搶購一空，她雖然開心，但這樣還不夠。只要還有人寄予期望，她們絕不能滿足於現狀。

她想被更多人看見，想要站上大舞臺，讓更多人欣賞她們的表演。

為了這個目標，一定要讓成員們各自的優點更為大眾所認識。麻希不只是個單純可愛的傻妞，應該讓所有人知道她雖然單純可愛又有點傻，卻有辦法一語中的。

樹里亞思索著。

等到麻希的讀書馬拉松結束後，或許可以嘗試看看兩人一起發表感想，或許她能對《少女進行曲》提出一些嶄新的觀點。

不需要現在就告訴麻希，如果讓她先知道要想出特別的心得，或許會阻礙她的感性。

工作人員聚集的地方，有人喊著她們兩人的名字。

在海灘上玩耍、在車上休息的成員都跑過來，一起和要走其他路線回家的攝影團隊道別。

之後Impatiens的成員分成兩組，個別坐上自己分配到的廂型車。她們來的時候是以居住地點來分組，回去時是要看下午有沒有其他工作。

樹里亞、愛唯和碧生要上直播的網路節目，所以會一起去攝影棚。本來節目邀請的是愛唯和碧生，不過樹里亞聽說事務所主動提議讓她或朔奈跟去監督。最後之所以選了樹里亞而非朔奈，是因為這次要談的主題是找尋夢想的歷程，也就是說，需要談到Impatiens之前的生活。朔奈原本就是偶像，所以本來是上班族的樹里亞更適合，而且節目製作方也對事務所提供的某個話題很感興趣。

三人上車後，蘭也坐到樹里亞身邊，關上車門。蘭等一下要去拍攝時尚雜誌的照片，很明顯，她會被選中當然是因為漂亮的長相和姣好的身材。

「志野木小姐，什麼時候吃飯啊？」

「回去以後先吃飯，還有一些休息時間。我想妳們三人應該不需要提醒吧，直播的時候要注意發言喔。」

聽到碧生的問題，坐在副駕駛座的女經紀人志野木給出了恩威並施的回答。愛唯爽快地回應，碧生在後方發出噗哧的聲音。

「如果說出禁止播放的詞彙會被逮捕嗎？」

碧生的語氣明顯到不需要猜測，她從來不把經紀人那些大人的規勸放在眼中。樹里亞知道碧生的人設就是調皮，所以只要不是太過分，她通常不會說什麼。為了避免發生麻煩的狀況，她還是提醒了一句：

「雖然不會被逮捕，但是妳得負起責任。」

「什麼責任啊，聽起來真可怕。妳要小心喔，愛唯。」

「我才不會亂說話呢！」

碧生笑了起來，樹里亞和志野木互看了一眼。她一定覺得選擇樹里亞來監督是正確的。

「熱血少女壞孩子及保母小隊——真有趣。」

一旁的蘭喃喃自語。

「不要隨便給我們取隊名。」

樹里亞刻意地笑著嘆氣。

樹里亞加入 **Impatiens** 以前，在面試時聽製作人說過「偶像團體不會有達到完美的一天」。或許他們對不是原本就對偶像抱持著憧憬的每個成員都說過這句話。

今後成員可能會增加，可能會減少，製作的大方向也有可能突然轉換，如果世界因為天災或疾病而發生動盪，團體的活動就得跟著改變，說不定還得放棄原本的組合，另行探索新的結構。這個團體預定要在主流市場出道，所以不能長年停留在要紅不紅的程度，事務所會一直尋求改變，來推動偶像團體的成長，團體成員的身心當然也會為了持續前進而承受極大的壓力。

樹里亞只覺得製作人是在威脅她。

如果有必要，事務所隨時都能變更成員，她若不同意就不能加入這個團體。她覺得事務所會這樣說是要逼她們做好心理準備，也是為了將來發生這種情況而預先解釋，不過這句話還有下文。

「所以妳們每一個人都要有決心。」製作人這樣說。

不能光是為了團體的想法和目標而努力，還要有實現自己心願的強烈決心。

「後藤小姐的目標是什麼呢？」

如今想想，那有點像是被惡魔詢問「妳的願望是什麼」。樹里亞當然沒有被誘惑或是被騙著出賣靈魂，她回答得很認真。

「我要利用團體的力量站上一個人無法達成的大舞臺，讓自己和觀眾都樂在其中。為了這個目標，我要成為表演最受期待的成員。」

因為這些大人有能力幫助樹里亞實現心願，於是她踏進了原本沒興趣的偶像之路。

當時其他成員是怎麼回答的呢？在網路節目的攝影棚看著Impatiens的介紹影片時，她一邊回想著。畫面變成了今年大廳院巡迴演唱會的最後一場演出，她們最有名的曲子的副歌結束後，出現了愛唯在最後一首歌之前的談話時間大哭的畫面。中間碧生笑著說「哭得真誇張」的那段被剪掉了。

「好，再一次介紹，現今廣受矚目的偶像團體Impatiens，今天有三位成員做為代表來上我們節目！」

節目主持人和另一位藝人同聲吆喝，鏡頭轉向樹里亞等人，她們依次自我介紹，接著齊聲說道「請多指教！」。自我介紹的順序是依照團體成員的排序，這次是樹里亞第一個，愛唯最後一個。每次決定不了由誰擔任領隊或掌事者時，都是依照這個排序。

她們和這位主持人在另一個音樂節目見過面，所以稍微聊了一下當時的事，然後很快地進入正題，也就是她們成為偶像之前的生活。這是直播節目，而且還有其他來賓，所以不能講太久。

『橋本碧生的真實身分竟然是 YouTuber！』

誇張的效果音響起，話題轉到碧生的身上。聊了幾句之後，螢幕播放出她幾年前拍的影片。

碧生加入 Impatiens 之前，每天都以 YouTuber「BLUE」的身分上傳自己翻唱的歌曲。她的歌喉漸漸得到大眾關注，最後終於被 Impatiens 的製作人挖掘。可以唱知名樂手寫的原創歌曲——碧生是聽到這句話才決定加入的，如今成了 Impatiens 的歌唱主力。

當了偶像之後，碧生仍繼續在官方帳號上傳唱歌的影片，她這個習慣很符合時代潮流，因此她的知名度在 Impatiens 的成員之中是數一數二的。

「妳從國中時代開始上傳影片是基於怎樣的契機呢？」

女助理導播用大字報提出問題，碧生挺胸回答：

「契機啊，因為我知道自己很會唱歌，想要被粉絲追捧。會來當偶像也是一樣的原因。」

聽到她自信十足的回答，主持人露出驚訝的表情，笑著說「妳很老實呢」。他似乎以為碧生是因為人設才這樣回答的。

不過碧生身邊的人都知道，她只是實話實說。

在樹里亞看來，越喜歡展現自我的 YouTuber 越受歡迎，碧生在 Impatiens 已經逐漸奠定了自己的地位，當然可以大大方方地說出這些話。

杜和子的高傲是表現在質疑現狀、要求改善，碧生的高傲則是表現在另一方面，那是從感情中自然湧出的，所以無論別人如何訓誡，這份高傲還是會以不同的形式和強度存在於她的心中，不斷地影響她的言行。

如前所述，只要碧生沒有做得太過分，樹里亞就不會說什麼。除了樹里亞尊重她的人設以外，還有另一個理由。

樹里亞知道，現在的碧生看起來雖然高傲，其實她已經比以前懂得節制了。以前的碧生非常看不起偶像一職，這顯然是個嚴重的問題，和她年齡相近的愛唯經常為此對她發脾氣。

後來扭轉局面的是隊長朔奈。

「妳只要做自己喜歡的事就好了，因為大人們又不會硬逼著我們當偶像。」

她這句包容的發言讓碧生的心態轉變了。

在樹里亞看來，碧生在那次對話之後，就不再把歌手的地位看得比偶像更高了。

碧生的訪談除了有一部分的發言太過自大，可能遭人非議，大致上還算順利地結束了，經紀人擔憂的事並沒有發生。

話題轉向了另一位成員愛唯。

螢幕上播放起回顧影片，追夢少女愛唯從國中時代立志成為偶像，從此揮灑著汗水淚水和熱情努力了好幾年。

她自己看著這段影片時，好幾次害羞到忍不住笑出來，碧生還說「好像少年漫畫的主角」。

樹里亞難得和她意見一致。

若要用漫畫來比喻，愛唯的故事就是經典熱血漫畫。不只是 Impatiens 其他成員，連大人們也會有設定停損點的常識，但她根本就像運動類漫畫的主角，一直秉持「只要努力就能實現一切心願」的信念堅持下去，所以她的成績確實令人感動，也會為了別人不經意的一句話真心動怒。

就算有純真的信念，也要有才華和努力才能吸引人。愛唯的粉絲都會和她一同流淚、一同開心，她身為偶像的形象就是感動人心的角色。

所以最符合節目主題「為追夢的年輕人獻上聲援」的成員應該是愛唯才對。

但樹里亞的介紹卻被當成壓軸，這是有原因的。

因為她的故事最有話題性。

愛唯的介紹結束後，輪到了樹里亞的環節，一位女藝人看著手邊的字板，依照劇本露出訝異的神情。

「呃，最後一位是後藤樹里亞小姐，本來是上班族，在團體內扮演著大姊姊的角色，在工作人員的眼中也很值得信賴。不過我們沒辦法製作她的回顧影片。」

主持人也訝異地說「這是怎麼回事？」，望向樹里亞。看在樹里亞的眼中，他和旁邊那位女藝人都有值得學習的地方。

「我加入 Impatiens 之前的所有影片和照片，都沒有保留下來。」

「這年頭竟然會有這種人？不只沒有數位檔案，也沒有和朋友一起拍的照片或大頭貼嗎？」

「那些東西本來就很少，就算有，應該也都丟了，因為我覺得成為偶像之後就不需要這些東西了。這次倒是給工作人員添了麻煩。」

樹里亞說完這句可能會被視為無情的發言之後，節目工作人員交給女助手一張紙條，她看了之後驚訝地探出上身。

「妳連制服都燒掉了嗎！」

「不是燒掉，而是當成可燃垃圾丟掉了。不過那畢竟是回憶，或許不太容易燒起來。」

樹里亞只是隨口說笑，專業的主持人卻捧場得大笑。不愧是專業的。

「如果有婚喪喜慶要怎麼辦？」

「我的朋友很少，目前還不用擔心。」

碧生插嘴說「重點不是這個吧？」，於是她又回答「參加婚禮應該穿正裝才對」。

畢竟是上節目，她還是公開了家人寄來的小學時代照片和成為偶像之後拍的證件照，簡單敘述自己加入 Impatiens 的經過，最後用一句「之後這些全都會燒掉」做為結尾。樹里亞感覺自己順利地發揮出在節目裡的作用，感到一陣安心。

「嗯，剛剛的訪問讓我們發現 Impatiens 之中有一位奇怪的姊姊呢，最後還要請三位對現今的年輕人獻上聲援！」

鏡頭再次轉向三人，她們遵照事前的指示，以介紹時的相反順序依次對著鏡頭說話。

「好的，就算我燒掉過去，現在還是活得幹勁十足。所以希望對現在感到不滿的人也能期待著將來燒掉過去的那天，積極地走下去！」

「竭盡全力追夢的過程雖然有時會覺得辛酸難過，但是未來一定有超乎想像的事物在等著，所以一起加油吧！」

「聽好了！不要等夢想實現，而是要去實現夢想！」

「謝謝大家！我們是 Impatiens！」

三人朝著鏡頭揮手，在工作人員的指示下一邊鞠躬一邊離開了鏡頭前。主持人和女助手還在聊著 Impatiens 的話題時，她們已經跟著志野木走出攝影棚。之後的節目可以回休息室觀看播出。回去時在走廊上遇到某樂團的樂手，她們禮貌地打了招呼。

「辛苦了！妳們每一位都表現出自己的優點，網路上的迴響也不錯。」

「我以前早就聽過樹里的怪癖了，但還是忍不住吐槽。」

「妳們表現得很好喔，樹里的回答也是。我剛剛搜尋了一下，有很多人不知道碧生就是 BLUE 耶。」

「聽歌聲應該就知道了嘛。」

樹里亞領回寄放的錢包和手機，坐在休息室的椅子上，立刻連上社群網站。錄影結束後要和大家一起拍紀念照，所以現在還不能換衣服。

她在 Twitter 搜尋自己的名字，看到了各式各樣的意見。

『不認識 Impatiens 的人會不會因此覺得後藤樹里亞是個怪胎啊？哈哈』

『樹里的可靠大姊姊形象岌岌可危。太有趣了。』

『碧生幹得好啊，愛唯讓人好感動，樹里的怪癖確實很有樹里的特色。』

她看著這些肯定或否定的意見，慢慢把時間軸往前拉，發現朔奈在 Impatiens 開始錄影之前發了一條留言。

點開附加的照片，那是畫在沙灘上的相合傘（註10），一邊寫著朔奈的名字，另

註10　表示情侶關係的傘型符號，傘柄左右寫著兩人的名字。

一邊寫著其他所有成員的名字，全都寫成片假名。

『一定要結婚喔。　#偶像　#和歌山蘭　#後藤樹里亞　#交野杜和子　#江迎麻希　#橋本碧生　#飯塚愛唯』

樹里亞本來打算錄影結束後再吐槽，不過杜和子已經回應了「高槻小姐，一夫多妻制還沒合法化喔。」，麻希也回應「我們家隊長真是花心（*＿*）」。樹里亞看到沒來錄影的三個人依然認真地工作，露出了笑容。

「樹里。」

樹里亞正在放鬆時，突然聽到有人在喊自己的名字，有點驚訝。

抬頭一看，愛唯掛著一副符合她風格的表情，眼睛睜得很大，顯然很緊張的樣子，可是錄影明明都結束了，而且愛唯並沒有犯錯。

樹里亞不解地歪著頭，愛唯把手機螢幕轉向她，說道：

「這個沒問題嗎？」

樹里亞和愛唯之間隔著一張桌子，所以她站起來望向那支手機。

然後她瞪大眼睛，看著愛唯。這時愛唯的視線已經轉向了經紀人。

藤野命

不用去 Live House 工作的假日中午，還在宿醉的藤野命搖搖晃晃地爬起來喝水。她搖曳的頭上頂著最近染的金髮。

昨晚下班後，她被前輩柱山啟治一直拉著喝酒直到天亮。在這個不夜城裡，下班之後還是找得到一大堆可以喝酒的地方。命禮貌婉轉地要求啟治請她喝酒，他原本回答「明天不上班的只有妳一個人」、「請妳喝酒太浪費了，反正最後都會吐出來」，但後來還是和命及另一位同事坐在一起乾杯。

後來命順利地回家，好好地睡了一覺，所以狀況還不至於太差。她一邊喝水，一邊毫無罪惡感地擔心著其他兩人的狀況。今天他們還要上班，不知道會不會有事。

命平日的所作所為通常都沒有惡意，她向同事帶來的高中女生洩漏同事的事蹟，當那位高中女生再來時又跟她說了同事喜歡的牌子，都只是為了炒熱當時的氣氛。

在過去的人生中，她偶爾會發生一些嚴重的失誤，但她向來習慣立刻反省自己的行為，所以後來還是周到地向同事報告了那位高中女生的事。

命把冷凍白飯做成了茶泡飯，非常美味，讓她不禁懷疑自己喝酒都是為了從宿醉痛苦中解脫的這一刻。

精神恢復後，她用手機逛起申請過帳號的各個社群網站。在看 Twitter 時，她發現最近很欣賞的某個帳號在她還在喝酒的時候有了動作。

「對了，逢家裡那個高中女生掛的布偶是什麼角色啊？」

「她不是我家裡的人。那個好像叫豆沙包娃娃。」

「很流行嗎？」

「她說在她的眼中很流行。」

命前陣子和逢聊過這些話以後就上網搜尋，追蹤那個角色的 Twitter 帳號，現在還挺迷的。

「這玩意兒的本尊是誰啊？」

命很喜歡擁有自我意志的角色，平時也愛看這些角色像活人一樣上傳的影片。從某個角度來看，她和喜歡偶像的同事宇川逢或許算是興趣一致。

她啟動洗衣機，接著去沖澡，傍晚看了熟識的樂團樂手參加演出的網路節目。主題是「為追夢的年輕人獻上聲援」。這節目的風格有些尷尬，不過她那位貝斯手朋友的樂團也老是唱些歌詞讓人感到尷尬的歌曲，所以還挺適合他們的。

她坐在沙發上，在矮桌上打開筆電，搜尋網路節目，發現已經開始直播，正在播放時，她朋友的樂團被請到畫面裡。

太緊張了。命事不關己地這麼想，一邊吃著冰箱剩下的汽水冰棒。

主持人和正經八百的四位樂手聊了一些話，不到二十分鐘，他們就下場了。命已經失去了看節目的目的，但還是因為惰性而繼續看下去。

下一組來賓出現在螢幕上時，她忍不住喊道：

「是逢的偶像！」

命專注地盯著身穿粉彩色服裝的偶像，汽水冰棒慢慢融化，差點弄髒了衣服。

對偶像沒興趣的命並不認識螢幕上三位偶像的其他兩位，不過這個團體最近還挺紅的，節目播放的歌曲她也聽過。

主持人問了各個成員的往事，然後輪到了命認識的那一位。聽說她過去的照片和影片都沒有保存下來，讓負責這次企劃的工作人員相當頭痛。

那位偶像本人露出有些愧疚的表情。

「哎呀，來找我不就好了。」

命把短短的木棍丟進垃圾桶，操作起無線滑鼠。

桌面的檔案夾裡存放了大量的影片，幾乎全是在昏暗的地方拍攝的，所以很難分辨，不過她根據存檔日期點開幾部影片來看，很快就找到了。

她搜尋影片時，剛才受訪的偶像已經下場了。現在就算找到也來不及了，但她一想到自己的行動或許能幫上別人，就忍不住繼續找下去。命就是這麼一個熱心腸的人。

為了慎重起見，她還先上網查詢那是不是公開的事實，查了以後覺得沒有問題，她才把自己幾年前因興趣而拍攝的影片貼到那個偶像團體的官方 Twitter 帳號，並加上一句「不嫌棄的話請拿去用吧！」。為了讓對方容易發現，她還加上了主題標籤。或許是派上了用場，很快出現一些回覆和按讚。

命有些期待節目之中會提起這部影片，所以繼續開著聲音，眼睛看著過去拍攝的各種影片，回憶著當時的情景。

結果那個網路節目沒有接受命的善意，但她並不失望，就算那是直播節目，恐怕也沒辦法及時反應。更讓她在意的是，自己發的影片很快就被那個偶像團體的粉絲大量轉發，還有人慎重地問她「這是偷拍的嗎？」。

命突然想到，自己的行動是不是太輕率了？她思索片刻，確定自己做的事情並沒有違法。為了慎重起見，她還在自己的 Twitter 上說明「我是有權錄影的人」。

為了更保險一點，命還對照了影片拍攝日期和她過去的行事曆。

她放心了。這影片確實是她身為客人時拍攝的。

在 Live House 舉行的活動上拍攝表演者，並沒有觸犯任何規定。

如果是已經出道的藝人，現場表演通常不會允許錄影，如果被發現偷拍，

Live House 和事務所的工作人員一定會追究，不過還是得看活動性質和藝人的態度，有些場合確實是可以錄影的。

命還沒進 Live House 工作以前，就很喜歡拍攝藝人的表演並且剪輯。

她的想法是，如果那位藝人後來紅了，她就可以拿這些影片出去炫耀。不過大部分的情況她只是懷著單純的心思，希望以自己的力量挖掘出有潛力的音樂人，所以就算是在短暫的表演中沒有吸引到她的藝人，她也會錄下來，等有空的時候再來重看。

別人看到命的解釋，知道自己不會變成共犯，就安心了，還有人寫下感謝的留言。

『謝謝你提供樹里這麼寶貴的影片！』

雖然這和命本來的目的不同，但是能幫上別人讓她覺得很愉快。為了體會那些粉絲發現沒看過的偶像影片的心情，她又再次播放了影片。

命現在還不知道，她的職業道德有朝一日會受到質疑，還得向影片裡拍到的同事和店長下跪道歉。

如今她的眼中只看到了十幾歲的後藤樹里亞，用沒經過訓練的甜美歌聲唱著疑似自己寫的簡單可愛歌曲，笑容滿面地和交情融洽的工作人員說笑。

上村龍彬

她果然一直在騙人。

看到後藤樹里亞以前的影片，龍彬想到的就是這句話。

想博取別人喜愛的人一直在演戲，一直在說謊。

看到自己的想法得到證實，龍彬不由得激動到發抖。

這顫抖有一部分是來自欣喜，他卻誤會這是純粹的憤怒。即使是誤會，他還是開心地批評了樹里亞，說她是為了商業考量打造出偶像的人設來欺騙粉絲，她男性化的打扮也是刻意塑造出來的。

樹里亞過去曾經自彈自唱的經歷並不是假的，但他連這點也批評，說她利用自己的形象誤導粉絲以為她以前的表演是硬派風格，事實上卻是那種甜美可愛的表演。

龍彬猜測很快就會有人出面解釋，可是過了一天、兩天，Impatiens 還是沒有直接針對那部影片發表任何意見。

唯一比較像樣的回應只有隊長高槻朔奈在 Twitter 寫的那句「我喜歡的女孩永遠都是又帥氣又可愛」。雖然有很多人要求朔奈對樹里亞的影片給出意見，但她一直強調自己是偶像宅，和粉絲站在相同的立場，始終不正面回應。

見她們如此不負責任，龍彬一天比一天更生氣。無論是肯定或否定，她們對於這部影片一定有自己的想法和心情，可是粉絲都要求了，她們還是堅持不肯透露對自己不利的真心話。

最讓龍彬氣憤的，就是她們明明展現了自私自利的一面，卻還是有那麼多人依然受到她們的迷惑。

他成日試圖用後藤樹里亞的各種發言和事實向大眾證明她打從心底看不起粉絲，可是除了「少數發現真相的人」以外，絕大部分的人都稱讚樹里亞以前的樣子清純又可愛，還因為看見了她扮演現在角色之前的形象而感到開心。

你們都被她騙了啦。

無論提供多明顯的證據，對這些缺乏想像力的人都沒有幫助。

在使命感的驅使下，龍彬還報名抽選 **Impatiens** 要舉行座談會和迷你演唱會的上映會門票。

因為當天能提問的不只是記者，一般觀眾也能向 **Impatiens** 的成員提問。

我要把怪獸的面具扯下來。

龍彬決定，在那天到來之前，他要先讀過原著作者和導演的訪問。這當然不是因為他對電影有興趣，而是因為他必須了解作品製作者的想法和 **Impatiens** 成員的意見有什麼出入，才有辦法批評。

早在他知道樹里亞要幫電影主題曲作詞時，就立刻讀完原著小說了。

糸林茜寧

——世上有很多過分的人會滿不在乎地說「大家都有相同的煩惱」。（《少女進行曲》單行本，第102頁，第10～11行。）

認識愛之後，茜寧就開始關注 Impatiens 成員的 Twitter，好為將來聊到這個話題時作準備。很巧的是，她的男友最近也喜歡上了 Impatiens 的音樂，所以多了解 Impatiens 成員的事對她想討人喜歡的心態也有幫助。

『雖然我對偶像沒興趣，但 Impatiens 不一樣，她們的歌很好聽。』

看到男友這句訊息，茜寧覺得他簡直是在汙辱身為偶像團體的 Impatiens，但她只能回答「她們的歌真的很帥耶！能吸引到原本對偶像沒興趣的人，真是太厲害了！」。

茜寧對她們的內心世界和背景當然沒興趣，看到 Twitter 上流傳著後藤樹里亞以前影片的時候，她覺得只有粉絲才會想看這種東西。那種影片能達到和ＭＶ

及演唱會片段差不多的點閱量，只是因為話題性。

她沒有料到自己會被那部影片吸引住。

絕對不是因為發現後藤樹里亞現在的形象是演出來的，也不是因為當時的觀眾太少，而是因為她對那個場地有印象。

茜寧非常詫異，瞪大眼睛注視影片裡的每一處。

她找到了，就在影片結束前的幾秒之間。後藤樹里亞結束了非常可愛的演奏之後，和一位工作人員聊得很開心。

沒聽到聲音，髮型也和現在不一樣，但是一定錯不了。

那是和樹里亞同樣久遠之前的愛。

「愛的朋友原來是她？」

茜寧不禁發出只有在獨自一人時才能說的自言自語，她立刻反省這樣說不定會被別人聽見，又因自己的反省而羞愧到想死，然後她傳了訊息給愛。

『我在樹里亞的影片裡看到你耶！（驚訝的表情符號）』

愛沒有立刻回覆，這並不是因為他有什麼顧慮，只是因為他還在工作。直到接近半夜十二點時，茜寧的手機螢幕才亮了起來。

『我剛才在工作（月亮的符號）。是啊，應該是我們 Live House 的人拍攝的吧。』

『原來你們是朋友啊！』

『明天是星期一喔，快睡吧。下次見面再聊。』

『好啦。晚安。』

茜寧表達了不滿的情緒之後，就爽快地放棄了。現在就算堅持追問，也得不到有益的情報。雖然還沒約定下次見面，但是以愛的性格來看，他一定不會就這麼敷衍過去。

在小說裡，主角和愛的朋友聊過愛的事。

茜寧本來以為扮演這個角色的是她在 Live House 認識的藤野，但若換成後藤樹里亞，那也說得通。

因為那一天她遇到了後藤樹里亞。

此外，茜寧因為愛是 Impatiens 的粉絲而開始關注她們的活動，她知道自己有辦法再次見到後藤樹里亞。就算不像樹里亞來到她打工的書店那麼巧，她也能靠自己的努力得到機會。

茜寧確認愛沒有再回覆，就把手機接上充電器，螢幕暗了下來。今天到此為止。

畫下句點後，茜寧從書包裡拿出一本文庫本，爬到床上。

她仰躺著，從頭讀起至今不知道讀過多少次的《少女進行曲》。

一邊用手指感受著新紙的光滑，一邊翻開封面和內頁。

她已經做過這個動作無數次，每次翻開這本書，還是會感到心跳加速。

並不是因為她覺得把特定某本書翻得破破爛爛很不像糸林茜寧，所以重新買了同一本小說好幾次的緣故，看到小說第一頁第一行的第一個字，她還是跟平時一樣感到新鮮，而且既驚悚又愉悅，如同有人用手指劃過她的背脊。

茜寧一口氣看了大半本，然後放下書本，起身關掉電燈。

她在黑暗中再次躺在床上，把書抱在懷中。

然後忍著不發出聲音，靜靜地哭泣。

這是茜寧向來的習慣。

她看書看到哭也不至於讓家人覺得奇怪，說不定家人反而會覺得女兒很感性，對她更加憐愛。

可是茜寧不像會為這種事哭泣的人，所以她為了謹慎起見還特地關了電燈，讓人以為她已經睡了。

她今晚又看了同一個故事，並不是為了今後的發展而確認故事情節，也不是為了檢視已經達成的部分。

只是因為她若不這樣做就沒辦法平靜下來。

她利用抱緊書本的痛楚忍住哭聲，獨自一人祈求著這個故事不會消失。

或許有人會覺得她沒必要這麼做。

看在旁人的眼中，茜寧的人生非常幸福美滿，沒必要從小說中尋求救贖。

她從來沒有餓過肚子，晚上有柔軟的床鋪可以躺，在學校從來不用擔心被人欺負，為了賺零用錢而開始的打工下班後，在家裡等待她的是溫柔的父母。她每天都和關係融洽的朋友們嘻鬧，偶爾也會吵架，但是通常過一陣子就好了，她和以前交往過的男友們也都處得很好。在旁人看來，她擁有無可挑剔的幸福家庭、友情和愛情。

不只如此，茜寧天生擁有能幫她實現這些目標的外貌，又在後天培養出察言觀色的能力和選擇措辭的反應，以及在人群之中面面俱到的本領。

茜寧知道自己是受人羨慕的，也知道自己在各方面都是得天獨厚的。

可是這些優勢都沒辦法拯救她受到禁錮的心靈。

沒有任何人發現她受到想討人喜歡的心態所束縛。

理解她的只有《少女進行曲》。

那個故事彷彿是了解茜寧的處境而寫的，被關在白色房間裡的真正的她彷彿成了書中的主角。

茜寧在這本書裡找到了唯一的救贖，這令她忍不住哭泣。

絕不會讓別人看見的眼淚稍微收住以後，茜寧翻了個身，從床邊的小冰箱裡拿出保冷劑，包在毛巾裡，恢復仰躺姿勢，冰敷眼睛。為了讓眼睛盡快消腫，她的房間裡隨時都會準備保冷劑。

在漆黑的視野裡，茜寧思考著自己定期進行的這種放鬆儀式。

說不定將來有一天她不需要再做這種事。

說不定將來有一天她看這本書不會再流淚。

等待那一天的到來，令她又欣喜又害怕。

因保冷劑而冷卻的淚水滑下了太陽穴。

在茜寧看來，《少女進行曲》是個容易理解的故事（一般人對這本書也有相同的評價，這令她非常不高興）。

可是，若要和愛一起經歷這個故事，有些情節她還想不到是怎麼演變而成的。

自從認識愛至今，茜寧越來越相信他們正在進行這個故事。不只是愛，他的室友和朋友也存在於這個世界，前陣子看到的後藤樹里亞影片也證明了這一點。

在小說裡，主角和愛的身邊有一個人被稱為「留下紀錄的夥伴」。

既然如此，只要接下來遇到的所有重要事件都遵照小說情節進行就行了，可是其中有一個情節似乎不太可能發生在她和過分熱心的愛之間。

在《少女進行曲》裡，主角和愛共同度過了一個晚上。

內容本來描寫他們兩人走在街上，下一行卻突然寫到「就在他們真正互相了解的時候，已經沒辦法從這裡回去了」。

上半句可以有很多種解釋，下半句最合理的解釋或許是末班車已經開走，但她很難想像那麼熱心的愛三更半夜還和一個高中女生泡在一起，他應該會在電車還沒停駛之前就蠻橫又體貼地把她送到車站了。

KTV、家裡、家庭餐廳、旅館、公園、路邊。茜寧想像過很多不同的場景，但是每個地方都不太可能。

當她只是個讀者時，她覺得作者寫得那麼隱晦就是不希望讀者把故事想得太具體，但故事若是發生在現實世界就不一樣了。

身為主角的少女要怎麼讓愛同意呢？

茜寧一直在思考實現這個情節的方法，就這麼過了四天。很遺憾，在那次深夜互傳訊息之後，她和愛一直沒有約定下次見面的日子。

距離故事的最高潮應該還有一些時日，可是她急著想見到愛，而且不光是為了表演給他看，所以她有些焦慮。這份渴望絕對不是出於算計，她卻用討好家人朋友男友的心態來解釋，還因此咬自己的舌頭好幾次。

今天下午，茜寧一如往常地為了打工而去到那座城市。她在書店的休息室裡把裙子換成牛仔褲，穿上圍裙，走了出來。今天跟她一起值班是店長和上次那位大學生西尾，茜寧最不擅長應付的女職員也會一起待到打烊，很疼愛茜寧的上村姊在打烊兩小時前先下班了，茜寧在她走了之後變得更加緊張。

她打著收銀機，幫忙擺書上架。太陽下山時，她向店長報告有個客人的舉止怪怪的，店長一喊，那個可疑的男人就逃走了，茜寧猜想那個人大概是個菜鳥偷書賊。

真相是什麼不重要。店長向茜寧道謝，她得意洋洋地打著收銀機。

「糸林小姐，我可以請教妳一個問題嗎？」

相較之下，站在一旁的西尾神情很鬱悶，他趁著店裡客人較少的時候對茜寧說話。嚴格的女職員去休息了，店長似乎有事要忙，一直關在辦公室裡。

「怎樣？要我教你怎麼分辨小偷嗎？」

面對這個得意忘形的高中女生，西尾露出了被逗樂的笑容。

「妳剛剛發現的應該是小偷沒錯，但我不是要問這個。我是想問妳，和男友相處得不好的時候，妳收到什麼東西會覺得開心？」

「喔？你和女友吵架了嗎？」

「妳問得也太直接了。」

西尾苦笑著說道，茜寧滿不在乎地回答「你也希望我直接一點吧？」。事實上，茜寧很清楚西尾喜歡年紀小的人和他親暱一點，也早就聽他提過女友的事。

西尾的女友也是大學生，年紀比他小，他有好幾次為了女友的事問過茜寧的意見。

「你真的要送禮嗎？如果平時很少送禮，吵架的時候才送，有點像是在收買人，感覺不太好耶。」

「喔喔，妳的意思是太刻意了？」

「是啊，如果男友是出自體貼而為我做什麼，就算只是一點小事，我也會很感動喔。」

茜寧說得斬釘截鐵，好像所有人的想法都和她一樣。雖然她的措詞是出自想討人喜歡的心態，但她的建議確實是真心誠意的。

在這種時候，她最在乎的還是別人對她的觀感，不過她回答得很真摯。她會提供至今的短暫人生所獲得的經驗，並且選擇適當的說法，讓對方能輕鬆地接受，或是輕鬆地拋開。

茜寧的建議似乎很有幫助，前陣子也有朋友找她商量單戀的事。同性朋友會來找她商量戀愛的事，多半是因為她有晉這個男友，所以不會被女生視為競爭對象，或許豆沙包娃娃也多少發揮了一些影響力吧。

「這樣啊。會讓高中女生覺得感動，聽起來挺有說服力的。」

「如果有人為我準備驚喜我也會很高興啦。」

「如果我準備驚喜，搞不好會惹她生氣。糸林小姐和男友相處得很好嗎？」

「那當然。」

茜寧沒有說謊。其實她感覺到這段關係已經快到結束的時候了，不過目前確實還不錯。

她的戀愛總是從對方開始，最後總是由她自己結束。

有時是因為察覺男友想要出軌，有時只是男友對她越來越沒有興趣，總之茜寧一定會在對方提分手之前搶先結束關係，因為在不被愛之前先分開，受到的打擊會比較小。

這次的男友晉是個認真的人，不過茜寧察覺到他正在反省自己是不是真的要和現在的女友一直走下去。最近他經常聊到未來的事。茜寧不知道晉的心中傾向怎樣的答案，不過等到他表現出來就太晚了，茜寧不認為自己承受得了男友越來越不愛自己的局面。

她覺得有些可惜，因為晉這個人挺善良的。

不過現在或許正是適合分手的時機。茜寧不覺得自己依照本性而生活之後，善良的晉依然會接受她。她也不認為自己有資格被他接受。

所以茜寧決定，這幾天就要開始分手的準備工作。趁著還不會受傷的時候，趁著男友對她的愛還沒減少的時候。

每個人談戀愛都是用真心，她卻好像把戀愛當成戰略遊戲，這讓她不禁羞愧到想死。

今天打工時沒有發生特別的問題，就這麼來到打烊時間。一想到《少女進行曲》就在關了燈的書店裡的那些書本之中，茜寧就覺得自己也在其中，有些毛骨悚然。

「辛苦了！」

工作到打烊時間的三人留下正職員工，一起離開了書店。

平時他們都會一起走到車站，然後再各自去搭車。直到那一刻，直到過了那一刻，茜寧的臉上會一直保持適當的表情。她自己都覺得好像戴著面具。

不過，無論她自己怎麼想，無論她的本質如何，剝下外皮以後，她的內在還是一個人。

既然是人，會有嚇到的時候也是正常的。

「糸林茜寧。」

茜寧的悲劇就是她會用算計和技術來掩蓋自己身為人的真實反應，而且這和她的意志無關。

聽到聲音而轉頭的不只是茜寧，兩位同事也看了過去。他們露出驚訝表情時，茜寧立刻掩飾了自己，她睜大的眼睛和嘴巴都蘊含著意志。

「啊，愛先生！」

沒見過的風衣在夜風中飄揚。

從相識以來，這是她跟愛第一次不期而遇。

感到開心的同時，茜寧也開始思索這是不是能當成故事進展的材料，這令她又看見了那個白色房間。

宇川逢

「唔……」

逢一邊走在路上，一邊抱頭沉吟。因為戴著耳機，他發出的沉吟比想像得更大聲，附近有個女人轉頭看過來。他似乎惹人誤會了，不過他只是順從心意發出沉吟，不在乎別人怎麼想。

他正在煩惱的是後藤樹里亞和糸林茜寧的事。因為那部影片，茜寧發現了他和樹里亞的交情。反正那是事實，被人發現也沒什麼大不了的，但逢覺得這事應該由他自己說明才對。雖然他們聊過樹里亞很多次，茜寧卻從其他地方得知此事，這樣似乎顯得他很沒誠意。

他想要盡快和茜寧談這件事，但是社會人士和高中生的假日很難湊在一塊兒，這種事也不適合用訊息解釋。

逢今天穿黑色高跟靴配白色裙子，披著咖啡色風衣，圍著紅色披肩來到這座城市。他難得戴了平光眼鏡，或許是因為心裡一直掛念著茜寧吧。

傍晚要跟朋友去喝酒之前，他終於下定決心，經過了平時不會去的書店。他從玻璃門望進去，茜寧正站在櫃檯裡。

她真的在這裡工作耶。

逢並不是懷疑她，只是聽她說在書店打工之後一次都沒來確認過，所以此時感到了安心。

他怕打擾到茜寧工作，所以沒去跟她打招呼，而是走向朋友訂位的便宜居酒屋。

後來的三個小時，他一直和朋友聊著不能讓高中女生聽到的愚蠢話題。

「有誰要續攤啊？」

逢的朋友兼室友堀北朝陽喧鬧地大喊，聲音升上了寒冷的天空。

如果有朋友提議續攤，就算逢預定今晚要回家，還是會在末班車開走之前盡量奉陪。他打從心底喜歡和朋友相聚，對工作又很有責任感，只好採取這種折衷做法。

決定續攤的四人走向第二間店。大家正在討論要去熟悉的酒吧喝朋友寄放的酒時，逢看了一下手錶，突然想到。

「喂，你們知道那邊的書店營業到幾點嗎？」

「哪邊啊？這裡有一大堆書店，你自己去搜尋吧。」

他依言拿出手機，查了營業時間，默默地思索一下，做出決定。

「抱歉，你們先去吧，我還有一點事。」

「怎麼啦？你突然想吃吉野家的牛肉嗎？」

「那是《搖滾新樂團》（註11）的對白吧。」

「喔！你竟然知道！」

「因為你動不動就提嘛。」

能和朋友一起開懷歡笑，讓逢覺得很幸福。

「不是啦，我要去一下書店。」

「喔？真稀奇。如果店裡沒位置，我再打給你。」

逢揮揮手和體貼的朋友道別，看看還有一些時間，就先去便利商店買了一罐咖啡。

註11　一部以搖滾樂團為主題的日本漫畫。

他到達書店時，店已經打烊了。他要盯著店員什麼時候出來，又不想太引人注意，所以站在巷子對面，背靠著建築物。朝陽他們沒打電話來，看來那間店應該有位置。

他一邊滑手機，一邊盯著兩個門口，過了一會兒，離他較近的門口走出三個人。其中一人的包包上掛著很大的布偶，所以他一眼就看出那是茜寧。

「糸林茜寧。」

為了讓另外兩人知道他們認識，所以他叫了茜寧的名字，然後他才想到這種時候不應該加上姓氏。逢並沒有感到後悔。

茜寧當然嚇了一跳，另外兩人也訝異地看著他。

「啊，愛先生！」

「打工辛苦了。妳現在有空嗎？」

那兩人用懷疑的目光盯著他，似乎有些提防，逢正在考慮該怎麼向他們解釋，茜寧立刻站出來打圓場。

「喔，有啊。啊，這位，是我的朋友，他在 Live House 工作，不是什麼可疑人物，所以你們可以把我留在這裡，沒有關係。」

逢也接著解釋「我只是要在路邊跟她聊幾句，沒事的」。

突然出現的這個人外表和聲音不相符讓他們覺得很奇怪，雖然他們還沒有完全釋懷，但只是簡單點個頭就離開了。大概還有員工留在店裡，所以逢保證她安全的發言說服了他們。

「愛先生，你怎麼會在這裡啊？」

「突然跑來真是對不起，我一直找不到適合的時機。」

「哇，你一身酒臭！你該不會喝醉了吧？」

「只喝了一點啦～」

大概是因為他說話的尾音無意識地拉長，茜寧笑了。

「一點？」

「真的只有一點，我都記得喝了多少杯。等一下還要再和朋友去續攤。」

「聽起來很愉快嘛，真好。也帶我去吧。」

「這種話等妳沒拿學校書包的時候再說吧。我還是不會答應就是了。」

「這副眼鏡很好看耶。」

這種隨便改變話題的高中女生作風讓逢微醺的腦袋覺得很有趣，接著他說出了今天的來意。

「我想應該跟妳說一下樹里亞的事。」

茜寧露出現在才想起這件事的表情。

「啊！沒關係啦，我不會跟別人說我和樹里亞的朋友是朋友啦！」

「謝謝，不過我不擔心這件事。反正那是事實，妳要跟誰講都行，我也不是要跟妳講這個。」

逢開始思索才發現，雖然記得喝了多少杯，但他或許真的有點醉了，在等人的時候事先想好的說詞就像捶積木玩具（註12）被敲掉的木塊，不知道都飛到哪裡去了。他無意識地做出抽菸的動作。

「呃，喔喔，對了，因為是事實，所以跟誰說都無所謂，不過也因為是事實，所以我沒提過這件事或許會讓妳胡思亂想。我特地跑來找妳就是為了說清楚，我沒告訴妳那件事，並不是因為不相信妳。」

逢直視著茜寧的眼睛，所以立刻看出了她的變化。她跟先前被叫到名字的時候一樣睜大了眼睛，隨即像是厭倦了那副表情，抿起嘴巴，接著用適合夜晚在路邊說話的音量說「你來找我就是為了這件事？」。

逢不太擅長解讀別人的表情，但他還是看得出來她的表情裡摻雜著驚訝、害羞和開心。

「嗯，只是這樣。但我不是懷著賣妳人情的心態而跑來說我相信妳。」

他一定要說清楚，自己不是專程來討她開心的。

註12 一種傳統童玩，要用小木槌把疊成柱狀的木塊從中間一個個敲掉。

「我是為了幫自己解釋吧。我很支持那傢伙做的事，嗯，我是說樹里亞，她沒有公開的事情就代表那不是偶像應該公開的事，所以我覺得自己不應該說出來，今後也不打算說。即使有個在 Live House 工作的朋友只是件微不足道的小事，我也不打算說。這不是在針對妳，我不會因為妳是高中生就認為妳會到處宣傳，也不會因為妳未成年而不相信妳。我覺得，如果讓妳誤會就不好了，所以才想跟妳解釋清楚。」

這些就是逢這幾天一直想要說的話。他把一滴都不剩的咖啡空罐貼在嘴上，思索著還有沒有遺漏之處。

茜寧的臉被他舉起的咖啡空罐遮住，再次出現在眼前時，她的眉間多了幾條皺紋。

難道她不高興了？不管逢再怎麼解釋，他沒有說出真相是不爭的事實，她會不高興也是無可奈何的，他早就做好心理準備，就算挨罵也要乖乖承受。

接著她的口裡確實說出了批評的話語，但是批評的角度和他預料的卻不一樣。

「我說啊，你明明比我更會花言巧語嘛。」

茜寧瞪著他，用感嘆的語氣說道。

「沒有吧，我不是說了我沒有那種意思嗎？我只是擔心妳會因為這件事感到不舒服。」

「就是這個樣子！你以前的女友一定也批評過你這一點吧？」

「啊？我可沒有因為花言巧語而挨罵過。」

「你身邊的人一定都很會忍耐。」

「我倒是被批評過對任何人都口無遮攔。」

「就是這個！就是這個！」

茜寧如卡通人物一樣聳著肩膀誇張地嘆氣。這刻意的表演讓逢忍不住笑了，然後她又嘆了一口氣。

「你的花言巧語就先不管了。嗯，那個，唔，呃，就是啊，謝謝你。其實我真的有點擔心。嗯，既然你專程來向我解釋，那我也該向你坦白。」

逢看到朋友表露真心的時候，都會打從心底感到高興。

「真是對不起。」

「不會，沒關係啦！我本來就容易想太多啦！」

逢突然感到很抱歉，他沒說出真相不只讓茜寧感到不舒服，甚至讓她開始反省自己的個性太多慮。

「還有，妳才剛下班，一定很累了，我還拉著妳在路邊說話，真是抱歉。」

「我才該向你道歉，你本來要跟朋友去喝酒的。」

「沒啥大不了的，只不過是喝酒。既然都來了，我陪妳去車站吧。」

「我說啊，你真的應該注意一下。」

茜寧再次誇張地嘆了一口氣，或許是為了緩和氣氛吧，她彷彿把剛才的對話一口氣收進心中似地笑了出來，邁步向前。

「對了，我還有事想跟你一起去做。」

「妳是說那本書？只要不是壞事就行。」

「很難說喔。」

茜寧露出惡作劇般的神情，不知所以的逢靜待著她開口。如果是在剛認識的時候，她一定不會露出這種壞壞的表情，所以逢現在只覺得很高興。

糸林茜寧

——「大人們為什麼都拿可愛的我沒辦法呢？」（《少女進行曲》單行本，第115頁，第3行。）

如果他不是愛就好了。

茜寧對著喝醉的愛表演著各種不同的表情，心裡想的卻是這句話。

今天是週末，天已經黑了，現在只有我們兩人，他還喝醉了。

愛專程跑來解釋的貼心讓她深受感動，兩人都向對方透露了隱藏在心底的話。

此外，愛的裝扮看起來像女生，跟他一起去哪裡都不容易引起別人側目。

她有無數個理由。

如果他不是愛，茜寧一定會在想討人喜歡的心態驅使之下挑動對方深埋心中的慾望，然後跟他找個地方窩起來。父母那邊只要請朋友幫忙解釋一下就行了。

如果她不是糸林茜寧，如果他不是愛。

就算發展出輕率的戀情也不是不可以吧？

沒有人知道假設的自己會是什麼情況。

茜寧目前知道的事實只有愛和後藤樹里亞依然維持著朋友關係，以及他果然是愛。她也明白了那句「已經沒辦法從這裡回去了」代表著主角和愛回不去的關係。

這些事實推動了茜寧以主角身分做出接下來的行動。

她決定去找後藤樹里亞。

後藤樹里亞

從第一次見面至今，Impatiens 的成員沒有缺少過任何一人，她們一起在舞臺上載歌載舞，扮演著各自的偶像身分。

其實樹里亞聽說過，有一位原先預定要加入的女生在企劃正式展開之前就離開了，但是樹里亞後來再也沒見過那個人，沒辦法想像她的樣貌。

她還記得很清楚，她們坐在那間白色的大會議室裡。

她的左右兩眼清楚看見圍坐成一圈的其他六人。

有人笑容滿面，心中充滿希望；有人沉著穩重、一副專業人士的氣質；有人顯然很緊張，身體不停輕輕晃動；有人一眼就能看出教養非常好，有人外貌出眾卻垂著眼簾，還有人整個貼在椅背上，一副倦怠的樣子。

眾人依次自我介紹時，樹里亞決心今後要和她們共同奮戰，同時意識到自己也必須把她們當成競爭對手。

在這群被選為偶像的出色女孩之中，要怎麼讓自己顯得特別呢？

她考慮良久，隔天就剪短了頭髮。

因為她的外表不能和其他成員相似，必須讓喜歡她的人從大老遠就能分辨出她。

Impatiens 正式開始活動後，她在表演時也會強調出和其他成員不同的男性化風格，於是她逐漸增加的粉絲在群體之中也漸漸顯出這種特色，在演唱會上喊她名字的聲音之中顯然含有特別多高亢的尖叫聲。

樹里亞覺得自己的個性在成為偶像之前就很強勢，加入 Impatiens 之後，她更刻意地強調了這一點。只憑她原本的個性，即使聽到其他成員說出毫無幹勁的發言，她也不會特別說些什麼，至於揪著小妹妹衣襟這種舉動更是不可能。

在一點一滴的刻意累積之下，逐漸在她心中形成了偶像後藤樹里亞的模樣。樹里亞對自己塑造出來的人設感到驕傲，覺得這樣才算專業素養。

她要藉著人設把自己的專業素養展現在大眾面前。更深、更寬、更高。

樹里亞對於自己這幾年的活動沒有絲毫的懷疑，和粉絲一起品嘗人設的瞬間正是她所追求的目標的結晶。

『我覺得應該提一下這件事。』

『喔，妳是說那件事啊。』

『嗯。話雖如此，其實我沒什麼特別要解釋的。』

『也是啦，畢竟這種事說不上好或不好。』

『對啊，只不過是曾經有過一段那樣的時期，而且被人保存了下來。我能說的就只有「後藤樹里亞今後也請大家多多指教」吧。』

『感覺就像樹里已經可以考駕照了這樣？』

『我沒有什麼要辯解的。該怎麼說呢，或許現在已經能輕鬆考上了吧。那只是一段過去，麻希和杜和子那個時期是在做什麼呢？』

『我當時還是小仙女。麻希呢？』

『這樣也行？那我當時還是旋轉木馬。』

『啊？什麼意思？』

『就是遊樂園裡的那種東西。』

『我知道旋轉木馬是什麼，不過我本來以為妳會順著我發言的風格說下去。各位聽眾，原來麻希以前是遊樂設施喔。』

『我只是聯想到夢幻風格的東西嘛！』

麻希假裝生氣的樣子讓杜和子哈哈大笑，樹里亞也開心地拍手。接著主持人播放了聽眾點的 Impatiens 歌曲，螢幕出現那首歌的演唱會畫面。

前往今天演出的 Live House 途中，樹里亞用耳機聽著每週日晚上更新、附上 Impatiens 影像的廣播節目。每週三或週四都要選出行程能配合的兩位至四位成員來錄影，短則三十分，長則一小時。

大約四分鐘後，節目再次回到了布置成隔音室的錄音間現場。

『重新介紹一次，今天來上節目的是我——交野杜和子、後藤樹里亞，還有，嘿嘿，從前的旋轉木馬。』

『我是江迎麻希啦！』

杜和子像是被點中了笑穴，耳機之中不斷傳出她的笑聲，後來她還是不肯罷休地繼續嘲弄「妳扮演的是馬嗎？」、「還是負責手動旋轉的工作？」，麻希用真正動怒的語氣抱怨「妳很煩耶」，此時節目已進行了一半，後半的二十分鐘幾乎都是杜和子拚命在安撫麻希，粉絲寄來的信件一封也沒有讀。

聽了節目的粉絲回饋的意見是「這一集好混亂」、「杜和真的很煩耶」、「最壞的是樹里，都不阻止她們」。麻希和杜和子在節目播出一個小時後，也各自在Twitter 上延續了節目裡的話題。

『我遲早要揍小仙女一頓（；∀；）大家要去聽廣播唷！（閃亮的符號）』

『旋轉木馬學姊好！(*^_^*)』

樹里亞在節目播出的當晚就聽過了，不過今天舉行的特典會可能會有粉絲提起廣播節目的內容，所以她在路上重新聽了一次。當然，她也知道杜和子是為了把焦點從她那部影片拉走，才故意欺負麻希的。

那件事之後過了一個多星期。

樹里亞加入 Impatiens 之前在 Live House 單獨表演的影片，已經成了支持她個人的粉絲的常識。因為那部影片沒有違法，而且就算刪除還是會被人貼出來，所以Impatiens的官方網站並沒有特別處置那條留言。

事務所努力想辦法讓這件事不會對樹里亞的人設造成負面影響，讓她主動在廣播節目裡提起這件事也是策略之一。

根本沒什麼大不了的。樹里亞這一個多星期都表現出這種強勢的態度，不過看到杜和子刻意和麻希演的這齣戲，她才發現其他成員早就看出來了。

大家都看出她的難過了。

下午一點，她在Live House門口聯絡經紀人，一邊和搬運器材的工作人員打招呼一邊走進去。表演時間是晚上七點。眾人彩排、討論、認真地參與特典會，六個小時一下子就過去了。

走進超過一千個座位的大表演場地特有的寬敞休息室，其中一位成員蘭正對著牆上的鏡子做著臉部運動。因為她擁有過人的外貌條件，所以她的表演路線很少用到太誇張的表情。

「早安，樹里。一切都好嗎？」

樹里亞看著鏡中的蘭，輕輕抬起一隻手。

「早安，很好。妳呢？」

「跟平時一樣。」

之後兩人沒有繼續聊，樹里亞把包包放在長桌上，坐了下來。對話沒有延續下去，是因為蘭並非為了最近的事而關心她的狀況。蘭平時都是這樣打招呼的。說完這句話以後，她就不會再開口了。

蘭在大學裡無意被選為校花，她展現自我的渴望是從美貌之中悄悄萌生的。她的口才不算好，社交能力也不出眾，但她知道只要自己不說話，別人就會因她的外表和學力把她的內在想得非常美好。成為偶像之後，她更徹底地發揮了自己端莊美麗的才女形象，就連跟其他成員相處時都會維持這種作風。樹里亞很尊重蘭的人設，所以跟她兩人獨處時總是保持沉默。

所以樹里亞完全沒料到，打破這片寂靜的並不是其他成員的喧譁聲音，而是蘭簡短丟來的一句話。

「表情太僵硬了。」

這次她們不是在鏡中對望，而是直接看著彼此。

樹里亞摸摸自己的臉。她明白蘭想說什麼，包括剛剛這句話的意思，還有年齡相差不大但畢竟是最年長成員的蘭對她的關心。

「我知道。」

看到樹里亞點頭，蘭露出微笑，接著又繼續做起臉部運動。直到碧生戴著音量大到聲音外漏的耳機走進休息室時，蘭和樹里亞都沒有再開口。

在沉默之間，樹里亞思索著落在自己頭上的痛苦。

自從Impatiens組成，她一路走來看似順遂，其實還是遭遇過不少艱難挫折，但她現在所面臨的痛苦是前所未見的類型。她雖然撐得下去，但還是會忍不住把痛苦表現在臉上和態度上。

身邊的人都誤會了造成她痛苦的原因。

那部影片散播出去後，樹里亞可見的範圍內增加了不少難聽的批評和中傷，有些人根本不認識Impatiens，卻擺出一副業界行家的姿態去評論樹里亞的外表、歌聲，以及她過去不成熟的表演，也有些認識Impatiens的人批評她至今展現給粉絲看的都是故意演出來的人設。

有時她的粉絲會因為護航而和那些批評者吵起來，但是支持樹里亞的人也沒有真正搞懂。

這些牽扯她過去的批評，樹里亞都當成是自己微不足道的一部分，在心裡罵一句「笨蛋」就沒事了。

樹里亞的人設不是她獨力塑造出來的，而是和她的粉絲們、主要喜歡其他成員但也一併支持她的人們合力塑造的，是這些人讓她這個女孩成為了批評謾罵都無法撼動的後藤樹里亞。

真正讓她難過的是，如同她共犯的這些人、和她一起塑造出這個人設的人們，竟然對Impatiens成員後藤樹里亞的人設表現出否定的態度。

『我第一次看到長髮的樹里耶！那樣更符合我的喜好（害羞表情）』

『雖然我不太喜歡樹里太強調專業素養，但是她那個可愛的模樣，我絕對沒問題！』

『我不只想看樹里男性化的一面，也想現場欣賞樹里女性化的一面～（愛心符號）#後藤樹里亞』

『樹里的歌喉在那個時候已經很棒了呢！』

或許所有粉絲、工作人員，以及樹里亞以外的所有成員，都不覺得這些發言有否定的意思吧。

所有成員到齊後，她們一起去向主辦今天活動的大人們打招呼，聊了一下子之後，全體成員聚在一起討論今天表演的事項以及彩排，結束後也沒有時間休息，還得接著準備即將開始的特典會。

Impatiens 特典會的內容和其他偶像團體大同小異，通常是在演唱會當天，開始表演之前在同一個會場舉辦。想參加特典會的粉絲從表演開始前的幾小時能在會場購買或預訂最新的唱片，每買一張唱片可以領取三張參加券，不過每人可購買的唱片數量和參加券的總數在每次特典會都有限制，要看偶像有多少時間而定。參加券的使用方法如下：每張參加券可以用來和一位成員握手，使用兩張可以和一位喜歡的成員用拍立得相機合照，使用三張則能和兩位喜歡的成員合照。

也就是說，如果想和所有成員互動，最少需要購買三張唱片。

因為有這種規矩，所以成員在特典會上受歡迎的程度不只取決於各人的知名度。

在特典會上存在感最強的成員是曾當過知名童星、從小累積了不少粉絲的麻希。就算不知道她的經歷，她親切、純真、熱情奔放的個性很容易激發別人的保護慾，吸引了不少年長的粉絲，因此在需要花錢買唱片的特典會上人氣最旺的就是麻希。

相較之下，成員裡知名度最高的碧生在特典會時反而沒有那麼顯眼，一部分的原因是她有話直說的性格讓粉絲不知該如何應對，更直接的理由則是她個人的粉絲大多只有十幾歲，青少年沒辦法常常參加頻繁舉行的特典會，經濟能力也比較缺乏。

樹里亞受歡迎的程度僅次於麻希和身為隊長的朔奈。

她的粉絲很有特色，女性占的比例特別多。她們喜歡帥氣的樹里亞勝過可愛的樹里亞，合照的時候經常要求被她摸頭，向她示愛的粉絲有男也有女。

樹里亞在特典會上的表現也是和粉絲一起建構出來的，雖然發生過叫粉絲不要再來的特例情況，但她長久累積而成的整體風格從來不曾出現過跟先前截然不同的變化。

今天的她跟剛開始當偶像時一樣緊張。自從那件事發生以來，這是她第一次參加公開活動。

她當然不能展現出這麼僵硬的表情。她至今和粉絲一起塑造出來的後藤樹里亞從未有過這種人設。

特典會進行得很平順。各成員在隔板劃分的空間裡和各式各樣的粉絲握手、合照，還會小聊幾句。

雖然不是每個人都會提到那件事，但提到的人確實不少，還有一些粉絲對樹里亞過去的形象發表了感想，那些讚美的話語深深刺痛了現在的樹里亞。

最令她難以忍受的是，有位參加過特典會很多次的熟識男粉絲若無其事地笑著對她說：

「樹里可以多多在我們面前展現真實的一面啊。」

「我一直都是這樣的。」

樹里亞努力裝出帥氣的表情拍照，約好下次再見，然後向他道別。她當然知道那位粉絲沒有惡意，他也沒有做出任何冒犯她的事。

但她確實受到了打擊。

不是身體的疲勞，而是心理上的疲勞。這或許是她第一次有這種感覺。這種不曾體驗過的疲憊打擊讓樹里亞有些嚇到了。

她之所以還能撐住，是因為知道還有一些粉絲依然堅守著她至今努力塑造的人設。

以前有一位大學女生請樹里亞幫她取綽號，樹里亞用了她當時掛著的吊飾幫她取名。那位女性粉絲如今帶著堅決的表情走過來。

「看大家那麼高興，我說這種話好像是在潑冷水，但我真的覺得現在的樹里很帥。」

樹里亞很開心，不過若是表現得太開心，或是只向她一人傳達自己的開心，都會和自己的人設產生衝突。

樹里亞依然用後藤樹里亞的帥氣態度，握著她的手說「今後我會更帥氣的」。對樹里亞說現在的她比較好、現在塑造出來的形象比較好的粉絲不只這一位。這一個多星期以來，無論是網路上或今天的特典會都有人這麼說。

不過世事就是如此。

即使有一兩百個盾牌，往往會因一句話而被打得粉碎，就算那句話除了自己以外沒有任何人認為具有攻擊性。

擊垮樹里亞的是第一次來參加特典會、她之前見過的女孩。

「喔，妳來了啊。真高興。」

「樹里記得我嗎？」

「當然，妳上次來跟我說話時，我就覺得這個女生好可愛。」

「沒有啦沒有啦，應該是我先向妳解釋上次的事才對。」

害羞笑著的女孩不像上次穿著圍裙，而是穿著可愛的迷你裙，外面套著格紋長大衣。樹里亞想起上次在她身上感受到的偶像氣質，覺得可以理解。這女孩平時聽人誇她可愛應該聽得很習慣了。

「我、我是第一次和偶像合照，該怎麼做呢？」

「可以一起擺出相同的姿勢，也可以自然一點。」

樹里亞放心了。

這個女孩上次說她最近第一次看了Impatiens的現場演唱，樹里亞聽出她的語氣不是「好不容易終於看到了」，而是「基於某些理由突然有了興趣而去看的」，此時又看到她不熟悉和偶像合照，便證實了先前的猜想。

那女孩是在書店裡向她攀談，應該是因為電影主題曲而開始喜歡她們的新粉絲。

樹里亞頓時放鬆下來。

對新粉絲來說，樹里亞的過去、現在、未來全都是新的資訊，她會等同看待樹里亞至今所有的樣貌，也會很珍惜地帶回今天在此締結的偶像和粉絲的關係。

樹里亞如此確信。

確信通常只是八九成的實際狀況加上一兩成的期望。

看到女孩遲遲無法決定合照的姿勢，樹里亞一邊觀察著工作人員的臉色，一邊提議說：

「要不要跟我勾著手臂？」

「咦？碰到身體沒關係嗎？」

「沒關係啦，只要不是男生要求身體緊貼就行了。還有女生叫我咬她的頭呢。」

那個粉絲或許是把怪獸的形象套在樹里亞身上，才會想出這種要求。女孩露出訝異的表情，然後緊張地站到樹里亞身邊，戰戰兢兢地勾住她的手臂。

樹里亞在這種時候一定會這樣做。她用力地貼緊那個女孩的手臂。

她想像自己能感受到那女孩的心跳聲，事實上她感受到的只有呼吸聲，以及外套底下的纖細肢體。

拍立得相片立刻顯出影像，樹里亞親手把照片交給那女孩。

「謝謝妳鼓起勇氣來參加活動。以後要再來喔。」

若說這不是為了銷售量或提高知名度，那是騙人的，不過樹里亞還是以自己的風格、帶著幾分真心對那女孩說出這句話，宣告了這段溫馨時光的終結。

「好的！謝謝妳！我會再來的！」

「嗯！」

「還有，其實……」

女孩看似毫無惡意，露出了興奮的笑容。

「我能鼓起勇氣，是因為知道樹里亞是愛先生的朋友。」

樹里亞驚愕地屏息。

「……愛？」

彷彿有一隻手鑽進了她心中的空隙，把她的心強行撬開。

那裡傳出她自己的聲音。那聲音喊著一個熟悉的名字。

「愛先生是哪位？這是暱稱嗎？」

她裝出充滿期待的語氣，自認為掩飾得很好。

「就是那部影片裡被拍到的愛先生啊！看到你們兩人說話的樣子，我心想樹里亞一定是很好的人，所以更想支持妳了！」

「這樣啊。」

「我會再和愛先生一起來的！」

天真的女孩不停地揮著手，離開了隔間。

樹里亞也向她揮手，臉上擠出笑容。

對方一定沒有發現她在自己打造的外殼之中感受到了危機。

她突然有一種預感。

這下完蛋了。

崩壞即將到來。

就算不是現在，想必也不遠了。

問題不是被人知道了她的交友關係。不是因為這點小事。

有人對後藤樹里亞身為偶像之外的部分產生好印象，因此跑來看她，成了她的新粉絲。

她感到自己心中的盾牌被這件事連根拔起了。

即使在發燒或腳抽筋時仍然供給她立足之地的堅固地面，彷彿突然消失了。

來參加特典會的女孩沒有錯。這不是任何人的錯。

但後藤樹里亞覺得自己幾年來塑造人設的努力、幾年前做出選擇的那一天，全都被否定了。

她無法譴責任何人。

預感是正確的。

樹里亞在接下來的特典會和演唱會都表現得一塌糊塗（這是她自己認定的，其實只不過是偶然犯了幾次小錯）。

這是很罕見的情況，所以有很多粉絲看到樹里亞的失誤還是偏袒地稱讚她充滿了人味。

宇川逢

因為要上班的緣故，逢沒有去看演唱會，但他很快就得知了樹里亞很罕見地在表演時犯錯的消息。他有一點擔心，不過聽說那些只是任何人都可能犯的小錯，諸如站錯位置或忘詞之類，他就比較放心了。在現場觀賞的粉絲都沒有批評樹里亞。演唱會結束後，樹里亞在Twitter上寫了「真是對不起今天來看表演的人。我會好好加油的」，也沒有出現負面的回應。或許還是有人批評，但逢早就封鎖了喜歡批評樹里亞的那些帳號，就算有他也看不到。

自從朋友樹里亞當上偶像之後，逢就下定決心，除了分享演唱會感想之外不會再跟她有任何的個人交流。

所以除了官方正式發表的事實之外，他無從得知樹里亞的想法。太擔心也沒有用。在工作的時候，他努力不讓自己去想她的事，但是休息時收到的訊息讓他嚇到嗆住了。

糸林茜寧用手機拍下她和樹里亞合照的拍立得照片傳給他，照片裡站在偶像身邊的高中女生神情非常緊張。

逢十分驚訝，但仔細想想這又不是什麼大問題。想到這裡，他突然發現一件事。

『妳蹺課了吧？』

回覆很快地出現了。

『說不定是在假日拍的呢。』

『昨天有好久沒舉辦的特典會，服裝也是最新的。』

為了找機會看 Impatiens 的演唱會，逢經常對照排班表和表演日期。太天真了。他默默地為這高中女生感到操心。

『……我太大意了！』

『前天見面的時候妳說最近會傳訊息給我，就是為了這個？所以妳早就計畫好要蹺課了？』

『樹里亞人很好喔！』

身為成年人，他沒辦法苟同茜寧這種擺爛的態度，不過他再看一次照片，又覺得只要她開心就好了。

「咦？那兩個人走到一起了？」

同事藤野瞄著他的手機說。

「她很喜歡樹里亞，破天荒地跑去參加特典會。還是蹺課去的。」

「哇，真是青春。」

藤野說了句老套的感想，從休息室的小冰箱裡拿出茶水，喝了一口。

「你跟那個女孩很要好嘛。你可別打人家主意喔。」

「我才不會咧。」

「依照你的個性，你才不會因為是朋友就不對人家下手。」

藤野是他的同事也是朋友，對他當然有一定程度的了解。

「我可不希望看到朋友因為迷上高中女生而被逮捕。」

「如果我被逮捕一定會供出主謀是誰，妳做好心理準備吧。」

「說什麼傻話。」

藤野哈哈大笑，拿起需要的道具就回去工作了。逢也不想留在不能抽菸的休息室，他把掛在脖子上的工作證放進自己的置物櫃，穿上外套準備外出。

大廳裡，一位資歷尚淺的創作女歌手開始表演，會專程來看她表演的想必都是熟人，為了其他表演者而來的客人姑且隨著音樂擺動身體。只關注出道歌手的人可能會覺得這場面很冷清，不過這在 Live House 裡早就是司空見慣的事。

走到室外，呼吸時冒出了白煙。新聞明明說今年是暖冬，但現在的氣溫還是很低。逢一邊爬樓梯，一邊想起剛才看到的常見場面，心中默默地期望著。

希望剛才那位創作女歌手至少可以達到自己滿意的目標。

這是逢的習慣。不管各種現實考量或背景因素，他都希望站在這個舞臺上的表演者能實現心願。這種率直的想法很符合他的作風。

為了自己和那位女歌手的祈禱停了下來，夜風吹得他聳起肩膀。走下坡道前往吸菸區的途中，他從祈禱聯想到了茜寧說過的話。

比起不認識的大人推薦的書，她更相信身邊的人推薦的書。

逢如今還是跟當時一樣同意後半句，也跟當時一樣對茜寧說的前半句抱持著不同的意見。

不認識的大人所舉辦的獎項或許會成為某位歌手大紅大紫的契機。有些歌手是在 Live House 裡累積知名度，也有歌手是因唱片行或唱片公司製作的廣告而被大眾認識，兩者沒有好壞之分，也沒有高下之分。

說不定那些獎項背後真的有茜寧所說的黑箱作業，但逢還是不願意徹底否定獎項的存在意義。如果否定獎項，也等於否定了期望有朝一日能登上大舞臺的歌手。

逢走進坡道中段的小巷，在公共吸菸區點了菸。冒起的白煙裡浮現了兩天前和他一起去過花店的茜寧。

最近他常常想到她。

逢不討厭想著朋友的自己，而他之所以苦笑，是因為藤野或許說得沒錯。

他絕不會對茜寧做出不軌之舉，但他或許真的迷上茜寧了。

毫無疑問，契機是發生在他們去打撞球的那一天。茜寧讓逢看見了她的內心。仔細想想，她會因為逢很像小說人物而向他攀談，已經表明了那本小說在她的眼中不只是一個普通的故事，但他卻一直沒注意到，他只覺得這種相遇方式也是有可能的。

當他聽到茜寧甚至克服恐懼、超越習慣，為了模仿故事情節而挺身奮戰，他才真正明白。

逢至今認識的成年人之中也有一些人非常熱愛某些作品，但他們多半只是把作品留在過去的記憶裡，不會為此改變現在的生活。茜寧卻會因為喜歡的作品而改變現在的作風。

這讓逢很感興趣，也想要多了解她一些。

最重要的是，逢一向喜歡個性獨特、忠於自己內心而行動的人。

這種心情是毫無虛假的。

抽完第二根菸以後，逢決定了接下來的目的地。

他在休息時間出去主要有兩個目的，第一是抽菸，第二是吃東西。今天還有另一個目的，他打算去買有樹里亞訪談的音樂雜誌。

雜誌去哪裡買都行，附近有好幾間書店，唱片行應該也買得到。他本來打算視吃晚餐的地點來決定，如今念頭一出，他就快步走向茜寧打工的地方。

她剛剛回訊息的速度很快，想必她今天沒去工作。

手動開門走進書店，果然沒看到茜寧的身影。如果她在，或許正在後面休息吧。

他並不是來找茜寧的，所以沒有繼續牽掛這件事，而是直接走向音樂雜誌的區域。找到了想買的雜誌，翻閱一下內容，立刻看見了 **Impatiens** 的隊長朔奈和樹里亞相視而笑的照片。那行「偶像私底下的穿著」看得他瞇起眼睛。

逢本來可以直接把雜誌拿去結帳，但他走向櫃檯的途中一直在看其他書本的封面，那些像ＣＤ封面一樣的專業設計和美感很吸引他。

那本書就放在櫃檯前的一區。

平放的小說堆了好幾疊，還有精緻的海報和播放著電影預告的小螢幕在強調那些書的存在感。

先不論好壞，逢覺得自己的個性只要看到有興趣的事就會一頭栽進去，對於不關心的事則是完全不想浪費半點腦容量。

所以他拿起了那本小說。

老實說，他對那本書沒有興趣，小說這種文化本來就不吸引他，看著滿篇文字也讓他覺得很累。小學上國語課的時候，他發現自己被問到作者的心情時總是答不上來，從此他再也沒有對小說產生過半點興趣。

不過，他很重視的朋友卻把這本小說當成人生的重心。

逢拿著一本雜誌和一本文庫本走向櫃檯。

店員詢問需不需要包書套，他回答「也好」。原本一直掛著客套笑容的女店員似乎被這個比想像中低沉的聲音嚇到，忍不住多看了他一眼。

糸林茜寧

——因為被鎖在沒人知道的地方，因為一直看著這一個人，所以她無庸置疑地知道那人有多醜陋。(《少女進行曲》單行本，第119頁，第18～19行。)

再次見到樹里亞，茜寧只覺得期望落空了。

茜寧本來以為說出愛和樹里亞的交情會促使故事出現某些進展，但對方只是極力掩飾著心中的愕然。

難道是只說一次的效果還不夠嗎？茜寧這麼想，並查詢了下一次特典會的資訊，發現今年只剩一場特典會，將在今年最後一場演唱會當天舉行。

看到日期，茜寧不禁嘆氣。如果等到那一天，就趕不上故事了。

《少女進行曲》的故事之中沒有提到明確的日期，不過可以從各種線索推斷出各個事件的大概時間。根據茜寧的解讀，故事的最後一天碰巧撞上 Impatiens 的演唱會日期。如果等到那時就太晚了。

所謂的朋友或許不是樹里亞，也不是藤野，而是其他人。

為了慎重起見，她還去了樹里亞的 Twitter 為昨天的事道謝，不過樹里亞從來不會回覆粉絲的留言。

茜寧一方面摸索著其他可能性，另一方面又知道自己並不是特別期待看到戲劇性的事件發生。

現在應該是「起承轉合」之中「承」的部分。

《少女進行曲》的主角也有平穩度日、沒發生特別事件的時候，如常地上學，如常地用功，如常地和家人相處，如常地睡覺，有時和愛或其他朋友互動，逐漸加深感情。或許有些人會覺得這些情節很無聊，不過這個部分在故事裡具有重要的意義。

因為對主角來說，這是她不被任何人理解的最後一段時間。

茜寧也依照故事平靜地度過和樹里亞再會之外的部分。

前天她和愛去了花店。

在小說裡也有兩人一起賞花的溫馨情節。剛好他朋友的生日快到了，所以這時邀約正好。逛了幾間店以後，愛買了裝在透明球狀盒子裡的永生花做為送給朋友的禮物，還順便買了一朵非洲菊送給茜寧。茜寧盡其所能地表現出開心和害羞，回家之後就上網搜尋鮮花要怎麼照顧，依法炮製了一番。小說沒有提到主角收到花的情節，但有提到主角收到了禮物。從網路上找到的資料來看，非洲菊若是照顧得好，可以活三個星期。茜寧把花插在裝了水的漂亮瓶子裡，擺在房間的角落。

如前所述，茜寧昨天去見了樹里亞。

今天她又來到這座城市。

放學後，她和好友美優一起走進做為本市地標的那棟建築物，地下樓層有各式各樣的甜點店鋪，她們想吃特別的甜點時都會來這裡。

茜寧買了色彩鮮豔的義大利冰淇淋，美優買了料多到幾乎爆出來的可麗餅，兩人一起坐在粗大柱子旁的長椅上。她們先給甜點拍照，然後兩人交換著吃。

「林，妳昨天在做什麼？」

「啊？為什麼這樣問？」

「妳不是蹺課了嗎？」

聽到美優突然提起這件事，茜寧依照自己的風格睜大眼睛表現出驚訝，湯匙上的冰淇淋隨著她的動作掉到地上。

「不會吧！被發現了嗎！」

「妳真的蹺課了嗎？我只是隨口問問啦！」

「什麼嘛！哎呀，中計了，我真是太大意了。」

茜寧露出消沉的表情，但是為了不讓美優太擔心，一下子就恢復原本神情，吃了一口冰淇淋。

「被妳發現是沒關係啦。」

「嘿嘿。」

「妳的直覺真的很強耶。」

「我又不是真的發現妳蹺課了。」

「我父母都有工作，又沒有兄弟姊妹，所以過得很自由。」

「這樣很好啊。所以妳到底去幹麼了？和晉一起嗎？」

「晉在這方面倒是很守規矩。」

「真的假的？明明是搞樂團的。」

「他是正經八百的搖滾樂手。」

「那妳是去幹麼了？」

「去嘗試前所未有的體驗。」

茜寧露出故作高深的笑容，為了保護和美優之間的友情，她還特地解釋「我覺得妳們應該沒興趣，所以才沒說的」。她一邊說，一邊從放在地上的書包裡拿出錢包，然後從錢包裡抽出照片交給美優。

「這是誰啊？偶像嗎？」

「美優也有在聽 Impatiens 的歌嗎？」

「沒有，我不認識，只是從服裝看出來這個人是偶像。我好像在班上聽人提過 Impatiens。」

「是啊，晉很喜歡她們，所以我也開始聽了。聽說買ＣＤ就可以和 Impatiens 的成員合照，所以我就去參加了。」

「喔，我知道！聽說還有人會因此買很多張ＣＤ是吧！」

「昨天我前面的人也買了三張一樣的ＣＤ呢。」

「哇塞，這種促銷方式太奸詐了。」

美優直率地說出感想，讓茜寧非常羨慕，換成是她絕對沒辦法開口批評朋友喜歡的藝人的銷售方式。

不過美優平時很會察言觀色，茜寧覺得對方是信任她才會如此坦率，心裡感到了一陣暖意。但是自己一邊欺騙對方還一邊享受著對方的好意，讓她忍不住又咬了舌頭。

「妳拍照時看起來好緊張啊。」

「是啊，我是看到出現在電視上的名人就會緊張的追星族嘛。」

「真意外，妳平時才不怕學長姊、老師或初次見面的人咧。」

「說成這樣太過分了吧？」

美優很懂得附和別人的玩笑話，就算是下流一點的玩笑或黑色幽默，她也會配合地給出反應。茜寧心想這樣說或許比較符合對話的氛圍，又為自己想要配合氛圍的心態羞愧到想死。

不只是為了氛圍，這一個月以來，說得精準一點應該是一起拍了大頭貼以來，茜寧和美優單獨聊天的頻率越來越高。

她們兩人是上高中以後才認識的，因為在班上隸屬於同一個群體，才會開始往來，最近還常常瞞著大家偷偷相約。美優也很享受撇開其他人跟她單獨出遊，感覺挺刺激的。

「美優還不是一樣？不只不怕學長姊，甚至老是跟學長姊混在一起。」

「這樣很好啊，常常有人請客呢。」

「唉，真羨慕。」

在茜寧看來，和美優變得親密還隱含著其他意義。

《少女進行曲》的主角雖然有很多朋友，但她從來不向任何人展露真正的自我。隨著故事的進展，主角在逐漸戰勝自己的同時也和朋友們漸行漸遠，只有一位朋友始終不變地相信著她、等待著她。

「林，妳可以期待晉的樂團大紅大紫啊。」

「機會太渺茫了啦。」

她們的友情對故事不會造成重大的改變，但茜寧猜想美優或許也是故事進行之間不可或缺的角色。

因為茜寧和美優越來越融洽的關係包含著想討人喜歡之外的目的，所以她和美優相處時比之前更愉快了一點。

吃完甜點，兩人趕在尖峰時間到來前一起搭上電車。美優一直在揉捏茜寧掛在書包上的豆沙包娃娃，沒多久就到了離別的時刻，朋友揮揮手下了電車。

茜寧度過了符合故事中的「承」的一天。

在這天之後，《少女進行曲》的故事加快了步調。

愛和主角相處之間，逐漸察覺到她內心有些奇怪的地方，也對她偽造的外在表現感到疑惑。他看出了少女封藏起來的真實樣貌，諒解了她、接受了她，甚至想把少女從內心的牢房之中救出來。

少女接觸到那堅強的意志，起初感到畏懼，最後還是決定依照自己真實的樣貌生活。

茜寧想著自己有朝一日也會走到那一步，心中就充滿了前所未有的解脫感，隨即卻是一陣強烈的恐懼。

她不是害怕決斷的那一刻到來時會和好朋友們分離，也不是害怕走向決斷的那一步。

她怕的是故事並沒有寫出主角決定照著自己真實樣貌生活之後是什麼情況。《少女進行曲》的最後一頁寫到少女藉由愛的陪伴得到了支撐的力量，讓她感到安心，然後就沒有了。

光看字面上的描述，光看作者花了整本書來描述的主角內心世界，茜寧實在不覺得少女身邊的人還會繼續跟她在一起。

她或許也會落到和主角一樣的下場。如此渴望受人喜愛的心態到了那一天能不能承受得住呢？結局的未知部分令她不由得感到害怕。

不過，比起永遠受到想討人喜歡的心態所束縛，她就覺得這種恐懼還是可以忍受的。

為了實現心願，茜寧跳入了故事之中。

她想過情節發展可能和小說有些落差，時間線或許也不盡相同。譬如說，她和後藤樹里亞的對話或許和故事裡描述的不同，在當下已經造成了極大的影響，樹里亞的態度透露出她和愛的關係並不一般，其中或許也隱含著某種意義。

茜寧這陣子腦子裡想的只有《少女進行曲》以及想討人喜歡。

在這樣的生活之中，愛主動向她提出邀約。

『我有話想跟妳說，最近有空嗎？』

如同小說的情節，轉折毫無預兆地來臨了。

即使是直覺很差的人也能看出這句話的語氣不是單純想約人出去玩。茜寧一看就止不住內心的悸動。

宇川逢

因為想讓朋友大吃一驚，逢懷著這份玩心翻閱著小說。

他一邊想像她說出「怎麼不告訴我你已經讀過了？」的驚喜表情，一邊看書。

逢大概花了一個星期讀完小說，此時他正在自己房間裡。他翻到最後一頁，確認沒有後記或導讀，然後把書放在桌上。

他伸著懶腰站起來，叼起香菸。

打開窗戶，冷氣頓時鑽進開著暖氣的房間。點燃香菸，吸進一口，寒冷彷彿消除了一點。

他吐出第一口煙。

他轉動著腦筋，如同活動著血液運行的肌肉，裊裊升起的白煙中混雜著他毫無虛假的心情。

「咦？」

糸林茜寧

——今天，少女第一次向人展現了自己真實的模樣。（《少女進行曲》單行本，第152頁，第12行。）

今天她要第一次把真實的模樣展現在別人的眼前。

茜寧站在全身鏡前，比出生以來這十七年的任何一個早晨都更緊張。稍微染過的頭髮、雖然違反校規但還不至於會被警告的淡妝、沒照規矩穿好的制服、改得比自己的喜好還要短幾公分的裙子、掛著能當作卡套的大布偶的書包，這就是糸林茜寧上學時的尋常打扮。最近天氣比較冷，她還加了一件深藍色的外套。看起來清清爽爽，不會過度花俏。

她每天每夜都在想，鏡子裡的這個人是誰呢？

某天她突然想到。

讓她把真正的自己封鎖起來的心態是什麼東西。

遮掩了真實的外表和心情、只希望討別人喜愛的詭異生物。

茜寧只要頂著這副模樣去學校，就能表演出友誼所需的一切行為，像是和朋友們互相打招呼、說說笑笑、互吐苦水、互舔傷口，偶爾小打小鬧。

她的精湛演技不是為了和朋友加深情誼，只是為了得到別人的喜愛。

對男友也一樣，對家人也一樣。對多半不會再見的路人、店員、鄰座客人、網路上的陌生人、樂團樂手、偶像，以及來她打工的書店舉辦簽名會的小說家也是。面對這些人的時候，茜寧總是在思考，要表現出怎樣的神情、聲音、話語才能得到對方的正面回應。

別人想必都是很單純地表達友情、愛情、親情，但她卻沒辦法毫無裝飾地率直表達。

這種生活讓她覺得很懊惱、很厭惡、很空虛、很想殺死自己，但她又沒有那麼大的勇氣。

今天故事就要改變了。

愛會發現膽小、無情、自私、但總有一天會真心喜歡上別人的真正的糸林茜寧。《少女進行曲》是這麼寫的。

「去死吧。」

她對著鏡中那個臉色難看的人喃喃說道。沒有得到回答。茜寧隨即握住門把，裝出了在家人面前常有的懶散神情。

『抱歉，我今天跟朋友約好了。』

『妳只說「朋友」，是因為那人我不認識嗎？（思考的表情符號）可別被人拐走囉。』

『我不會聽信傳銷或陰謀論啦，別擔心。（思考的表情符號）』

茜寧拒絕了晉的邀約，放學後又去了那座城市。

坐在電車上，看著掠過窗外的風景，她依舊掛著適合的表情。因為電車上可能有她學校的同學，所以不能掉以輕心。

車門開啟時飄進來的臭味還是一樣惹人厭。就像把人的皮膚像包心菜一樣疊起來，把一層層熱氣悶在裡面似的臭味。

茜寧知道自己身上的臭味比別人更強烈。

她覺得自己披著比任何一個家人、任何一個同學更厚的虛假外皮，她的皮膚從來不曾感受過風的吹拂。

雖然外表看不出來，其實茜寧現在緊張到根本記不得第一次在異性面前脫衣服時的心情是怎樣的。

愛會說什麼呢？

在小說裡，他發現主角的本性之後，一見面就說了這句話：

『我想知道藏在妳裡面的人在想什麼。』

現實的情況應該不可能這樣吧，一般人都會先打招呼，閒聊幾句。一定是因為太過理所當然，不需要多言贅述，所以才省略掉了。

茜寧是這樣解讀的。

他們相約的地點是座位彼此距離頗遠的咖啡廳。

她朝坐在店裡的愛揮著手，走過去，坐在他對面的座位。今天的愛穿了一身黑，和黑色的沙發很搭配。

她才剛點了檸檬茶，愛的聲音就傳過來。

「抱歉突然約妳出來，我有點想知道糸林茜寧真實的想法。」

茜寧努力不讓自己吸氣和吞口水的動作太明顯。

「你對我這麼感興趣嗎？我也很想知道你在想什麼就是了。」

「我想的事沒什麼大不了的，不過這幾天我一直在想糸林茜寧的事。不是想些奇怪的事情喔……啊，不對，說起來確實有些奇怪。」

茜寧露出詫異的表情，微微點頭，同時在心底深深地點頭。

是啊，愛一向不喜歡懷疑朋友。

如果他意識到朋友表裡不一，一定會覺得自己莫名其妙。小說裡也明確地寫到了這一點。

今天的他果然也是貨真價實的愛。

「啊？到底是什麼事？」

「或許會讓妳覺得有些突然。我可以直說嗎？」

「當然。」

猛烈的心跳、焦急的情緒，全都被她想討人喜歡的心態牢牢地壓住了。那是註定將被殺死的某種情緒的惡魔。

現在先讓你盡情肆虐吧，茜寧想像著從真實展露的自我除去那邪惡東西的情景，一邊靜待著愛說下去。

她在等待。

她長久以來一直在等待。

「這個，我不是很懂。」

「嗯？」

愛從放在身邊沙發上的包包裡拿出一個小小的、方形的東西。

茜寧立刻看出那是一本文庫本。放在桌上的那本書包了書套，茜寧還不知道他要說什麼，所以依舊保持著訝異的神情。

這種表情就算不像憤怒或悲傷那麼強烈，還是可以推動別人做出行動。茜寧的表情催促著愛拆掉包在外面的書套。

從愛的角度來看，把一本書放在兩人之間，打從一開始就只有一個意義。

一看到封面，茜寧就想到了那個可能性。

為了傳達出心情，她睜大了眼睛。

那封面以清爽的藍色為底，畫了散亂的各種物品，雜物包圍著中央的書名。和單行本的風格很像，大概是在改版文庫本之前出版的。下方三分之一的面積（在茜寧看來）都被改編電影的宣傳文字和演員照片汙染了。

她不需要拿起來確認。

「……你讀完了？」

「嗯，花了一個星期左右。對我來說算是讀得很快了。」

「真是嚇到我了。」

「我想跟妳分享感想，讓妳大吃一驚。」

如愛所料，茜寧確實非常驚訝。

茜寧沒想過他會看書，小說裡的愛也沒有展現過任何對文字的興趣。

愛接下來說的話填補了這個認知落差。

「我對小說沒興趣，但妳說過這本書是妳的人生準則，所以我才會感興趣。」

既然朋友感興趣，所以他輕易地採取了平時不會採取的行動。這點非常符合愛的作風。

但她有些疑惑。

書中人物可以讀自己被寫到的書嗎？

茜寧很快就意識到自己想錯了，不禁有些羞恥。

管他是不是書中人物，茜寧自己都讀了《少女進行曲》，就算愛跟著讀了也不是什麼奇怪的事。

「看來你真的很會花言巧語。」

「我都說了我不會嘛。至於糸林茜寧會不會我就不知道了。」

茜寧突然感到害怕，說不定愛已經從《少女進行曲》看穿糸林茜寧此人的內心了。不過他若真的全都看穿了，她再怎麼害怕也沒用。

「我也不會啊。所以到底是怎樣？」

她很單純地想要知道愛對《少女進行曲》有什麼感想。能夠聽到書中人物分享寫到自己的小說的感想，真是難得的體驗。

茜寧確信，愛的感想一定會強調少女在這個世上並非孤單一人。

所以她沒有注意到愛並沒有提及她的內心世界。

從這點來看，茜寧錯誤地解讀了愛這個行動的意義。

「比我想像得更容易讀。我很久沒看小說了，不過裡面沒有我看不懂的艱澀字眼，寫得非常淺顯易懂。我倒是沒想到旁白會一直使用敬語。」

茜寧很快就知道了。愛拿出書本時，已經開始提問了。

「嗯？那你說不是很懂，是哪裡不懂？」

「和我想得不太一樣。」

茜寧歪著腦袋，想討人喜歡的心態把她歪頭的角度比她真正的感覺收斂了兩公分左右。

她拿起眼前的文庫本，迅速地翻頁。茜寧對小說和電影的內容早已如數家珍，根本沒必要做這個動作，但她把這個動作當成一個標點符號。

「書裡確實有些令人出乎意料的情節，還會突然轉換場景。」

「我不是那個意思。」

店員把茜寧點的檸檬茶送來了。愛此時伸出了手，她把書交到他的手上。愛也開始翻起書本，但茜寧不知道他是真的在翻找什麼，或是他也把這動作當成標點符號。

「我不懂的地方並不是內容或故事。」

愛闔起書本，直視著茜寧的雙眼。他的眼神很認真，顯示出他絕不容許她逃避，也絕不容許自己逃避。

「我不懂的是，糸林茜寧，妳至今對這本書的說詞有幾分是真的。」

這在故事中是起承轉合的哪個部分？是序破急（註13）的哪個部分？如果不能把人生當成小說來讀，茜寧至死都不能理解。

「什麼意思？」

「我的意思是……」

就算身為作者或讀者，也只能用自己的想像力去解讀小說裡的字句，不可能完全理解書中人物的一切。

註13　形容音樂戲劇或武道等藝術結構布局的用詞，「序」是緩慢地展開，「破」是變化的轉折，「急」是快速地收尾。

「這個角色和我完全不一樣嘛。」

愛頂著那張臉注視著面前的朋友。

「這傢伙怎麼看都是女的啊。」

少女注視著愣在白色房間裡的自己。

「不會吧，我真的覺得你和愛很像啊！」

茜寧帶著笑容和驚愕否認了。

「要說像確實有點像，不過書中完全沒提到這個角色的性別和外表不一致啊。」

「只是寫得比較隱晦罷了。」

「還有，這個人又不是在 Live House 工作。」

「書上有寫到那是聽得到音樂的地方。」

「這範圍也太寬了吧。還有，妳說這個人的打扮和我很像。」

「對對對，我第一次見到你就覺得簡直一模一樣。」

「書裡完全沒出現關於服裝的描寫，甚至沒寫到是夏裝還是冬裝，我根本沒辦法想像這人穿的是怎樣的衣服。」

「愛的形象在我的心中很鮮明耶。」

「有可能是因為我很少看書，所以比較不擅長想像。」

「或許吧。」

「還有，書裡沒有主角和愛去買指甲油的情節，也沒有主角看到愛受到羞辱而挺身抗爭的情節，此外，和愛住在一起的應該是一大群寵物吧？不只這樣，最離譜的是……」

「嗯？」

「這根本是奇幻故事吧？我才剛開始讀就覺得很詭異，裡面竟然有魔法或詛咒之類的東西，這根本不是現實世界嘛。電影預告確實有一種很閃亮華麗的感覺就是了。」

「那是電影風格造成的啦，我在電影出現之前也只是讀文字而已。」

「我還以為我們看的是不一樣的書咧。我確認一下，妳說的真的是這本書嗎？小楠那乃佳寫的《少女進行曲》？」

「當然。」

「妳是認真的嗎？」

「我才不會分享假的小說感想呢！」

「我要先說清楚，我不是來質問妳有沒有說謊的。」

「啊？我也沒有這樣想啊。」

「那就好。我只是覺得小說內容和妳描述得差太多，想要搞清楚是怎麼回事。此外，或許也是因為電影預告的影響吧，我覺得主角和愛怎麼看都是情侶啊。」

「真令我意外！你竟然是戀愛腦！」

「戀愛腦是這個意思嗎？」

「不是嗎？」

「算了，無所謂啦。糸林茜寧，聽了我剛剛所說的那些事，妳還是覺得我跟書中的愛很像嗎？」

「嗯，我覺得很像。」

「妳也覺得自己像主角少女？」

「我在讀書的時候，真的覺得書中寫的就是我。」

「我完全不這麼覺得。」

「什麼意思？」

「先不說我和書中的愛像不像，我說的是這本書描寫的少女。在我看來，妳不像她那樣拚命符合別人的期待，不會看對象改變態度，也沒有那麼自以為是。從我的角度來看，妳比她正常多了。」

「不不不，你太抬舉我了。」

「妳跟我的同事藤野相處得很好，對自己的兒時玩伴也表現出關心的態度；我被人羞辱的時候，妳也是真心挺身而出，所以我覺得妳不是這麼差勁的人。」

「或許我心裡藏著一個壞人呢，呵呵。」

「壞人才不會說這種話。小說主角也不會這樣說。」

「我和愛都跟書裡描寫得一模一樣。」

「至少我不覺得自己跟那個愛有多像。」

「那為什麼你們名字念起來一樣？」

「唔……我從小就討厭逢這個名字。」

「這名字有什麼不好的？」

「太普遍了，光是我聽過的就包含藝人、樂手、創作歌手、偶像，我的朋友之中也有人叫這個名字，小說、漫畫、電影裡面一定也不少。」

「的確很多，為什麼呢？」

「可能因為是五十音的最前面兩個字（註14），所以很容易想到吧，而且還可以寫成很多不同的漢字，包括愛情的愛、藍色的藍、英語的我（I），或是人工智慧的AI。因為太常見了，我以前有段時間很討厭這個名字，可是不知從何時開始，我不再介意有多少和我同名的人，不再去比較自己名字的用字比較罕見，重

註14　五十音的開頭是A、I、U、E、O，而「逢」的讀音是AI。

點是我珍惜的家人和朋友就是用『逢』這個名字叫我的。」

「真是個溫馨的故事。」

「所以這本小說裡的愛和我的名字無關。同樣的道理，我也覺得糸林茜寧就是糸林茜寧。」

「我就是我。」

「我不是要否定妳對這本書的感想。妳之前說過，希望像這本書的主角一樣改變，在我看來，如果妳擔心自己是個討厭的人，我覺得沒有這個必要。就算妳對小說主角懷著強烈的認同感，糸林茜寧還是糸林茜寧。」

「愛不會說這種話。」

龜裂。

比平時封鎖得更緊密的地方出現了一線龜裂。

怎麼敲都敲不破的牆壁之間流出一滴血。

不過，想討人喜歡的心態不肯讓封鎖的真心燃起希望，迅速地抹消了她試圖求救的聲音。

「聽你一說，我也覺得小說裡的愛沒有逢先生這麼溫柔，或許你們真的不太一樣。」

「妳的態度變得也太快了吧！」

一旦享受到眼前的人展現的笑容，嘗到那甜蜜的滋味，內心裡的茜寧就開始害怕了。她不想失去這一切。

她被鏡中的自己馴服了。

「就像現在一樣，糸林茜寧是非常直率的。」

好不容易走到這一步。

「其實我還挺表裡不一的喔。而且拿帥哥特別沒輒。」

好想死。

「那樣不叫表裡不一吧，應該說是現實。」

「嗄？聽起來好討厭，還是表裡不一比較帥。」

好想死好想死。

「先不論像不像書中人物，沒想到我們對小說的看法會差這麼多。」

「讀書心得本來就是這樣啊，如果沒有插圖，就只能靠著文字想像。」

「妳能藉著這本小說想像出我這種外表，實在太厲害了。」

「別看我這樣，我的想像力可是很豐富的。」

好想死好想死好想死。

「逢先生真的不是愛嗎？你都讀了小說還是這麼想嗎？」

「不像才好呢，我不想要用這本小說裡的愛的身分和妳相處，而是想用宇川逢的身分和不是小說主角的妳用真實的樣貌建立坦誠以對的關係。」

「你是希望我覺得你花言巧語才故意這樣說的嗎？」

怎麼辦？

搞錯了。

他不是愛。

她眼前的這個男人不是愛。

他和其他人一樣。

他完全不懂《少女進行曲》，也完全不懂被封鎖在內心的少女，和隨處可見的那些人根本沒啥兩樣。

「真是狡猾的大人啊。」

她好想立刻離開這個地方。

他又不是愛，只是個直率得像笨蛋一樣的女裝愛好者，茜寧沒興趣繼續跟他待在一起。光是坐在這裡，現實就會提醒她抱持著無意義的期待，提醒她只是在作夢，她真想立刻逃開這種痛苦的折磨。

因為不能逃，所以茜寧才會期待、才會繼續作夢。

若非為了戀愛遊戲的算計，不高興就立刻離席是不討人喜歡的，所以她做不出來。

「不過我真希望自己也能像你一樣，坦蕩蕩地說出糸林茜寧就是糸林茜寧。」

「如果妳發現自己錯了的時候能坦白說出自己錯了，那就是在表露真實的自我，太過叛逆只會一直和別人起衝突。」

「你以前也會這樣嗎？」

「我像妳這麼大的時候常常會這樣，但我也不擔心就是了，我相信遲早有一天能活得像真實的自己。」

聽到這句話，讓茜寧想起和他一起去 Live House 時看到的樂團。

表露真正的自我，照著真心過日子，不帶著偽裝過活更快樂。

他們憑什麼歌頌那種生活方式，擅自認定那樣才是正向積極的？

真正的我怎麼可能那麼輕易地就能展露出來？

「這樣真的很帥耶！」

在沒人看得見的內心世界，茜寧被困在沒有陰影的白色牆壁之間。

她用掉了無可挽回的時間。

故事的最後一天逐漸接近。

她和不是愛的這個人一起進行了故事情節。

再這樣下去，她就沒辦法以主角的身分迎接那一天了，只能當個旁觀者。

此生她都要被困在這裡，永遠都不會被人發現……

茜寧把和宇川逢對話的工作交給鏡中的自己，內心的她則是不知所措地獨自坐在那個白色房間裡。

此時有一句話傳了進來。這句話來得正好。

「對了，糸林茜寧，妳一直說自己在模仿主角和愛的行動，如果就這樣進行到最後，那可就糟糕了。」

在沒人看得見的地方，茜寧抬起頭來。

原來如此。

那樣結束或許也不錯。

宇川逢不知道，最後的最後，和他口中真正的糸林茜寧截然不同的另一個黑暗生物竟因為這一句無心之言而做出了某個決定。

他也不知道，對於相信他就是愛的茜寧來說，和他的相遇帶給她多有力的支撐。

「哪天一起去跳傘吧。我早就決定要效法小說的情節，到時才能摸到逢先生的手。」

「啊，難怪打撞球時妳會有那種反應！真是壞心眼呢。」

「請叫我小惡魔。」

下定決心之後，無論鏡中的她裝出如何討好的表情、說出如何奉承的話語，茜寧都沒必要羞愧得想死了。

那朵非洲菊不到一個星期就枯萎了。

上村龍彬

能抽到門票讓他暫時放下了心中大石。

Impatiens 的成員會出席電影上映會，還會回答觀眾的問題。那是打探後藤樹里亞真實想法的絕佳時機，但運氣若不夠好就沒得談了。他在網路上分享自己抽到門票的消息，立刻得到了回應，龍彬和同樣對敵人抱持著不信任的夥伴互相宣誓一定會揭露真相，為之熱血沸騰。

後藤樹里亞一定想不到有人正在摩拳擦掌吧，他會讓被邪惡女人欺騙的那些粉絲清醒過來。

他到處蒐集相關者的採訪報導，還重新讀了一次原著，總算沒有白費。花時間做那些事情帶給他不少的痛苦，因為看到 Impatiens 的成員受訪時裝出來的熱情和感謝讓他非常不愉快，他重讀原著小說一遍還是看不出來這個故事有什麼價值能吸引到那麼多讀者，他從第一頁就覺得文筆拙劣且語焉不詳，第一次讀的時候就把這本小說評為爛書。

「如果本來已經有成見，當然會這樣覺得嘛。」

龍彬拿著瓶裝綠茶回房間時，聽見在客廳吃晚餐的姊姊對著電視節目抱怨。因為事不關己，他本來只想充耳不聞地走過去。

「對了，龍彬。」

龍彬已經體驗過不搭理姊姊的後果有多麻煩。他停下腳步，望向姊姊。

「你們學校是不是有個長得很漂亮的學長？」

「漂亮？」

「是啊，我之前站櫃檯的時候看到他穿著女裝，今天又在書店附近遇到，我問了打工的同事，聽說他是茜寧的朋友，你認識嗎？」

「不認識。」

有一滴水從他手上的寶特瓶滴到地上。

龍彬當然知道姊姊說的那個人，除了長得很美之外，他對那人的印象很模糊，只有一句話在他的腦海裡清晰地響起，讓他頓時感到心頭一緊。

他本來想立刻走開，卻又被姊姊叫住。

「不知道是怎樣的朋友。你最近和茜寧說過話嗎？」

「沒有。」

「難得你有那麼可愛乖巧的兒時玩伴，怎麼不多多珍惜呢？太糟蹋了。」

姊姊跟糸林茜寧的關係明明比他更親近，卻看不出她的本性，真是悲哀啊。家人受騙的事實又為他的所作所為增添了一分扭曲的正當性。

「其實我最近和茜寧也很少說話，她在學校裡過得好嗎？」

「不知道，應該跟打工的時候差不多吧。」

姊姊像是對這話題失去興趣，又轉頭繼續看電視上的都市傳說節目。終於解脫的龍彬握緊寶特瓶，回到自己房間，很氣姊姊叫住他閒聊，害他想起不愉快的回憶，又擅自結束了話題，於是把氣都出在抱枕上。

雖然他對姊姊說不知道，事實上茜寧在學校也非常活躍。

那女人淋漓盡致地運用自己的外貌和討好人的技巧，藏起醜陋的內心，毫不在意自己在追求幸福的過程中犧牲了什麼人。尤其是她最近彷彿得到了神明不公平的眷顧，看起來比以往更快活，讓龍彬非常不平衡。

他的另一個敵人後藤樹里亞同樣如常地活動，彷彿完全沒把欺騙粉絲當成一回事。

那部影片出現後，她在觀眾面前犯下很多不像專業人士會有的失誤，還是沒讓被洗腦的粉絲清醒過來。就算她在特典會時失魂落魄，唱歌時一再忘詞，在粉絲的眼中仍然是值得喜愛的對象，搞得好像包括「rind0」在內的反對者才是錯的，這令他非常氣憤。

看到不對的事，難道不該直說嗎？

就算再怎麼氣那些事，睡醒之後早晨還是會到來，每天定時響起的手機鬧鐘把龍彬從睡夢中叫醒了。

他像平時一樣做好準備，前往學校。光是想像這一天要承受的壓力，他就覺得雙腳無力，即使如此，他在自己都沒發現的狀態下卻變得比以前更有動力。自從他開始偷拍以來，他的心中多了一種和課業或社團截然不同的獨特使命感。

才剛走進教室，一個從後面衝過來的男同學撞上了他，那人隨口說句「啊，抱歉」，然後好像立刻忘了他這個人的存在，向全班宣布一則無聊的消息。

龍彬走到一如往常的座位，把書包掛在桌子旁，隨即把攝影機對準剛剛撞到他的男同學。他決定只要那人犯了任何失誤，就要向全世界的人宣傳。

有一群女生在教室的角落圍成一圈，吱吱喳喳地不知道在說些什麼，把他聽到的隻字片語組合起來，似乎是在聊茜寧和就讀於另一所學校的男友分手的事。這種事一點都不重要，不過龍彬一想到那個素未謀面的男生可以擺脫茜寧的毒手，就默默地為他感到慶幸。

能聽到茜寧的新資訊是很難得的。就算每天觀察一個高中生，也不容易找到值得關注的話題。

原本應該是這樣，但是隔天以及再隔天，她都把變化帶進了教室。某些變化除了有錄影畫面可以確認的龍彬之外或許根本沒人發現。

某天茜寧不再戴她固定會戴的眼鏡。

某天她很罕見地向老師頂嘴。

某天她沒有認真聽課，而是把漫畫藏在桌底下偷看。

某天她蹺掉本來做得很認真的打工。

某天她主動來找同班的兒時玩伴聊天。她提到了在那座城市的咖啡廳相遇的事，讓龍彬非常緊張，但她似乎沒發現他當天偷拍了她。好像只是閒著沒事，突然想跟兒時玩伴聊幾句，就過來找他說話，直到話題明確結束之前都沒有離開。

這些都不像是龍彬至今觀察到的她會做的事。

龍彬知道她的改變一定有原因，也看得出來她好像在找尋什麼，不過他沒興趣調查原因，反正一定只是太無聊而一時興起。

因此龍彬沒有太在意這件事，不過就在他去電影院對樹里亞發動制裁的前一天，有一個場面令他想起了茜寧的這些行為。

那天晚上，龍彬為了更容易發現樹里亞的破綻而重看了一次《少女進行曲》電影原著，他的感想依然是故事膚淺、劇情老套，但他發現了以前沒注意到的事。

『少女或許已經無法再和關係親密的他拉近距離了。雖然她想要邁出腳步，纖細的手腕卻被愛拉住。』

『會讚美這種遮蔽視線的裝飾品的人從來都不是少女自己。即使拿掉了這個裝飾品，她還是不會展露出真實的自我。』

『少女會如此執著於遵從別人的意思，是因為別人和她自己都太軟弱了。』

『「我也有辦法任性妄為！我也可以不談任何重要的話題，只是靜靜看著喜歡的繪畫！就算我繼續保持現狀，還是可以……」』

『彷彿爆發之前的時間會永遠延續，抑鬱不安的感覺徘徊不去。都是愛害的。少女直到今天的工作結束為止一直沉浸在半溫不熱的溫度之中。』

『她向之前不曾注意過的鄰居打了招呼。她試著和自己人生不需要的人相處，試著做了外在的她和內心的她都不會做的選擇。』

這些描述有點像那傢伙最近的樣子。

一想到這裡，龍彬似乎比較能接受他本來不喜歡的故事主角了。想到了不可能像少女那樣煩惱的兒時玩伴，讓他的心裡更不舒服，所以他放下了小說。

他不斷想到睽違許久又和茜寧像朋友一樣聊天的事。

龍彬提不起勇氣承認，和他聊天是外在以及內心的她都不想做的事。

到了上映會當天，龍彬突然很緊張，他比手機鬧鐘訂的時間早一個小時起床，多出來的時間也沒有做什麼，只是躺在被窩裡，想著後藤樹里亞的偶像生涯可能會在今天產生重大改變。她最近在社群網站上除了道早安之外什麼都沒寫，龍彬自以為是地覺得她或許已經有預感了。

活動地點是在那座城市的大電影院。

他在上演前十五分鐘到達，進入擠滿人的電梯，到了要去的樓層，沒有在餐飲區停留，直接去排隊等待進場。

輪到龍彬時，他把從便利商店領到的門票交給工作人員，拿回撕掉一半的門票及一張問卷。工作人員告訴他，如果有問題想要問哪位偶像，可以寫在問卷上，投入門邊桌上的其中一個箱子，到時問題會從裡面抽選。

龍彬本來很擔心會採取舉手發問的方式，聽到這番說明終於放心了。在這安心感的保護下，他也覺得有些遺憾。

他密密麻麻地在問卷寫下問題和自己的想法，為了維護自己行為的正當性，他的遣辭用句禮貌到有些誇張。桌上放著七個箱子，分別貼了某位成員的名字，他走到標記著後藤樹里亞的箱子前，把心中想法的結晶投入像存錢筒的洞裡。問卷順利地落下，讓他覺得自己的問題很有可能被抽到。

從敞開的門走進昏暗的放映廳，門票上寫的座位離螢幕不遠也不近，他乖乖地坐下，從包包裡拿出瓶裝茶喝了一口，然後含進一顆糖。此時廣播響起，一個女人的聲音說著：

『感謝大家今天來參加電影《少女進行曲》上映會及Impatiens的座談會和迷你演唱會，我是Impatiens的經紀人志野木，負責擔任今天的廣播員。』

「妳好！」

觀眾席吵鬧得不像平時的電影院，還有幾個人大聲向她打招呼。Impatiens的粉絲都認識志野木這些工作人員，甚至連工作人員都有支持者。龍彬不知道其他的偶像團體是不是也有這種情況。

龍彬對志野木這些工作人員的觀感不太好。他看過團體成員去KTV的影片（大概是高槻朔奈拍的），那些工作人員也坐在一旁笑著，他就批評工作人員濫用職權，還說想玩友情遊戲就該辭職才對，在網路上得到了若干共鳴。

經紀人志野木嘮嘮叨叨地說起迷你演唱會和座談會是在電影上映結束後舉行，可以中途離場但在某個時間點之後就不能入場，迷你演唱會之間可以喊口號但是不能站起來觀賞……諸如這些早已在Impatiens的官方網站上提過的事。

很遺憾，會認真看待這些提醒的人都已經讀過活動頁面的注意事項，再不然就是懂得看場合做事、不會任性妄為的人，但是有些觀眾在廣播提醒時站起來和朋友互相喊話，還有人不斷地跟同行者聊天，讓龍彬非常不高興。

在龍彬的心中，他對Impatiens經紀人的反感和對不守規矩的觀眾的鄙視並沒有衝突。再加上譴責樹里亞言行的虐待快感，他把這三種情緒都視為同樣的正義感。

他帶著一大堆情緒來到這個場地，但是沒過多久其中一項就不需要了，因為所有觀眾的眼睛和耳朵都朝向了前方。

『接下來要宣布電影上映時的注意事項，請大家注意看螢幕。』

放映廳變得比先前更昏暗，窸窸窣窣的低語也逐漸沉寂，過了幾秒後，螢幕上浮現一行「觀賞電影禮儀講座」。

熟悉的七個聲音一起讀出這行字。

觀眾之間發出輕微的歡呼聲，畫面隨即轉換，高槻朔奈出現。她獨自一人坐在和龍彬等人一樣的觀眾席的最前排，身上穿的不是舞臺裝，而是普通洋裝，她從放在腿上的小包包裡拿出手機，慢慢地朝前方舉起。

這時打扮成上班族的後藤樹里亞從螢幕之外走進來，拿起朔奈的手機。

朔奈一臉錯愕，這時兩人的動作停止，螢幕出現大大的「禁止攝影」字樣，樹里亞的聲音說道：

『無論看見多麼可愛的女孩，都不能拍照攝影喔。』

場內興起一陣掌聲和笑聲，當然是為了稱讚偶像們為了今天的活動特別拍了這支影片。這幾秒的內容既符合朔奈的人設，又調侃了樹里亞過去的事，逗樂了不少觀眾。

有些粉絲過了幾秒才理解影片和掌聲的意思，但龍彬立刻就看明白了，所以他既沒有鼓掌也沒有笑。

影片無視這個高中男生的心情繼續播放，剛才拿走手機的樹里亞又從一旁走過來，坐在朔奈剛剛的位置上。她手上的手機發出來電鈴聲，她說了一句「是客戶」，立刻拿起來接聽，才剛講了兩三句，交野杜和子就從後方座位探出頭來，指尖一揮，一陣光芒特效過後，樹里亞手上的手機消失了。

『手機請切換成靜音或關機！當然也不能講電話！我是你們點的小仙女，請問送來的菜色沒錯吧？』

安靜的放映廳裡再次響起笑聲。

接下來輪到其他成員上場，杜和子表演吃大餐來提醒觀眾禁止飲食，和歌山蘭把橋本碧生蹺起的腿放回原位，提醒她不要踢到前方或旁邊的座位，每段戲碼裡都融入了成員們各自的人設，接著畫面再次轉換。

在同樣的座位上，前排坐著三位成員，後排坐著四位成員。

『以上是 **Impatiens** 為大家講解的禮儀講座。接下來請大家和我們一起觀賞電影，共同度過美好的一天！各位久等了，電影《少女進行曲》即將開始，請大家好好享受！』

朔奈代表全員說完這段問候，其他成員一起揮手，畫面漸漸淡出。開演鈴聲在同一時間響起，沒過多久，飾演少女的年輕女演員讀起旁白，電影開始播映。

龍彬已經被自己的情緒淹沒了，所有感官的注意力還來不及回到電影上。他有些驚慌。他覺得剛才那段由朔奈和樹里亞表演的禮儀講座影片彷彿在指責他，現場觀眾的掌聲和笑聲也都是在嘲笑他。

這當然是毫無根據的幻想，但他無法否認自己心中藏著這種想法。

龍彬無意識地想著，不能這樣下去。他習慣性地發動自我防衛機制。為了揮開這份驚慌，他把心虛的情緒扭曲成憤怒。

他認定她們是為了把偶像犯的錯推到其他人身上才做了禮儀講座影片，搞得好像問題都是出在偷拍者那一方。

其實他希望先暫時收起憤怒的情緒，專心看電影，免得浪費了門票的錢，但卻遲遲無法擺脫這種狀態。

這些憤怒的碎片直到片尾字幕出現時才開始消融，如同因融化而變得尖銳的糖果，依然在口中刺激著他的牙齦。

演員和工作人員的名字隨著字幕往上移，同時播放著樹里亞作詞的主題曲。此時前方出現了一些動靜。

穿黑衣的工作人員把七支麥克風架搬上舞臺。

場內觀眾看到這一幕都開始躁動。這和龍彬一年前看的 Impatiens 演唱會一樣，依照七位團員的風格，七支麥克風架各自添加了代表性裝飾。

字幕裡出現贊助廠商的名稱時，七條人影從最前排旁邊的專用通道現身了。雖然燈光很暗，但不用猜也知道那七個人是誰。

當導演的名字出現在字幕時，場內燈光逐次亮起。

彷彿在等待規規矩矩保持沉默的觀眾的眼睛適應光亮，才剛聽過的曲子又從前奏開始播放。

龍彬許久沒親身感受樹里亞的歌聲、舞蹈動作、舉止，今天一看明顯比過去更有魄力、更加洗練。不只是樹里亞，整個團體都進步了不少，但龍彬立刻反省了自己對她們的評價。

表演得多好都不重要，因為他要糾正的是樹里亞的心態、立場和人格。

雖然龍彬如此說服自己，但他還是短暫地忘了口中那顆憤怒的糖果的味道。

演唱會共有五首歌，其中穿插了一些閒聊。後來龍彬在社群網站上得知這天的歌單裡包含一年以上沒唱過的歌，所以粉絲們都非常滿足。

最後一首歌的尾奏結束後，在狹窄空間表演過歌舞的成員們在觀眾的掌聲中離開舞臺，接著工作人員把麥克風架搬走，在舞臺右側擺了幾張椅子，左側也擺了一張椅子和放著七個箱子的桌子。

龍彬感覺全身開始發燙。

「大家好！Impatiens的表演真是太精采了！」

趁著演唱的熱度還沒消退，一位女性拿著麥克風走上臺，自稱是電視臺的主播，說完單位和姓名之後，她宣布自己會擔任今天活動的主持人。

「我們再一次歡迎Impatiens出場！」

七位成員再次現身，現場響起盛大的掌聲和歡呼，她們各自拿著麥克風，一起坐在右邊的椅子上。

龍彬緊張到不自覺地嚥著口水，這時他大概也一起吞下了口中的憤怒。

或許他應該繼續含著那顆憤怒的糖果，因為重新凝聚怒氣還得耗費不少力氣。

龍彬呆呆地坐在位置上，他的包包擋住了準備離開的觀眾，看到別人不悅的表情，他趕緊把包包放到旁邊的空位，等那幾個人從他面前經過，他才站起來。

他獨自佇立在放映廳的邊緣，試圖喚醒自己的情緒，直到聽見工作人員對他說「請盡速離場」。

座談會毫無波瀾地順利結束了。

什麼事都沒發生，樹里亞當然沒有遭到批評，也沒有被問到答不出來，更沒有說出讓粉絲從夢中醒來的發言。

「Impatiens好像還沒在電影院裡舉行過演唱會吧?朔奈小姐有什麼感想?」

被主持人一問，朔奈興奮地分享自己的感想，之後碧生也被問了相同的問題，她環視著觀眾席說：

「我在表演時就想問了，是不是有人今天第一次看我們表演?有嗎?」

在她的詢問下，只有三個人舉手。龍彬沒有親自計算，他是看到碧生指著那些人才知道是三個人。

「第一次就參加這種活動?真的假的?太厲害了，真有挑戰精神。」

講話一向不客氣的碧生也是龍彬批判的對象，不過他現在沒有心力去關注主要目標以外的人。最年輕的成員飯塚愛唯無從得知他的心情，附和著碧生的話說:「我覺得有挑戰精神是非常好的!」

接著主持人又問了她們剛才看電影的感想，以及關於主題曲作詞的問題，至此座談會終於進行到回答粉絲問題的單元。

「要從誰先開始呢?」

杜和子提議說「就依照相反的順序吧」，意思是把她們平時自我介紹的順序反過來，或許是為了把負責幫電影主題曲作詞的樹里亞排到後面。

主持人立刻走到寫著「飯塚愛唯」的箱子前，摸索片刻，抽出一張摺起來的紙。

「唔，提問者沒寫名字。這位要問的是，電影裡出現了一隻黑貓，愛唯想要養怎樣的寵物？如果有寵物會取什麼名字？」

「原來粉絲發問這麼平淡啊？」

「要問什麼問題都沒關係！我最近放假正好和朋友去了狗狗咖啡廳，所以我現在好想要養狗啊。碧生也很喜歡動物，她養的貓很可愛喔。」

「嗯，我家彈珠汽水是全世界最可愛的。」

不耐煩的情緒在龍彬全身上下奔騰，他真希望如碧生所說的無聊問題可以快點結束。他的心情當然沒有被聽見，主持人依然在問她們問題，其中沒有任何一段話能讓龍彬提起興趣。

『除了Impatiens以外，碧生小姐還覺得哪些偶像唱歌唱得很好？』

『請麻希小姐分享一下最近學到的詞彙之中最難的一個。』

『我因為崇拜杜和小姐而開始學小提琴，想請問有沒有推薦的品牌？可以的話我也想買和杜和小姐一樣的小提琴……』

『從隊長的角度來看，其他成員們最像《少女進行曲》的哪個角色？』

她們的回答也被龍彬當成耳邊風。

「有一個偶像團體我非常喜歡，雖然已經解散了……」

「這是在欺負我嘛！最難的詞彙喔，分水嶺吧？還是分水陵？啊，解釋意思？人家又沒有問到這個……」

「我自己用的是很昂貴的品牌，對於剛開始學習的人，我的建議是……」

「我也不確定像不像啦，但我覺得樹里亞應該可以了解主角的心情，碧生大概像愛吧……」

只有朔奈的回答讓他稍微豎起了耳朵，不過等到主持人向樹里亞提問時，那些內容就立刻被他拋諸腦後。

「接下來是樹里亞小姐。」

即使機率很低，人們還是願意相信幸運可能降臨在自己身上，龍彬當然也不例外。

「這位提問者也沒寫名字。」

龍彬聽到這句話時有點失望，但他立刻安慰自己說不可能這麼幸運，第一輪就被抽到。

「恭喜妳能幫電影主題曲作詞！今後還有什麼想嘗試的新工作嗎？」

「我想做的事很多，不過現在我想先把心力放在唱歌和舞蹈，此外還要提高敏銳度。」

樹里亞可能發現自己嚴肅的發言讓會場的氣氛變得沉重了，所以掛著戒慎恐懼的神情繼續說：

「所以我覺得可以做些鍛鍊心志的事，像是坐在瀑布下沖水，或是跳傘之類的。而且要和其他成員一起去。」

「我才不要咧。」

公開表示過自己有懼高症的蘭低聲說道，但還是被麥克風傳了出去，惹得觀眾一陣哄笑。

「還有，Impatiens 有很多好聽的歌，所以我希望世界各地的人就算不懂日文也來聽聽看。」

「這是要擴展外國市場的意思嗎？」

粉絲們紛紛鼓譟。龍彬當然不會表現出平時在網路上的那種態度。

「為此我想先好好磨練自己。若是搭飛機的話，蘭也可以在天上飛了。」

在這一段流暢得像是事先排練過的對話之中，樹里亞並沒有展現出龍彬期待的真實。之後蘭接著樹里亞的話題，提到她們搭飛機去沖繩開演唱會時在飛機上發生的小插曲，也沒有任何亮點。

藉著飛機的事平順地把話題轉到蘭身上之後，她也回答了主持人念出的問題，然後簡單地聊了幾句話。

之後的發展對龍彬來說是大出意料，對其他絕大多數的觀眾來說卻沒啥大不了的。

「很遺憾，因為時間的緣故，回答問題的單元只能到此為止。最後再提醒一次，請大家踴躍回饋對這次活動的感想。」

雖然沒有表現出來，但龍彬的腦袋頓時一片空白，接著捲起漩渦。

都還沒提到關鍵之處，也沒說到任何重要的話。

樹里亞只是維持著以往的人設，根本沒有認真面對他。

在他茫然若失的時候，活動很快地進行到終點，龍彬被內心和外在環境的奔流所席捲，直到活動結束後，他依然動彈不得。

觀眾紛紛離場，他卻呆立在大廳，試圖喚出某些情緒。如果輕易地接受毫無收穫的事實，他這幾週的努力全都白費了。

他必須幫自己找理由，必須藉著對樹里亞和這次活動的憤怒來證明自己沒有做錯。

憤怒的糖果已經吞下去了，所以他得重新醞釀，在腦中回想值得憤怒的事物。

仔細想想，提問的單元所選出的問題好像都是用來強調每位成員的人設。

如果真是這樣，主持人念出來的問題或許都是製作單位事先準備好的，叫觀眾寫問卷提問根本沒有任何意義。

成員們在回答問題時的反應都很快，更加深了他的懷疑。

尤其是樹里亞的部分，從她提到跳傘到蘭聊起飛機上小插曲的過程簡直流暢到不像是當場想出來的。

也就是說，她們這些人一點都不誠實，連這種活動都要欺騙粉絲，掩蓋真相，只表現出對自己有利的面向。

龍彬的結論像是從聯想遊戲得出的結果，他卻堅信這就是事實。

他沒有發現湧出怒氣其實讓自己感到了安心，只覺得再待下去也沒用，好不容易把黏在地毯上的腳抬起來。

「喂！喂！」

在這種場合偷拍太危險，所以他今天沒有錄影，但還是錄了音。他正在躍躍欲試地想著要怎麼編輯這段錄音檔時……

「喂！糸林茜寧的兒時玩伴！」

他沒有轉頭去看說話的人。

可是那人擋住了他的路。

看到前方地上那雙紅色的靴子，龍彬嚇得渾身一顫。

他不記得自己認識的哪個人會穿這麼花俏的靴子，但是回想起一秒前聽到的聲音，確實有些耳熟。

龍彬抬頭一看。

那位漂亮到令人吃驚的男人滿不在乎地抬手說了聲「嗨」，一副像是老朋友的態度。

他說不出話，但對方強硬的視線逼得他無法逃避。這點也令他很不爽。

「原來你喜歡Impatiens啊？我叫你是為了問你一些事，我今天只是碰巧遇見你，沒有打算警告你啦。」

聽到這一句話，龍彬因上次那件事而埋在心底的壓力又重新浮現。

他非常後悔，就算要發呆也該等到離開電影院再來發呆。

如果他一直維持心中的怒氣，就不會被這個人撞見了。

宇川逢

糸林茜寧本來經常傳些沒意義的訊息給他，但是從那天以來都沒再傳過。

畢竟每個人的生理時鐘都不同，而且她若是對宇川逢這個朋友厭膩了，他也會尊重她的想法。

可是逢很在意，茜寧是從那天開始改變的，就是他談到被她當成人生準則的小說那天。是不是他說的什麼話傷害到她了？

雖然茜寧沒有表現出受傷的樣子，但她或許只是藏得很好。她也可能只是想要靜靜地思考某些事，所以逢並沒有主動聯絡她，但他還是很在意這個情況。

對逢而言，這時遇見那個人就像遇見了及時雨。

這天不用上班，他特地打扮得比較樸素，前往那個熟悉的城市。為了避免讓舞臺上的人在表演時分心，只有會被座椅遮住的鞋子穿得比較華麗。

至於臉的部分，他還戴了平時不會戴的眼鏡。這是為了慎重起見，免得看過那部影片的人發現他就是裡面那個人。

不過影片裡的他頭髮比現在短，打扮也很簡單，因為當時是夏季，他只穿了T恤和牛仔褲，而且拍到他的時間很短，如果沒有按下暫停仔細看，不太可能認出他，所以他戴眼鏡只是戴安心的。

在便利商店領到的門票寫的是後排靠中央的位置。他沒有把用來提問的問卷放在心上，坐下之後就心無旁騖地等著電影開始。

電影內容不像茜寧對他描述的樣子，比較符合他自己對《少女進行曲》的印象。

電影裡的愛是女性，她和少女之間似乎有著戀愛關係。要說他跟愛有哪裡相似，大概只有一臉厭煩地吸菸的動作吧（小說裡也沒有明確寫出香菸一詞，只寫了「吸」字），但符合這一點的人多的是。

此外，他在讀小說和看電影時都有同樣的感覺，他不覺得故事主角像茜寧，反而比較像後藤樹里亞。當然，這兩位朋友在逢的眼裡都不是愛說謊的壞人，他只是覺得擁有表裡兩張面孔的少女和身為偶像的樹里亞有一種類似的氛圍。

樹里亞在今天的演唱會和座談會似乎格外賣力，大概是想為前陣子的頻頻失誤雪恥吧。逢身為朋友，當然很想支持她的鬥志，但他又覺得她並不需要這麼逞強，維持自己原本的步調或許更能讓粉絲開心。

活動結束後，逢不急著走，所以悠哉地等同一排的觀眾都走光了才起身離開。看到販賣餐飲的大廳擠滿觀眾，他突然想到「不知道茜寧是不是也來了」，不抱期待地隨便四處張望。

結果他沒有看到茜寧，反而看到她的兒時玩伴，也就是上次偷拍她的少年。

「你現在有空嗎？」

「沒有……」

少年戰戰兢兢地回答，轉開了目光。逢本來在想如果他有空就請他喝杯咖啡，既然他說沒空，逢就簡單地問道：

「糸林茜寧過得好嗎？她最近都在做什麼？」

「……還能做什麼？很普通啊。」

「她是不是有哪裡不對勁？」

逢覺得就算少年把這些對話告訴茜寧也沒關係。

他只是想關心茜寧的情況，並不是想背著她偷偷打聽什麼。

「聽說她跟男友分手了。」

「喔？你連這種事都知道？」

「只是聽到同學在聊……」

逢可以想像茜寧用生氣或難過、又或許是開玩笑的語氣在教室裡和朋友人談和男友分手一事的模樣。他也知道，失戀對高中生來說絕對足以成為短期失聯的理由。

「除此之外，不知道她是被什麼附身了……」

雖然逢沒有追問，少年卻主動補充了更多資訊。

逢知道少年想要掌握對話的主導權，以免被大人牽著鼻子走。他對這種心情感到很懷念，默默地聽著對方說話。

「最近她突然不戴眼鏡了，開始跟老師頂嘴，打工也蹺掉了，甚至會去找她平時看不起的同學說話。」

最後一句的語氣特別重，聽得出來那才是他真正想說的事。逢可以理解，少年的那句話是在炫耀自己的優勢，強調他不只知道他們共通的朋友茜寧的優點，也知道她的缺點，或許也隱含著想讓逢遠離茜寧的占有慾。

「喔？這樣啊。」

逢沒辦法光憑剛剛得到的資訊了解朋友的性格。

「我要走了……」

逢轉開視線陷入沉思時，少年一臉不悅地說道，隨即從他的身邊走掉。逢回頭望去，雖然知道他不想聽，還是說了一句：

「謝謝，請你跟她好好相處唷。」

少年沒有回答，也沒有轉頭。逢也不期待他回應，又自顧自地陷入思索。他在意的是少年剛剛說的那句「不知道她是被什麼附身了」。

少年說出那句話想必沒有深刻的涵義，逢卻因此想到另一個方向。說不定茜寧不再戴眼鏡等等行為也是在模仿《少女進行曲》。不過，在他讀過的小說裡，以及他剛剛看過的電影裡都沒有這個情節。

「這是怎麼回事……」

逢喃喃說道，幾秒之後他就放棄了，因為就算想出答案，他也不可能向或許正因失戀而消沉的茜寧求證，所以再想下去也沒有用。再說，逢無論聽到朋友說什麼都會相信。

「那麼下次就用我們真正的身分相見吧。」

那天分開時，她確實是這麼說的。

後藤樹里亞

她做到最好了。至少沒有犯下任何失誤。

樹里亞為這場活動拚了命。即使還有很多其他的工作，她還是針對只有五首歌的這場演唱會努力自我鍛鍊，請講師和其他成員陪她進行比平時更密集的歌唱及舞蹈練習，事後還單獨留在練舞室，連指尖的動作和眼神都要仔細地排練過。

這是為了不再像上次那樣失誤，也是為了抹消對她的人設沒有幫助的狀況和形象。

她努力了好幾個星期，但是粉絲要等到演唱會當天才能直接從她的表演接收到這樁人設。

偶像後藤樹里亞的個性不會主動提起自己做過多少練習、工作有多辛苦。

她的方法是透過其他成員間接地傳達給粉絲。

譬如說，有時她會叫蘭在自拍時把她在後面一臉嚴肅寫歌詞的樣子拍進去，有時會請朔奈用相機錄下她沒注意到有人偷拍、專心一致地練舞的模樣。

樹里亞覺得有人適合主動展現努力，有人不適合。朔奈和麻希自豪地展現她們努力的模樣，看起來是再自然不過的自我宣傳，但是樹里亞得（故意）被人發現專心努力的模樣，才能展現出自己的熱情和愚直而不顯突兀。

有很多人討厭不純粹的東西。

既然如此，樹里亞就得選擇有效的方法來建構人設，雖然這不是最完美的方法。

她在社群網站上減少問候以外的發言，直接向粉絲展現出自己為了演出而無暇分心。粉絲的留言漸漸不再提起上次那部影片的事，她每天早上在Twitter問候粉絲都能得到他們的讚美和慰勞，也促使粉絲更加期待下次的演出。

也是因為這樣，樹里亞其實不太喜歡在電影上映會播放的禮儀講座影片。她覺得沒必要再提起過往的事，但這不只是為了炒話題，也是主辦單位的意思，所以她只好同意。從結果來看，影片確實炒熱了活動的氣氛，所以樹里亞即使有些排斥，還是可以接受。

至於演唱會的部分，這幾週的努力有了成果，她在全神貫注的狀態下完成了整場表演，歌聲和肢體動作都在有限的環境中發揮出最大的表現。

座談會的時候，她緊張萬分地等著，不知會被問到什麼題目。

不過主持人選的問題比她想得更保守，她一拉開腦中的抽屜就能立刻找到答案，只要把表現自己積極進取的味道加進來，話語就滔滔不絕地從口中湧出。

電影院的休息室有使用限制時間，所以表演結束後，Impatiens 的成員和工作人員換好衣服、收好東西就盡快離開，搭專用電梯到一樓，七人坐進停在路邊的豐田 Hiace 廂型車。

她們要去的地方是位於同一座城市的練舞室，幾分鐘後到達大樓，搭電梯上樓，進入有大鏡子的房間，各自放下包包。在此期間，經紀人和其他工作人員也搭另一輛車來了。

像平常一樣，七位成員坐在地上圍成一圈，其他大人在一旁或坐或站。碧生第一個舉手說：

「樹里，妳會不會太拚命了啊？」

樹里亞突然被點名，一時之間不知該如何回答。

「唔……如果樹里最佳狀態的鬥志是十分的話，之前失誤很多的那次是八分，今天則是十二分吧。我今天的感想只有這樣。啊，對了，杜和子的小提琴有多貴啊？」

「妳關心的竟然是那件事？我習慣用的那一把價格是八位數。」

有好幾個站在旁邊的大人笑了出來，除了杜和子本人和樹里亞之外的成員都發出驚呼。

「妳的財力簡直比得上老爺爺老奶奶耶。不說這個了，我也覺得樹里亞比平時更賣力，不過這樣還不至於脫離樹里亞的風格啦。」

「是啊，樹里亞以前有段時間也很拚命，所以今天的表演還是屬於樹里亞的風格。妳是刻意這樣表現的嗎？」

樹里亞不確定該怎麼回答，不過在這種時候辯解除了自保之外沒有任何意義，所以她搖頭說：

「不是刻意的。我確實比平時更賣力，但我的目標本來是碧生說的最佳狀態。」

「我想也是。這只是我的感覺啦，唔……如果表達得不清楚那我很抱歉。這樣是不是會讓人覺得樹里已經達到極限了？」

「有一點。」

「我還以為只有我這麼想，原來杜和子也是，而且只有在舞臺上。」

碧生望向還沒開口的其他成員和工作人員，徵求他們的看法。

她不是在苛責樹里亞，每次 Impatiens 演唱會結束後，成員們和工作人員都會一起開檢討會，直言不諱地分享自己注意到的事。

碧生和杜和子以外的成員也發表了各自的感想。

「雖然有些賣力過頭，但我覺得不會造成負面影響。畢竟有上次那件事，樹里在今天的演唱會比平時更努力一點也不錯啊。」朔奈說道。

「我也這麼想。今天來的多半是老粉絲，大家應該都覺得很正常吧。」蘭說道。

「越想表現完美反而達不到最佳狀態，這力道還真難調整呢。」麻希說道。

「看到樹里那麼賣力，我也覺得自己一定不能輸。」愛唯說道。

在今天上映會前擔任廣播員、演唱會時在觀眾席最後排觀賞的經紀人志野木也舉手說：

「從觀眾席也看得出來樹里每個舉手投足都做得非常到位，可是，真的像朔奈所說沒有負面影響嗎？那些負面的東西會不會透過樹里的心情傳達給觀眾呢？」

這個指責確實令她無法辯解。

「這是第一次讓全體成員坐下的演出，所以我也說不準，總之觀眾不像上次那樣一直在竊竊私語。」

依照燈光的設置，在一般尺寸的放映廳裡，就算是開車時必須戴眼鏡的樹里亞也能看到最後一排的觀眾。雖然她沒辦法記得所有人，但在特典會見過很多次的粉絲她在演唱會上都能立刻認出來。她看到的粉絲臉上的表情都很愉快。

「常來的粉絲都很盡興，我看了非常開心，不過我也擔心可能有一些人和碧生有相同的感覺。我希望讓粉絲看到我的賣力，但不希望顯示出自己的極限。」

她的前半句完全是真心話，後半句只有一半是真心的。

就算碧生說的是事實，只要觀眾的眼睛清楚地看見後藤樹里亞，那她今天的做法就沒有錯。

依照樹里亞自己的想法，就算她今天的演唱會真的賣力過頭，她還是想要凸顯自己。

因為上次演唱會之後的這幾週間，她一直覺得自己若再後退一步就會摔下谷底。

她已經沒有退路了。

「對了，碧生，妳是不是弄錯了曲目的順序啊？」

朔奈這一句話把檢討會的矛頭從樹里亞的身上拉開了。

「還是被發現了！沒有及時糾正真是抱歉。」

碧生藉著仰天長嘆的反作用力低頭鞠躬，然後聽著工作人員的指導。雖然碧生的個性桀驁不馴，但她還是願意接受幫助她改進舞臺表演的意見。

接著又有兩三位工作人員對舞蹈細節提出批評，檢討會就結束了。

所有成員接下來都沒有其他工作，所以大家一起拍攝以前舉行過的大老二撲克牌大賽影片做為粉絲福利，最後輸掉的蘭還得接受懲罰，她被迫用不同於平時的可愛風格自我介紹，羞恥到蹲在鏡頭前。

沒事的人這時可以先回家了，碧生和杜和子最早離開，樹里亞向經紀人要了今天座談會收集到的問卷。原本問卷這種東西都是事後再和粉絲信件一起寄給她。

「比較不好的內容，我已經挑出來了。」

「也一起給我吧。」

樹里亞把那幾張惡意和失禮放在摺起來的問卷上。

工作人員還有事情要處理，所以樹里亞讀起了剩下的問卷。

為了不妨礙到別人，她坐在角落翻著那些紙張，很多問卷裡除了提問之外還寫了給她的鼓勵和關懷，她看到了一些熟悉的名字，有些人還畫了她的臉，看得樹里亞眉開眼笑。這些問卷都沒有提及樹里亞偶像之外的部分，讓她深深覺得這幾週的努力有了回報。

接著她又讀起經紀人事先挑出來的那幾張。樹里亞沒有看那些人的筆名，因為黑粉和失禮的人在各方面都很失禮，她並不想在這些人的身上耗費太多心神。樹里亞之所以一併討來這幾張問卷，是因為想要知道她的人設在討厭樹里亞的人們眼中會變成什麼樣子。

那幾張的內容和她猜得差不多，讓她覺得很沒意思，這時旁邊傳來快門的聲音，轉頭一看，原來是朔奈正拿著手機拍她。

「我想拍下偶像認真看待粉絲的一幕。」

「我正在看對我充滿敵意的意見呢。」

「那些也是粉絲，只是心態不太正確。」

剛才朔奈在跟工作人員聊天，現在樹里亞跟她一起走出練舞室。

「最近碧綠杜鵑上傳了新影片喔。」

前往車站的途中，朔奈說道。

碧綠杜鵑是碧生和杜和子組成的音樂團體，目前主要的活動是上傳翻唱影片，只有在後援會的非公開活動以小單元的方式做過現場表演，但她們還是希望將來能發行唱片以及舉辦個人演唱會。

「蘭一到明年就要拍泳裝寫真集了。」

「我們家的大人就是喜歡在寒冷的季節折騰我們。」

樹里亞開玩笑地說道，其實她覺得不論是在什麼季節，能用這種顯而易見的方式展現蘭的美麗身段，對她本人和團體來說都是幸福的事。

沒聊到的其他成員也都發展得很好，麻希最近敲定了要為一部戲劇風格的MV當女主角，愛唯則是受邀參加一個以運動少年少女為主題的電視節目。

Impatiens的每個成員都漸漸走上了能發揮各自特色的道路，讓團體的觸角越伸越寬。

樹里亞也希望能把自己的特色發揮到極致。

希望能建構出與眾不同的人設，持續向前邁進。

而這個人設不需要她身上不屬於 Impatiens 後藤樹里亞的部分。

「掰啦，我的偶像。」

「什麼嘛。掰啦。」

和朔奈分開後，樹里亞搭上回家的電車，一邊滑起手機。

她很久沒在 Twitter 寫問候以外的話了。

雖說發揮自己的特色等於表彰自我，但她覺得針對今天的演唱會可說是相得益彰，所以很想展現給大家看。

『今天沒有失誤，讓大家看到了我全力以赴的模樣。果然還是這樣的我比較帥。以後也要繼續進步。』

樹里亞把這句話加上在電影院門口自拍的照片，傳到 Twitter 上，沒有看粉絲的反應，很快就下了電車。

她先繞去超市買東西，回家之後就開始處理晚餐之類的雜事，結束之後，她坐在自己房間角落的床上，再次打開社群網站。Impatiens 的官方 Twitter 和 Instagram 已經上傳了擔任廣播員的經紀人和成員們的照片。

樹里亞又去看自己的留言得到了什麼回應。

她通常不會在社群網站回覆粉絲的留言，因為她覺得表演者和觀眾並不是站在對等的立場。這並不代表她看不起喜歡音樂或偶像文化的粉絲，而是知道如果把偶像和粉絲放在同樣的位置，等於破壞了這種奠基於雙方特殊關係的遊戲。她當上偶像之後，心裡一直謹記著自己是粉絲的目光焦點所在，還會刻意站在較高的地方好讓他們能清楚看見。有些不理解這種遊戲的人看到樹里亞的行為還會尖酸地諷刺她，但大部分粉絲都是在具備這種共識的前提下和她建立關係的。

即使知道不會得到回應，已經和樹里亞建立關係的粉絲今天依然踴躍地跑來留言。其中大部分都是讚美、共鳴、加油等等的意見，有些人則是哀嘆不能來參加今天的演唱會，但樹里亞知道那是出自他們的期待，還是用溫暖的心情接受了他們的難過。

或許有人以為偶像沒有回應就代表沒在看粉絲的留言。

或許有人會因為偶像不回應而安心，覺得可以輕鬆表達自己對偶像的喜歡而無後顧之憂。

至少樹里亞一向認真看待粉絲的留言，也會在私底下默默品嘗他們的喜悅。粉絲用手機或電腦輸入文字送出的對象毫無疑問是活生生的樹里亞。

所以她有時也會受傷。

有時也會鬼迷心竅。

『請不要抹消那件事。』

有粉絲寫了這句話。

『請恕我冒昧。雖然樹里亞不喜歡上一次演出，但我當時非常感動，看著樹里亞鼓起勇氣在眼前唱歌跳舞的模樣，我覺得自己鐵定一輩子都忘不了這一刻。這樣說或許很任性，但我希望樹里亞不要把上次說成失敗，不要抹消那一次的表演。』

百來字的心底話。

樹里亞嘴角的笑意僵住了。

仔細一看，其他粉絲也紛紛對這句留言做出了反應。

按讚和轉推的數量每一秒都在增加，回覆之中充滿了對這位粉絲勇敢建議的評論和由衷贊同的聲音，雖然其中也有批評，但他們都是以各自的方式支持樹里亞。她知道，這些等於是粉絲的間接意見。

樹里亞慌亂不已，一條條地讀過去。轉推依然持續地增加。

『我可以理解（流淚的表情符號），我當時也在場。』

『雖然有很多反對意見，但我還是覺得這句話說得很好。沒事的，那次表演不會被抹消的。希望樹里亞能看到這些話。』

『我對最近的樹里亞也充滿了問號。（想事情的表情符號）』

『樹里也沒有那個意思吧。』
『包括那部影片，希望帥氣的樹里可以帶著所有的面相和粉絲一起走下去。』
『我喜歡樹里，但我這次同意這個意見。』
『沒必要談自己的事吧（打哈欠的表情符號）』
『雖然樹里亞說不需要過往，但過往的樹里亞也有粉絲啊。』
『我去看了今天的演唱會，和上次的表演一樣精采！有些部分感覺只有專業的才會懂。』
『樹里亞又不是拚紀錄的運動員，而是擁有粉絲的偶像啊。』

他們到底在說什麼？

彷彿沒有察覺到樹里亞的困惑，那些留言持續地湧來。她試著搜尋，引用那位粉絲傳給樹里亞的意見的留言陸續出現，其中也夾雜了對今天演唱會的感想。她又換其他關鍵字去搜尋，全神貫注地打字。那一波波的話語既緩慢而確切地偏離了她本來期望的方向。

樹里亞把自己的一切都賭在今天的演唱會上了。

為了消除她沒沒無名時期的青澀、消除她在上次演唱會差勁到讓粉絲緊張的表現、消除阻礙她建構人設的因素，她極力地渴望進步，就算只有一步也好。她為了演唱會做的所有努力，在社群網站上的所有留言，都是為了這個目的。

她意識到背後空蕩蕩的空間。

就算不回頭，她也知道谷底正在等著她。

社群網站上的粉絲留言把清楚可見的失敗擺在她的面前，比碧生指出的毛病更加清晰。

獨自一人在房間裡的樹里亞實在不想承認自己的失敗。

她本來以為新增人設一定會有幫助，直到現在她仍如此相信。

粉絲不也是這樣一路陪她走過來的嗎？

她想告訴他們。想要告訴叫她珍惜過去、叫她回首從前的粉絲們。

就是因為抹消了過去，她才能走到今天這一步。

『我跟上次演唱會的樹里亞，或是那部影片裡的樹里亞，一定能成為好朋友。（笑臉符號）』

樹里亞努力撐住，不讓自己掉下懸崖，死命地抓住這條像是最後一擊的留言。然後猛然推開。

『如果我現在放棄偶像一職，要當朋友什麼的都行。』

引言回覆之後，她把手機丟在床上，然後趴在枕頭上，幾分鐘後才清醒過來，趕緊刪掉，但是已經來不及了。她搜尋了一下，想看看這條留言有沒有引起關注，結果發現截圖早已散播得到處都是。

無論是過去或未來，能推動樹里亞的都不是敵視她的人，而是一直陪她建構人設的粉絲。

她親手寫出的字句傷害了喜歡她的人們，這件事實把樹里亞猛然一推。

在墜落谷底的途中，她終於明白了一件事。

她始終沒搞清楚當他向她道別時她心中的情緒是什麼。

那是對自己沒選擇的另一條路的不捨。

一週後，Impatiens 在那座城市舉行最後一場演唱會。

到了開演時間，後藤樹里亞卻沒有現身。

關口美優

美優非常在意好友糸林茜寧最近的改變。

前陣子她們才一起去買了冬季的帽子，所以她有點落寞，心想為何茜寧不找自己商量。不過好友的改變多半不是出自正面的理由，所以她又換了個想法。

美優以前見過茜寧的前男友菊池晉，因為他來參加她們高中的校慶園遊會。

第一次見面時，美優只覺得他太白皙，看起來不太健康，而且出奇地俊美。說這種話對好友很失禮，但她一見到他就覺得「好像很容易出軌」，可能也是因為早就聽說他有在玩樂團吧。

根據後來的觀察，美優的預感並沒有成真。茜寧誇過男友是個正經的人，而他們分手的理由似乎只是因為一些小吵架。美優從好友的語氣聽得出她有些遺憾，所以覺得她可能是因為懊悔才想要改變自己的行為，這確實很符合茜寧的風格。

在美優的眼中，茜寧這個朋友的節奏和波長都和她非常合得來。除了對話節奏以外，想吃甜點的時機、毫無理由想要出門的頻率、上學和打工之間的空檔如何安排，這些地方都和她極為相似。

朋友和情侶都一樣，無論對方再怎麼正經、再怎麼溫柔，若是契合度不夠，就很難維持下去，從茜寧和晉分手的事也能明白這一點。美優一直在找機會，希望和朋友契合度極高的自己能幫想要改變的朋友打氣。

遺憾的是她的想像力不足，至今還想不出鼓勵朋友的方法，不禁對自己感到不耐。

不過，沒必要著急。

幾天後她就會知道了。

某天午休時間，美優去教職員室拿第五堂課要用的數學講義，正巧茜寧也獨自一人來到這裡。茜寧從教職員室另一端望向美優，用手勢和口型表示自己忘記拿第六堂課的講義了。

美優拿到講義後，在教職員室外面等茜寧，漫不經心地望著貼在走廊牆上的鼓勵留學海報和學長姊大學考試的成績，看著看著，茜寧不知何時來到她的身邊。

「妳對留學有興趣嗎？」

被她這麼一問，美優搖頭說：

「我英文太差了。林呢？想要留學嗎？」

「有點興趣，感覺可以改變人生。」

機會來了。

美優詢問茜寧最近過得怎樣，但是茜寧牛頭不對馬嘴地回答：

「如果我去了其他地方，妳會等我回來嗎？」

聽到茜寧的問題，美優毫不猶豫地點頭。

「嗯。」

她沒有深入思考茜寧這樣問的用意，而是單純地照著自己的感覺點頭，茜寧卻露出一副像是得到誇獎的表情。

後來想想，大概是因為她碰巧撞上了茜寧想得到贊同的時機吧。

「不過林要是走了，我會很無聊的。」

「我也會無聊的。還是別留學了。」

和心意相通的朋友一起歡笑真是太開心了。

「林，找個妳不用打工的日子，再一起去吃可麗餅吧。我請妳。」

「喔？妳在擔心我啊？」

「被妳發現啦？」

「嗯，很明顯啊。謝謝，我很高興妳鼓勵我，而且我也一直在想妳上次吃的可麗餅好像很好吃呢。」

美優發現，她們兩人做為朋友的節奏和波長確實很契合。

她們遲早會成為對彼此無所不知的密友。

能讓自己最喜歡的茜寧稍微打起精神，美優非常地開心。

宇川逢

他每次發表對演唱會的感想，都會收到回音，這次卻像石沉大海一樣毫無消息。

對方畢竟是個大忙人，就算沒在忙，逢也不會因為人家不回覆而生氣，可是這種狀況很罕見，所以他還是有些在意。

輪流發言的訊息往來是他和現在身為朋友的後藤樹里亞唯一的聯絡方式，如果對方決定永遠不再回他訊息，他也沒有其他方法可以確認朋友的安危。

逢沒有繼續探究，是因為相信朋友，也是因為現在的他除了演唱會感想之外就想不出其他能說的話了。

不過糸林茜寧倒是又像以前那樣傳訊息給他了，彷彿先前什麼都沒發生過。

他告訴她自己去參加上映會，看了《少女進行曲》的改編電影，但是沒有說出他遇見她的兒時玩伴。

『真羡慕你能去看 **Impatiens** 的演唱會，但是電影就不必了。（女孩在臉前比出打叉的圖片）（笑臉符號）』

跟以前不一樣的是，茜寧不再主動擴展話題了。逢不以為意，心想她或許只是還沒脫離壓力大的時期。

接下來的幾天，逢的生活和平時一樣平凡無奇。

一樣去工作，一樣熟稔地處理業務。

關於他跟茜寧說過自己正在學習的音控，他跟從的專業人士也一樣嚴格地教導他。

下班後，他一樣和藤野那票相處融洽的同事聊天，一樣在接近停駛的時間點搭上電車。

放假的時候，他約了許久沒見面的女性朋友，一起吃晚餐，一起喝酒。在那之後，雙方都很輕率地發生了關係。

早上回到家，他和剛醒來的室友打過照面，去睡了幾個小時，然後又前往那座城市。

這就是他的日常生活，他覺得沒必要特地跟朋友提起。

因為沒有發生特別的事，也沒有需要解釋的地方，所以茜寧等人當然無從得知。

如果他真的像茜寧所說是書中的人物，一定不可能過著這麼普通的生活。說不定書中也會寫到他深夜裡在廚房抽風機下默默抽菸的場景，但他無法理解這種內容有什麼好看的。

今天回家以後，逢和平時一樣在抽風機下抽菸，突然想起好一陣子沒見面的茜寧和《少女進行曲》的事。只要想到她，他就會跟著想起那本小說。

他一個人默默地微笑著。

拖著疲憊的身軀，發出嘆息時，他覺得會想起朋友的自己真是幸福。

她也差不多該恢復了吧？他一邊撣落菸灰一邊想著。想著她和他自己的關係，也想著少女和愛的關係。

在恍惚之中，腦海裡的各種畫面和記憶漸漸重疊，然後他發現一件沒辦法稱為發現的事。

抽菸的方式好像不太一樣。

書中每次出現愛抽菸的場景都是因為某些契機，或是有重要的事件，顯然不像逢這樣菸癮很大，只是為了慾望而抽菸。至於服裝的方面，書裡沒有詳細的描寫，至少看得出來不是長袖T恤配寬管褲這麼隨便的穿著。

如果茜寧看到他穿成這樣，也會說他很像愛嗎？

茜寧對於書中人物服裝外貌的想像和他截然不同，和電影製作方的看法也不同。

逢曾經上網搜尋原著書迷對電影的感想，因為他想了解朋友的解釋。

結果他發現，雖然不是所有人都喜歡，但大部分書迷還是認為改編電影的選角和造型很符合原著。也就是說，這部電影雖不符合茜寧的想像，卻得到了大眾的讚賞。

逢自己在看電影時，很直接地感覺這些人物比小說裡描寫得更加裝模作樣，不過還是比茜寧想像的人物，也就是和逢相似的那種形象，更容易令人接受。

茜寧知道自己的看法和絕大多數的人不一樣嗎？

「逢，小命傳訊息給你喔。」

客廳有人喊道，他把只抽了一半的菸放在菸灰缸上，默默走向聲音傳來的方向，正在喝發泡酒（註15）的朝陽把手機遞給他。

「你叫小命再來玩嘛。」

「妳一喝醉就咬人家的手臂，她才不敢來咧。」

逢接過手機，又回到菸灰缸旁。

藤野傳來訊息是要邀他明天一起喝酒。

『明天有空嗎？我老家寄來品質很好的肉（肉骨頭的符號），想吃的話就帶酒過來。（酒瓶的符號）。』

他還來不及回覆，藤野又傳來另一句。

『我剛從 Twitter 上看到，明天有 Impatiens 的演唱會。結束後再來也行，我會留一些肉給你的，總之帶酒過來。（啤酒的符號）』

藤野嘮叨又體貼的語氣讓逢露出了笑容。如果藤野得知朋友失戀了，一定會毫不客氣地拚命傳訊息給人家吧。

註15　麥芽成分較少的啤酒，味道較清淡，酒稅比一般啤酒低。

他叼起了放在菸灰缸上的香菸。

如同藤野所說，明天就是 Impatiens 在那座城市舉行演唱會的日子。

對樹里亞她們來說，那是今年最後一場個人演唱會。正好逢工作的 Live House 這天休假，藤野猜他會去看演唱會也很合理。

不過逢沒有明天演唱會的門票。

其實有個在服飾業上班的朋友請他明天去當臨時模特兒，可是昨天突然取消工作。

明天演唱會的門票在開賣當天就賣完了，而且還有線上直播，逢本來想在家裡一邊喝酒一邊看的，所以收到朋友的邀約讓他非常開心。

逢準備簡潔地回覆「我可以一邊吃肉一邊看演唱會直播」。

此時手機螢幕顯示來電。

逢正在打字的拇指停了下來。

他愣了好一會兒，眼睛眨了兩三次。

然後他吸入一口菸，吐出來，把香菸放在菸灰缸上，然後才接聽。

他把手機貼在耳上，還來不及開口，就聽到了對方的聲音。

『逢？』

「嗯。」

開口的同時，他的脖子不禁跟著轉動。

『突然打給你真抱歉，我有事想要問你。』

「怎麼了？」

逢不會說謊，不會心口不一。他覺得順心而活才是最美的。

這句「怎麼了？」聽起來也像是脫口而出的真心話，而他對此也有自覺。

在這短暫的空白之中，抽風機的聲音聽起來格外響亮。

『逢。』

「嗯。」

『你還留著我以前的衣服嗎？』

後來他們只講了幾句話。

他沒有多問，簡單答應之後就掛斷電話。

然後把現在的地址傳給對方。

他把手機放在眼前的流理臺上，抽完了整根菸。

本來想再抽一根，不過這樣好像是她造成的，所以還是作罷。

他走到客廳，必須先跟室友說一聲。

「明天會有人來。」

「啊？小命要來嗎？太好了，我沒有嚇到她。」

朝陽以為自己欣賞的女生要來訪，愉快地喝起酒，但她搞錯了。

「不是。」

「嗯？那是誰要來？」

逢說話難得這麼吞吞吐吐，可能是因為心裡有些慌亂。

「後藤樹里亞。」

朝陽可能正準備睡覺，身上穿的是睡衣，逢默默地看著她把酒噴在自己的睡衣上。

「為什麼她又突然來找你啦？」

被朝陽這麼一問，逢什麼都答不出來。

朝陽直到睡前都還在考慮要不要請假，最後她自己想開了，說道「既然是對方主動聯絡，或許還有機會見到」，還是乖乖地去上班了。

平時不會目送室友出門工作的逢只睡了兩個小時，就被一些細微的聲音吵醒，之後再也睡不著了。

他努力像平時一樣生活，不知不覺間太陽下沉了，相約的時間逐漸逼近。約好的時間過了兩分鐘後，逢心想樹里亞可能還在猶豫不決，又覺得自己只是在亂猜。

門鈴響起，對講機的螢幕上出現了原本不該出現在這裡的她。他沒有回應，而是直接開門。

「突然跑來真是抱歉。」

和逢預測的不一樣，樹里亞有些不知所措地笑著。

他把樹里亞請進屋內，關上門，走上樓梯，帶她到二樓那間做為衣帽間的房間。

「你的室友還在上班？」

「嗯，她叫朝陽，妳還記得吧？」

「當然，一起喝酒的時候她一直在摸我的手臂。」

「那傢伙現在還是這副德行。」

「你也是一點都沒變呢。」

「只是妳沒發現罷了。」

逢坦白地回答，樹里亞露出含糊的笑容。

她在舞臺上、在接受採訪時都不會露出這種不清不楚的表情，讓逢覺得相隔許久又清楚看到了樹里亞的面容。

走進房間，樹里亞頓時發出驚呼。

他解釋了這個房間的由來，就像他以前對茜寧描述過的那樣，然後把樹里亞要求的衣服擺在她面前。

這些都是逢從以前的住處搬過來時一起帶來的，雖然沒人穿，但是都保存得很好。除此之外，還多加了一些樹里亞以前喜歡的風格、符合她尺寸的衣服。

「不是全都保持原樣，有一些被朝陽拿去穿過，也洗過了。」

「太好了，我得向你道謝。」

「朝陽的鞋子妳應該能穿，等一下再拿給妳看。」

「謝謝，有勞你這麼費心。」

「沒什麼，只是幫朋友一點小忙。」

「嗯。」

「……那妳就在這裡換衣服吧。我去一樓抽菸，需要什麼再跟我說。」

再次得到樹里亞的感謝之後，逢就下樓了。如前所述，他拿起了放在客廳桌上的菸盒。

今天天氣很好，對這個季節而言算是很熱了，所以他打開窗戶，盤腿坐在地上，一邊看著狹窄的院子一邊朝天吐煙。

這間獨棟的租賃房子是朝陽找到的，因為他們兩人都抽菸，所以朝陽特地選了窗戶和鄰居隔得很遠的房屋。逢每每想到就會稱讚她辦事周到。

抽完第一根菸，樹里亞還沒下來。他關上窗，站起來，用熱水壺煮開水，泡了即溶咖啡。

他坐在椅子上，一邊喝著稀薄的咖啡，一邊用手機看社群網站。他很想知道事務所現在的情況如何，但目前還沒有任何消息。

他們大概還抱著一絲希望，期待她能趕上吧。畢竟跟此事無關的逢多少也是這麼期待的，事務所就更不用說了。

馬克杯裡的咖啡喝到一半時，他聽見了腳步聲。樓梯傳來的軋軋聲逐漸靠近，念人懷念的身影出現在他面前。

「如何？」

樹里亞靦腆地笑著，她的下半身穿著酒紅色迷你裙，上半身是寬寬大大的黑色毛衣，外面還加了一件秀氣的白色外套，頭上戴著乳白色貝雷帽，黑絲襪應該是她自己帶來的，丹尼數（註16）大約六十吧。

「很好看。」

「太好了。」

「對了，妳平時還是會戴眼鏡啊？」

註16　細度單位，九千公尺長的纖維淨重一公克即為一丹尼。六十丹尼的黑絲襪厚度偏厚，顏色比較深。

逢指著樹里亞臉上的細框眼鏡說道，她搖頭回答：

「不戴也沒有影響，所以我平時都不戴眼鏡，也不戴隱形眼鏡。隔了這麼久再戴眼鏡，我都有點不習慣了。」

「那乾脆不要戴啊。」

「總覺得戴眼鏡比較像原本的我。」

「是沒錯啦。要喝咖啡嗎？」

逢正想起身，樹里亞就說「沒關係，不用了，謝謝」，所以他又坐了回去，接著請樹里亞也坐下，她從善如流地坐在桌子對面。

「所以……」

「嗯？」

「妳接下來要怎麼辦？」

就算面對好幾年都沒有當面說過話的朋友，逢還是一點都不拐彎抹角。樹里亞小聲地笑了，大概是覺得睽違許久又看到他這種直率作風，覺得很有趣吧。

「要怎麼辦呢……」

「妳還沒想好嗎？」

樹里亞深夜打電話過來，簡短地說她想來拿以前的衣服，逢說有一些已經丟掉了，但是可以幫她準備類似的衣服，請她來家裡拿。

他知道發生在 Twitter 上的那件事，但樹里亞從未向他提過自己的情況。

目前離 Impatiens 演唱會的開演時間只剩兩個半小時，逢不明白樹里亞為什麼會穿著她以前喜歡的服裝坐在他的面前。

「嗯，我還沒下定決心離開這一行。」

「那我覺得妳最好還是出場，否則搞不好會被開除。」

「也是啦。」

在演唱會上、電視上、廣播裡都聽不到後藤樹里亞這種拖長的語調，逢再次感受到眼前此人確實是他的朋友。

樹里亞看著窗外，逢也跟著看過去。這個季節的太陽已經準備下沉了，小孩的哭聲從遠處傳來。

逢真希望時間一直停留在這一刻。

「妳只要做妳真心想做的事就好了。」

「我真心想做的事啊……」

樹里亞喃喃說道，又陷入了沉默。兩人的呼吸聲代替時鐘提醒著她必須盡快做出決定。逢沒有催她，因為沉默也是一種表態的方式。

「我已經很久沒想過自己真心想做什麼事了。」

聽到這句話，逢露出了微笑。他絕對不是在嘲笑或可憐樹里亞這幾年的努力。

「妳有點像《少女進行曲》的主角。」

「你也讀過那本小說？你開始喜歡看書了？」

「沒有，是朋友推薦我看的。」

接著又是一陣沉默。能聽見的只有呼吸聲。

這次先有動靜的是逢，他瞄了手錶一眼。

在拖拖拉拉之間，十五分鐘過去了。

「逢。」

逢有些懊惱，覺得是自己看手錶的動作給了對方壓力。不過看到樹里亞的眼神，他就知道事實並非如此。

「想好了？」

「嗯，我想跟你一起出去玩。」

逢不明白樹里亞這樣要求的用意，但他至少看得出來她已經決定今天不去工作了。

「好啊，妳想去哪裡？」

所以聽到樹里亞毫不遲疑地說出她現在應該去的那座城市，逢不禁大吃一驚。

他一時之間什麼話都說不出來。只有短短一瞬間。

「……可以是可以啦。我不懂妳在想什麼，反正妳既然想去，那就去吧。」

逢不明白就會直說不明白。因為他覺得不明白也無所謂，所以還是能夠行動。

在他的心中，還有比弄懂樹里亞的想法更重要的事，那就是這位許久不見的朋友想要和他在一起。

「謝謝。」

逢很喜歡順從心意決定事情優先順序的自己。

他讓樹里亞等一下，去二樓的衣帽間換了外出服裝。

兩人都不知道，在他們出門時，各大社群網站都收到了一條消息。

上村龍彬

龍彬有一種很陌生的感受。

他為了揭發樹里亞的本性而去電影院參加 Impatiens 活動的那一天的晚上，樹里亞自己出了大紕漏。

對於樹里亞在 Twitter 上的發言，大眾的評論明顯比以前更傾向龍彬的看法，就連遭到洗腦的那些粉絲都開始扯東扯西地批評她了。

如果是平時，龍彬應該會把握機會大肆批判樹里亞，用「解救被她哄騙的人們」這種冠冕堂皇的理由發洩壓力，但他這次卻沒有這麼做。

之前只有他和網路上的少數戰友理解這些事實，如今大眾也開始看到真相了，這讓他有一種被排除在外、類似他平時在教室裡體驗到的感覺。

相較於突然得到一條消息就成群湧來的那些傢伙，他老早就發現樹里亞的問題，老早就開始盯著她了。

如果龍彬想到這裡的時候能發現自己真實的心情，他一定早就停下來了。

他想要勝過其他人。

基於這個願望，他拚命地搜尋對樹里亞不利的消息，但他找到的都是已知的資訊及傳聞。

或許她的過去沒東西可挖掘了。

他也買了今天演唱會的門票。樹里亞在那之後不曾出現在大眾面前，今天她很有可能又會露出馬腳。

可是他滿心期待地正準備放學回家時，打開手機一看，發現 Impatiens 的官方帳號送來了一條通知。

『由於諸多理由，今天的演唱會由後藤樹里亞以外的六位成員進行。』

此外還附加了一些說明事項，像是不會因為演出內容變更而退票，以及聯繫後藤樹里亞之類的事情。

竟然為了樹里亞不參加的演唱會直播而花錢，龍彬懊惱地走下樓梯。這時他才注意到最該注意的一句話。

所謂的「諸多理由」到底是指什麼？

如果能查出原因，他就能比其他人更接近她的真相。

龍彬的腦海裡出現了一絲光明。

他今天回家後沒有立刻檢查在學校拍攝的影片，而是在網路上到處搜尋消息，想要找到關於樹里亞的最新線索。

最後他終於找到一樁目擊證詞，雖然可信度有待考量。

有人在那座城市看到一個很像樹里亞的人，不過她的穿著打扮和平時的風格差太多，疑似認錯人了。

演唱會直播可以留到以後再看。龍彬對那樁看似捕風捉影的消息產生了興趣，決定親自去找找看。

戴上毛線帽，帶著少少隨身物品，穿上鞋子。

他只能這麼做。他相信自己必須這麼做。

高槻朔奈

第一次聽到團體的名稱時，朔奈不知道那是什麼意思。

為這個團體命名的製作人告訴她。

Impatiens 是一種花的名字。

別名非洲鳳仙花。花語是鮮明的人、突出的性格。

聽起來確實很有偶像團體的味道，但她聽說花語並不是命名的主要理由。鳳仙花的果莢受到一點刺激就會爆開，把種子彈射出去，給團體取這個名字正是寄予了此般期許。

「不只要漂亮、有能力，我希望這個團體夠強悍、不服輸，就算會惹出麻煩也無所謂。」

說了這種話的製作人和其他工作人員，最後找到的是朔奈等七位成員。

在七人集結之前已經有一個人退出，還有人在集結之後立刻大膽地換了髮型，這些事都令朔奈非常意外，但她把這些事情都當成了將來刺激生活的開始信號。

後來的幾年間，朔奈逐漸了解其他成員的個性和她們身為偶像的形象之後，她覺得 Impatiens 這個名字確實很適合她們。

的確，這些成員換個角度來看，或許會顯得格格不入、瀕臨崩毀。她們各自朝著不同的方向發展，也和鳳仙花的種子很相似。

朔奈也很喜歡團名不是源自鳳仙花美好的花語。雖然花語很美好，但那並不是原因，她們每個人都各有各的魅力。

朔奈雖是隊長，但她也自認是 **Impatiens** 的粉絲。她深深嚮往、崇拜每個成員的獨特魅力，卻好像沒有意識到她們擁有比起其他偶像團體更鮮明的性格。

因為會場的安排，今天的特典會是排在演唱會結束之後，所以成員們到場的時間沒有那麼趕。七人之中已經有五人到了後臺休息室，朔奈一看到愛唯走進來就大聲喊道：

「很適合妳喔！」

「真的嗎？謝謝！」

被誇得喜上眉梢的愛唯昨天剛換了髮型，原本披肩的黑髮變成了淺色的狼尾頭（註17）。她事先和工作人員及成員們討論過改變造型的事，但朔奈還是第一次親

註17 wolf cut，前短後長的髮型。

眼看到成果。

朔奈提議拍張合照，愛唯笑容滿面地答應了。拍照的過程中，她問了其他成員怎麼都那麼安靜，大家紛紛抱怨「都是朔奈太激動了，害我們找不到稱讚的時機」。

「樹里也太慢了吧？」

聊完髮型的話題以後，蘭先提起了這件事。

平時話很少的蘭說出這句話，顯得特別有分量，休息室內的每個人都感受到了成員沒到齊的異樣感。

「她明明每次都特別早來。」

所有人都同意杜和子的意見。

此時某人的手機發出收到通知的音效。發出聲響的只有不小心關掉靜音模式的麻希手機。沒過多久，大家就發現在場每個人都收到了通知。

「咦？這是怎麼回事？」

麻希直接說出了心中所想的話。

不在場的後藤樹里亞在團體成員的群組裡丟下一句「今天不能去了」，就退出了群組。

「這、這怎麼行咧！」

「愛唯，冷靜點。先向志野木小姐報告吧。」

朔奈站了起來，代表交頭接耳的成員們走出房間。她大步邁向工作人員休息室，還沒走到那邊，就在中途遇見志野木。

「志野木小姐，樹里亞她……」

「啊啊，太好了，我正要跟妳們說她的事。」

兩人一起回到休息室，眾人訝異地轉過頭來，志野木一開口就說出了朔奈本來要告訴她的話。

「樹里傳 Line 告訴我說她今天有事不能來，我問她理由，但她沒有回覆。有人知道這是怎麼回事嗎？」

在場的人要嘛搖頭，要嘛出言否定。

「這樣啊。朔奈也不知道嗎？」

「我沒聽她說過。」

「是嗎……如果是身體不舒服，我也得了解一下情況，可是她一直不接電話。」

「樹里不會因為身體不舒服就請假吧？」

聽到碧生這句話，大家都表示同意。

「如果是發生了什麼意外……」

「可是她還主動跟我們聯絡了。」

「退出群組也是一種訊息吧，意思是她平安無事，只是不想告訴我們她不來的理由。」

如果真的如同蘭所說，那真叫人開心不起來，但朔奈覺得這種做法確實很有樹里亞的風格。

「我還是去一趟樹里住的地方看看情況吧。」

聽完志野木的報告，全員都沉默不語，但她們都知道現在沒那麼多時間了，很快就要開始彩排了。

「妳們六個人先開始彩排，如果樹里來了，再七個人一起迅速地順過一遍。我會盡快確認她的情況，妳們就在這裡等我的消息吧。」

「志野木小姐。」

經紀人正要快步離開休息室，朔奈卻叫住了她。

就算她不開口，或許志野木早已有這個打算，而且製作人遲早會告訴她們，但朔奈還是覺得應該由成員主動提議。

「我覺得最好先當作她不會來，以這個前提來做準備。」

「現在才要改？」

麻希一定也料到了，朔奈很感謝她故意裝出訝異的模樣。

「隊形走位改成蘭感冒那次的版本應該就行了。」

那次她們有整整三天的時間做準備。

「歌曲呢？像是《別碰》和《孤身一人》，如果少了樹里，要怎麼臨時改編啊？」

《別碰》和《孤身一人》都是Impatiens的歌名，完整名稱是《別碰危險》和《我就孤身一人吧》。這兩首歌都是由樹里亞作詞，分配給她的段落也很多。

朔奈心想，其實大家應該都心知肚明吧。

她們七人的個性和特色都截然不同，若非同屬一個偶像團體，不可能培養出如此深厚的關係，而且一大半的成員原本並不是立志成為偶像。

但現在她們都是專業人士，都是夥伴，有著相同的信念。

朔奈知道她必須代表大家說出這些話。

「樹里已經通知過我們她不來了，而且還退出了群組，今天的演唱會她一定不會來了。」

房間裡的溫度彷彿突然降低了。朔奈望向杜和子，仰賴這位氣氛製造者的實力。

「是吧？」

「幹麼問我啊？……總之我覺得她不會隨隨便便就做出這種事。最壞的情況，乾脆把樹里的部分都改成播放錄音吧。」

她們的團體原本一直都是堅持唱現場的。

「就算樹里會回來，以後說不定還會有人突然不能出場，早點習慣也不是壞事。」

大家應該都聽得出來，朔奈這句話暗示著樹里亞有可能不會再回來了。

在這之後，她們又和其他工作人員討論了一番。

朔奈說的話只不過是代替工作人員發聲，所以當然得到了支持，目前有空的六位成員先著手分配樹里亞負責演唱的段落。

正在忙碌時，去樹里亞住處看情況的工作人員傳來消息，說她不在家裡。

原本陪其他藝人去工作的製作人聽聞這件事，也趕了過來。

在工作人員齊心合力之下，好不容易才把新的配置安排妥當。

為了彩排新的配置，成員們匆匆地換掉便服。

「又是為了建構人設嗎？」

麻希一邊換衣服，一邊自言自語。

沒有人回答她，反而引出了另一個問題。

「會不會是其他原因？最近發生了那麼多事，樹里還在 Twitter 提到不當偶像什麼的，雖然後來刪掉了。」

愛唯驚惶不安的發問也沒有得到回應，因為所有人都不知道真相。

就算真相無從得知，朔奈深愛的團體成員們還是知道該怎麼拉抬氣氛。

「真意外，我還以為第一個跑掉的一定是碧生呢。」

「我才想對杜和子說這句話咧！被粉絲公認會最早離開的妳才沒有資格說我。」

「別再抬槓了，快走吧。」

「妳看，蕬蘭姊不高興了吧！」

看著努力強顏歡笑的成員們陸續走出去，朔奈感覺像是吃了一顆定心丸。

樹里亞到底發生什麼事了？這是為了建構人設嗎？還是有其他原因？

她不願意相信樹里亞再也不會回來，但是身為專業人士，她必須考慮這個可能性。

朔奈想為迷惘中的樹里亞多少提供一些援助，所以把自己現在唯一能說的話私下傳給她，然後就去彩排了。

『樹里，妳還有我。』

看到Impatiens日漸活躍，講得通俗一點就是越來越紅，身為隊長的朔奈完全沒想過這是因為她們的性格比其他偶像團體更鮮明、更有魅力。她也知道，看在對偶像沒興趣的人的眼中，她們每個人看起來都長得差不多，歌聲聽起來也差不多。

當然，她覺得成員們都拿出了最大的努力，她敢保證只要站上舞臺，她們一定會達到自己能力極限的表演。

不過，或許這只是最基本的要求，只是本來就該達成的標準，任何人都能做到。

要讓大眾看見她們，要讓唱片公司、唱片製造商、事務所賺到錢，重點在於朔奈她們無法插手的外部因素。

一個團體的誕生得靠實力雄厚的大公司投注資金、宣傳行銷、設計企劃。還得靠身經百戰的工作人員看準潮流苦心經營，利用他們的廣大人脈為團體爭取優勢。

請知名音樂人幫忙寫歌、爭取和當紅團體共同演出都只是冰山一角。

還要想辦法在各大媒體上播放 Impatiens 的歌曲。

必須盡可能讓更多的人看到、聽到她們，才能聚集粉絲。

要有粉絲喜愛 Impatiens 的形象和音樂，才會談論她們、推廣她們的知名度。

最重要的是要有奇蹟，讓這些人的努力、品味、支持相互配合、發揮出巨大功效。

換句話說，Impatiens 這個偶像團體能成長到廣為人知，號召眾多粉絲，最重要的因素只能用一句話來表達。

那就是運氣好。

Impatiens 的隊長朔奈始終牢記著這一點。

這絕非妄自菲薄。

正是因為她深愛著偶像一職，所以她很清楚對所有藝人來說，運氣是多麼不可或缺的東西。

長久以來，她見識過很多有實力又有魅力的偶像團體不幸地半途解散，看到了很多努力不懈的女孩最後默默地放棄偶像之路。

她深深地體會到，她們所處的地方並不是光靠努力就能實現願望的夢想園地。

在 Impatiens 的成員之中，朔奈比任何人都嚮往偶像一職。

所以她絕不能轉眼不看和夢想息息相關的現實，絕不自我貶抑。

被眾人寄予厚望的她不能自謙自卑。

她打從心底深愛著團體成員們的才能和努力。

她也深信著和她們在現實中一起築夢的粉絲。

如果只有五、六首歌還算簡單，但今天的演唱會長達兩個小時。就算把樹里亞負責的段落分配給其他成員，這種臨時決定的配置絕不可能做得盡善盡美，所有人都開始體會到這個殘酷的事實了。

「關於樹里亞負責的段落，我有一個提議。」

舞臺上舉起了一隻手，其他成員和工作人員的注意力都被吸引過去，包括一句話就能改變整個團體走向的大人物在內。

如果現在退縮，被譽為 Impatiens 核心人物的高槻朔奈就會愧對這個名號。

「我想要請喜愛樹里的粉絲助我們一臂之力。」

後藤樹里亞

樹里亞並不是在建構人設。

至少她現在完全沒有那種心思。

她只是在想，如果她走了之前沒選的那條路，對所有人或許會更好。

也就是說，如果她回去當早已捨棄的那個自己，大家可能會更開心。

原本的後藤樹里亞不會參加偶像的演唱會。

不是偶像的後藤樹里亞在空閒的時間只會隨興地跑去找朋友玩。話雖如此，她還是在深夜猶豫地打了那通電話。如果對方沒接，或許她會若無其事地出場表演。

電話接通之後傳來的聲音，解開了糾結在樹里亞心中好幾年的東西。

「妳這樣不冷嗎？如果想換厚一點的衣服，我們可以現在去買。」

「沒關係，謝謝你。」

好幾年沒見面，逢的性格還是這麼熱心。看到他一如往常的樣子，樹里亞不由得心跳加速。

如果逢也希望如此，或許她真的會回到原本那條路。

「到了之後要做什麼？」

在搭電車時，逢如此問道，樹里亞認真地思考。

她長久以來都只考慮該做的事，沒辦法很快找到想做的事。逢也耐心地等著她回答。

「我想要指甲油。」

好不容易答了出來，竟然是這麼普通的事情，逢訝異地稍微睜大眼睛。

「你很久以前送過我指甲油，我一直帶在身邊當護身符，可是使用期限已經過了，所以我希望你再買一個給我，便宜一點的也行。我會送你東西做為回報的。」

「妳還留著啊？當然沒問題，妳若想要，我就去買。」

「謝謝。」

逢一直刻意擋在樹里亞身前，免得讓太多人看到她的臉。其實樹里亞並不在乎被別人發現，她之所以選擇去那個熱鬧的城市，正是為了快點被人發現不符合人設的她。

她取笑了逢的過度熱心，逢也笑著回嘴說「怎樣啦」。

曾經身為偶像的那段歲月彷彿不曾存在過。

到了那個熟悉的城市，她在擁擠的人潮之中走著和平時不同的路徑。

不到二十分鐘，他們就在COSME美妝專賣店買到了指甲油。兩人各自挑了一瓶指甲油，裝在小袋子裡，交給對方。

「接下來呢？」

「這個嘛……」

樹里亞思考著，這次她想了更久，但她還是說出了自己的心願。

「我很久沒去你工作的地方了，我想去看看。」

「今天Live House休息，因為要檢查設備。沒關係，妳什麼時候都能去，我們店長也說妳幫我們打了不少廣告。」

「這樣啊，那也是沒辦法的事。那就……」

話說出口以後，樹里亞才意識到這句「那也是沒辦法的事」感覺像是指涉了很多事情。

「你還有在玩撞球嗎？我想去看看。」

她一說出替代方案，逢露出了比她提起指甲油時更驚訝的表情。這件事沒有奇怪到必須提出來說，但假裝沒看到又很不自然。

「怎麼了嗎？」

「沒什麼，只是想到之前也有朋友約我去玩撞球。難道現在的女生流行玩撞球嗎？」

「流不流行我不知道，我只是很久沒有嘗試過工作以外的運動，所以想趁著出來玩時活動一下筋骨。」

逢因她的行為和另一人的雷同而感到詫異，隨即聯絡了一位經營飛鏢酒吧的朋友，那間店裡應該有撞球臺。

走進昏暗的店內，簡直就像包場一樣。

樹里亞像十幾歲一樣感嘆地說「真是太享受了」，逢回答說只是因為傍晚的客人比較少。店長和逢是酒友，看到樹里亞也沒表現得大驚小怪。

兩人打了一陣子撞球，樹里亞一邊喝著冰咖啡，逢喝的是啤酒。樹里亞這幾年參加工作夥伴的飲酒會時，為了不掃大家的興，都會喝綠茶兌燒酒，其實她並不喜歡酒精的味道。

「妳感覺不像很久沒打撞球呢。」

「我對自己的運動神經還挺有自信的。」

用九號球規則打了兩局，都在逢的勝利之下落幕了。樹里亞覺得有些遺憾，但不甘心也是比賽的樂趣之一。

離開酒吧後，逢又問她：

「還想做什麼？」

「像這樣一件件嘗試想做的事，感覺很像某些小說或電影裡的死前待辦清單呢。」

「這種題材還挺常見的。」

「你明明不看小說和電影。」

聽到樹里亞的嘲弄，逢愉快地回答「這種事連我都想像得出來」。

樹里亞再次思索接下來要告訴他什麼願望。

享受著輕鬆時光的同時，她也意識到開演時間逐漸逼近。

手機放在家裡了，所以她看了看手錶。

她感覺心臟多少有些緊繃。

但她不是會半途打退堂鼓的人。

「對了，好久沒拍大頭貼了，要不要再去拍一次？我不確定十幾歲的年輕人現在流行什麼，但我猜應該和以前差不多吧。還有，我也想去花店看看。因為我覺得自己不太適合，所以沒事不會特地去買花……怎麼了？」

「沒什麼，只不過我不久前才跟另一位朋友拍了大頭貼，所以覺得有點巧。也是因為這樣，我正好知道新機種。」

「你的交際圈很歡樂嘛。」

「因為我交遊廣闊啊。」

「很像逢的風格。」

「妳說的該不會是另一個愛吧？」

「除了你之外還有其他的逢嗎？」

「沒有啦，只是想到了其他同名的人，所以隨口問問看。」

樹里亞在叫他的名字時，腦海中會自然浮現「逢」這個字，所以一時之間沒有想到他指的是什麼人。

兩人在附近的電子遊樂場拍了大頭貼之後，就去了先前經過的花店。樹里亞訂了簡單的小花束，請花店寄回她的老家，這時逢又問了她接下來的願望。

「還想做什麼？」

雖然是一樣的問題，但她覺得這次聽起來和先前的分量不一樣。演唱會就快要開演了。

「我現在不想去演唱會。」

「……妳要是被開除了我可不管喔。」

逢嘆著氣微笑的神情，以朋友的立場看起來太美又太蠻橫，清楚地展現出他過分熱心的性格。

樹里亞突然想到一個跟他很像的人。

「你既然讀過《少女進行曲》，我想你應該知道吧，你的氣質跟書裡的愛有點像。」

她說這句話也是為了轉移演唱會的話題。

聽到樹里亞隨口說出的話題，逢的表情彷彿覺得她這句話轉得太硬。

「果然是這樣。」

「咦？難道你也這麼覺得？」

「不是，我說的『果然』不是指這件事。」

逢用食指指著樹里亞。並非出於惡意。

「妳今天做的事，全都是《少女進行曲》的主角和愛一起做過的事吧？」

樹里亞聞言想了一下，和他一樣直率地說出了心中所想。

「什麼啊？有這回事嗎？主角確實去過花店，但其他的都不是吧？」

「不是嗎？」

逢看著樹里亞，絲毫不掩飾臉上的錯愕。簡直就像小說、漫畫、動畫、電影的人物一樣簡單好懂。

「我確實沒看過書中有這些情節，但是有位朋友說也可以這樣解讀，還邀我一起去做主角和愛做過的事。因為妳今天做的事跟她完全一樣，我還以為妳也是在模仿小說。」

「我完全沒有那個意思，只是想到什麼就做什麼。大概是巧合吧。我也沒有那麼不要臉地自以為是小說主角。」

「我倒覺得碰巧符合更像是小說主角。」

「刻意去做才像是主角吧？」

樹里亞突然想到一件事。

「啊，你剛剛提到另一個愛原來是因為這樣？」

「是啊，那個朋友說我非常像《少女進行曲》裡面的愛，但我自己覺得不太像。」

「這樣嗎？我也覺得你和小說版本的愛有點像。」

「有這種事？」

逢明顯露出不滿和驚訝的臉龐讓樹里亞看得出神，但她又感到有些在意。

站在這裡的她並不是偶像後藤樹里亞，她大可直接說出心中在意的事。

「我可以問問你那位朋友的事嗎？」

「嗯？」

「跟我說說嘛。」

在她遠離的期間，和逢相處過的某人對他抱有跟她一樣的看法。

為電影版主題曲寫了歌詞的樹里亞是根據偶像的眼光去讀那本小說的。

有一個人對愛、對逢的感想和立場受限的她一樣。

這令她有些吃驚，有一點共犯的心態，又有一點嫉妒，所以她想知道更多關於那個人的事。

樹里亞接下來的願望就是這個。

「好是好，不過我可以先去抽根菸嗎？」

「當然。」

在樹里亞所知的範圍內，世上第一次發生這種事。Impatiens 的演唱會少了後藤樹里亞。

當她和朋友一起站在吸菸區，跟著抽了一口菸而嗆住時，演唱會的開演時間靜靜地過了。

上村龍彬

後藤樹里亞缺席的消息傳出以後，社群網站上當然出現了各式各樣的臆測。是意外？還是她自己的決定？既然事務所說跟她聯絡過，可見應該沒有生命危險，讓粉絲稍微放心了一些，不過他們立刻又緊張起來，覺得沒有解釋理由一定是發生了什麼不好的事。不用說，當然還是有人抓緊機會幸災樂禍。

『終於有人退團了。哈哈』

『會做出這種事，真沒有職業道德。（笑臉符號）』

『本來就只是騙騙小女生的吧。』

龍彬沒有加入這波浪潮，只是靜靜地瀏覽 Twitter 上的一條條留言，找尋有沒有樹里亞的情報。

『我早就料到了。』

『果然如此。』

他也看到了諸如此類的發言。

『一定是早就設計好的，上次那條留言就是預兆，搞現場直播也是要讓粉絲覺得她要宣布退出而花錢收看。真是廉價的作秀啊。』

難聽的話語敘述了無數的揣測，每一句都讓龍彬感到好像是他自己寫的。被樹里亞操弄的那些粉絲也漸漸把謠言當成了事實，不安地討論著失去偶像的可能性。

阻止這股邪惡浪潮的是 Impatiens 的成員。

『突然宣布這個消息，讓大家擔心了，非常抱歉。如同先前的通知，今天的演唱會是由樹里亞之外的六人演出。今天來到現場的樹里亞粉絲，正在看直播的樹里亞粉絲，拜託你們，請把你們的心和歌聲借給我們。』

高槻朔奈貼出的留言還附上了一張照片。

那是空無一人的舞臺，臺上如同往常設置了七支麥克風架，照片是從觀眾席拍攝的，只有樹里亞的麥克風朝向觀眾席。

粉絲們看懂之後都激動起來了。

『這是要我們幫忙唱樹里的部分嗎？』

在朔奈之後，其他成員也陸續貼出了留言和照片。

龍彬沒有把這片盛況看在眼裡。

這些舉止透露出她們還沒放棄 Impatiens 的七人陣容，但也更凸顯了這次的事是樹里亞的任性妄為，平時的龍彬一定會朝這個方向批評，不過他現在更想得到關於樹里亞的新情報。

他對這一趟行動滿懷希望，因為在關於 Impatiens 的無數留言之中，越來越多人提到在這個熱鬧的城市裡見到了樹里亞。

當然，一定有不少人是因為聽到了風聲才會看錯，這些情報之中大概摻雜了長相和樹里亞相似的短髮女性、穿著樹里亞愛用品牌服裝的女性，又或者是打扮得像女性的男性，但龍彬還是期待有一兩個人是真的看見了樹里亞。

如果發現她，他就能立刻拍下來，把任何人都沒發現的她的破綻、把僅有他一個人知道的資訊公諸於世。他一想到這裡就興奮不已，馬不停蹄地奔走找尋。

當然，他沒有一下子就找到樹里亞，不知不覺就到了 Impatiens 演唱會的開演時間。實際參與演唱會的粉絲分享了真的有一支麥克風如照片所示朝向觀眾席，還說以前演唱會開始前的背景音樂都是成員挑選的各種曲子，但今天播放的全是 Impatiens 的歌。

龍彬不理會粉絲和黑粉各自做出的詮釋，繼續找尋。他一手拿著手機，足跡掃遍這城市的各個角落。

在大冷天為了目的而耗費體力之時，他並沒有感到自己很可憐。

他甚至覺得，就算白跑一趟也無所謂。

在意識的表層，他絲毫沒有這麼想，但連他都不知道在自己心底深處最重視的並不是找出樹里亞的惡行，而是他把熱情投注在某件事的過程。

這股熱情讓他得到一種解脫的感覺，如果換個方式，如果不是為了傷害別人，如果這個世界改變了道德標準，這種熱情或許可以稱為青春。

龍彬在市區裡找了快一個小時，還是什麼都沒找到。他從心中最底層撿起不甘心，攤在表層。演唱會很快就要開始了。他可以藉由直播看到那邊的情況，他也覺得應該注意其他成員是不是還會說些什麼。

最後，他雖然沒有得到情報，但他猜想樹里亞可能會去那部影片裡出現的 Live House，於是朝著那個方向走去。

他從盆地的邊緣走上坡道，上面有一座公園，園內大樹的影子看起來好像即將吞噬城市。

一間 Live House 坐落在公園前面。他是第一次親自來到這個地方。在拱門之下，他握住門把，輕輕轉動。不知是幸運還是不幸，今天門是鎖著的。龍彬當然不知道，跟他說過兩次話的那個男人就在這裡工作。

打消念頭走下坡道之前，龍彬把藍牙耳機塞進耳朵，用手機點進了直播的頁面。

目前畫面上只顯示了 Impatiens 的標誌，一旁還能看到正在等待直播開始的觀眾的留言。

他把抓著手機的手插進口袋，朝車站走去。

傳進耳裡的寂靜變了種類，過一陣子又變成窸窸窣窣的聲音，再過一陣子又出現了效果聲及歡呼聲。

他靠到路邊，拿出手機確認現場畫面。

Impatiens 的成員在燦爛的燈光下出場了。

樹里亞果然不在其中。

宇川逢

雖然今天 Live House 休息，兩人還是決定去看看逢工作的地方。

途中經過了糸林茜寧打工的地方，逢本來想告訴樹里亞，但是想到她們兩人曾見過面，還是打消了念頭，他擔心樹里亞會感到不愉快。

在等紅燈的時候，逢說：

「我那位朋友是女高中生，最近比較少聯絡我了。我們是在前面那裡認識的，因為她覺得我很像《少女進行曲》的愛，就主動跑來找我說話。」

「她真有勇氣。」

樹里亞一臉佩服地說道。逢也曾經為此感到訝異，竟然有人會因為這種理由而坦蕩蕩地跑來搭訕他。

他們在十字路口和很多人擦身而過，但是沒有人注意到樹里亞。就算有人認識她，大概也想不到她會出現在這裡吧。藝人和偶像敢大剌剌地走在街上就是因為這樣。

如此說來，茜寧或許一直都相信自己能遇見小說裡的人物。

「就是說啊。我本來覺得現在的高中生到底都在想什麼啊，但是聊過之後發現她人很好，還交換了聯絡方式。」

「你能這麼沒有戒心也很厲害。」

「我還想過要是她有問題我就要去報警咧。」

前方出現了他第一次見到茜寧的那間黃色招牌唱片行。

「唔……那位朋友說我跟愛有很多地方相似，不只是長相或服裝，所以才一直找我出去玩，有點像是扮家家酒吧？她邀我一起模仿主角和愛做過的事，我找不到拒絕的理由，所以就陪她玩了。」

「好浪漫的遊戲啊。」

「是這樣嗎？總之我們一起去買過指甲油，一起打過撞球，一起去過花店，還有一些別的事情，和妳想做的事重複的還包括拍大頭貼。」

逢想起了他每次答應邀約，茜寧都開心得不得了。

「我們出來都只是聊聊天，她感覺就像個普通的女孩子，喜歡玩樂，很符合高中生的樣子，有朋友，也有男友。不過她會因為覺得我像小說人物而跑來跟我說話，從這件事也看得出來她確實有些奇怪。」

「她應該很容易受到虛構作品的影響吧。」

「沒有這麼簡單。我們一起去打撞球的那次，我跟人發生了糾紛，對方可能是大學生，有四個人，我很不爽，但是不太想理他們，免得鬧得沒完沒了，她反而站出來幫我罵那些人。」

「哇，脾氣真火爆。」

「我本來也覺得她的性子未免太衝了，可是她一副快哭出來的樣子，不像是習慣吵架的人。我當時壓下了場面，後來一問才知道她其實怕得要死，我說那幹麼要強出頭，但是她有理由非得跟那些人吵架不可。」

「什麼理由？」

樹里亞為了閃避迎面走來的路人而靠向逢。

「她說，如果《少女進行曲》的主角看到愛被人侮辱絕不會插手不管。」

「這……」

樹里亞露出沉思的模樣。

逢在此時又說了一句：

「也就是說，她為了模仿《少女進行曲》可以做出平時不會做的事，讓自己陷入危險。真是把我嚇壞了。」

「這女生還真厲害。」

「那是我短暫離開時發生的事。就算是剛看完動作片的小孩子也不會這麼膽大包天吧。」

「厲害是厲害啦，可是……」

逢可以理解樹里亞為何露出這種不解的表情。

「書裡有這種情節嗎？」

「我覺得沒有。」

左轉就是上坡道。因為樹里亞穿的是高跟靴，逢為了配合她而放慢了腳步。

「她說《少女進行曲》的主角和她很像，所以相信自己有朝一日也會和主角一樣改變。這件事成了她的依靠。我第一次遇到這樣看待小說的人，對她很感興趣。雖然我平時不看書，但我很好奇讓我朋友敢跟人吵架的小說是怎樣的內容。」

「我就覺得奇怪，你怎麼會看書呢？原來是這麼回事。」

走上平緩坡道的途中經過書店，逢往裡面望去，沒看到茜寧。或許她只是剛好在他看不見的位置。

「是啊，看完之後我更訝異了，正如妳所說，裡面根本沒有主角跟人吵架的情節。還有很多她跟我說過的事也沒出現在《少女進行曲》，譬如愛的打扮或長相。」

「因為寫得很含糊吧。」

「嗯，最奇怪的是，她跟我說過愛這個人物外表像女人，其實是個男人。那個人不是女的嗎？」

「我也覺得是女的，在電影裡也是由女演員飾演的。」

有五、六個人一邊大聲喧譁一邊走過來，兩人讓開了一些。這座城市裡基本上沒有安靜的地方，很適合談論不在場的人。

「我本來在想，會不會是我看錯書了，或是她騙了我，可是問了之後又覺得不像。她不是在說謊或開玩笑，而是真的那樣想，只是我們對小說的想像不一樣。但她說的那些情節全都沒有出現在電影裡，頂多只出現了愛抽菸的場面。」

「大概是她解讀的方向比較特別吧。」

「或許吧。她說可以從一些細節看出愛是男人，她也可以清晰地想像出愛的長相和服裝，第一次讀小說時，她的腦海中就浮現了和我一樣的容貌。」

「她讀到那本書的時候還不認識你吧？」

「嗯，她說在還沒有改編電影時就看過小說了。」

「真是奇蹟。」

「說不定她早就在哪裡看過我吧。不過呢，老實說，這一點都不重要。」

「不重要？」

「她的解讀方式、想像方式和我差很多，確實讓我很驚訝，不過只要她沒打算騙我就無所謂。」

「很有你的風格。」

「大概吧。嗯，就算她真的在騙我，只要不會造成實際傷害，那也沒什麼關係。比起這些事更讓我在意的是她說自己像主角，說她想要改變。」

逢在談論熟人的時候，心裡都會想著那個人的臉龐。

茜寧和他在一起時展露的笑臉、驚訝表情、苦悶的神情、生氣的樣子都清晰地浮現在他的腦海。

他在那一天告訴她的那番話，至今在他的心中都沒有改變，所以他如實地告訴樹里亞。

「《少女進行曲》的主角是個心機很重的女生，成天想著要怎麼操縱別人的心理，不知道要怎麼真正地和別人相處，對吧？」

「嗯，她確實是這種人。」

「小說寫到她認識愛之後才漸漸改變，可是我那位朋友看起來不像壞人，事實上也不壞。」

「這樣啊。」

「是啊，我並沒有被她操縱，她對其他人也很好，還會為朋友的軟弱性格操心，第一次去我工作的地方參觀時也會跟我同事打招呼，所以我對她的印象是有點奇怪卻很友善的人。這只是我個人的感覺，但我覺得這麼完美的形象是不可能偽造的，也沒有必要偽造。」

樹里亞不認識逢那位朋友，沒辦法回答什麼。逢又繼續說：

「如果她擔心自己的個性有問題，我覺得沒這個必要，至少她在我的眼中不像是壞人。」

逢不會欺騙自己。

「我覺得應該坦白地告訴她，叫她不用擔心，因為她一點都不像《少女進行曲》的主角。」

「……咦？」

「我叫她不需要模仿小說人物，用真實的面貌和我相處就好了。樹里亞，怎麼了？」

「你這樣跟她說？」

「呃？嗯嗯，是啊。她聽了以後就說愛不會說這種話。她指的不是我，而是小說裡的愛。我回答，我不是書裡的人，當然跟愛不一樣。」

「逢……」

雜貨店的明亮燈光從門口的玻璃窗透出來。

樹里亞突然停下腳步，所以逢也跟著停下來。

他轉頭望向站在幾步之後的樹里亞。

他看不懂樹里亞的表情，忍不住皺起眉頭。

「樹里亞。」

逢不明白她為什麼會露出這麼痛苦的表情。

聽到他的呼喚，樹里亞的嘴巴開闔了好幾次，像是要把潰不成聲的話語凝聚在嘴唇、牙齒和舌頭上，最後終於顫聲說出：

「你不該這麼說的。」

聽到這句話，逢還是一點都不明白樹里亞的心情。

後藤樹里亞

樹里亞不確定這是認同感，還是同情心，還是罪惡感。

「她跟你聯絡變少就是從那時開始的？」

「嗯，詳情我不太清楚，聽說她發生了一些事，我沒有主動問過她。」

逢點頭說道，像是在表示沒必要過度擔心。

樹里亞想到那位素未謀面的高中女生會作何感想，就覺得心痛欲裂。

她一定覺得很寂寞吧？

一定覺得被否定了吧？

「你確實很體貼，可是……」

樹里亞也不知道自己快要脫口而出的是什麼話。

但她知道不該對幾年未見的朋友說出這句話，所以說到一半就停了下來。

不過，她對那女生的想法沒有就此抹消。

那女生想必建構了自己的人設。

她相信自己是故事的一部分，相信自己有朝一日會改變，藉此支撐自己的心靈。

樹里亞可以理解，因為她也做過類似的事。

「可是什麼？」

「……稍嫌不夠細膩。」

「我也這麼覺得。」

「後來她怎麼樣了？」

「我說過，她最近很少聯絡我。難道是因為我說了不該說的話嗎？」

逢一直都是這個樣子，他擔心的時候會直截了當地露出擔心的表情。樹里亞很羨慕逢能為了朋友如此直率地表達心中所想，但又覺得很殘酷。

「這只是我個人的解讀，就像她個人把愛解讀成男人一樣，你姑且聽聽就好。」

「我知道了。」

樹里亞思索了一下，決定不拐彎抹角。

「我想她應該沒有真誠地面對你。」

逢坦白地表現出驚訝。

「怎麼會呢？我不這麼覺得。」

「我不知道她偽裝到什麼程度，反正她一定覺得自己心機很重，想要操縱別人的想法，不懂怎麼和別人相處。她討厭自己的這種個性，想要改變，所以把自己投射在成功改變的《少女進行曲》主角身上，完全沉浸在故事之中。如果我猜得沒錯，那她的煩惱只有她自己清楚，即使別人否認這點，對她也沒有幫助。」

明明是在說別人的事，樹里亞卻覺得好像是在說自己。

「……這樣啊，我沒想到這一層。」

自己的行動被沒有親眼目睹情況的朋友批評時，如果逢覺得朋友說得對，就會毫不生氣地坦然接受。他的個性本來就是這樣，他也很了解自己這一面。

樹里亞睽違許久又見識到逢的這一面，真想跟那位連名字都不知道的高中女生說一句話。

妳看，這個人很純淨吧，和我們完全不一樣。

要怎麼樣才能活得像他這麼瀟脫，既不會自我厭惡，又不會迷惘呢？

看在我們的眼中，他這種性格是多麼令人仰慕啊。

「下次見面我會向她道歉的。」

「……我有點擔心那個女生呢。」

如果樹里亞猜得沒錯，那女生還有辦法振作起來嗎？

「我聽說她跟男友分手了。」

「是她自己告訴你的？」

「不是，我遇到了她的朋友，是他告訴我的。對了，他還跟我說了其他事。是什麼呢……」

樹里亞特別喜歡逢思考時的神情。

就像要把平整無瑕的色紙摺出第一道線，讓人又興奮又緊張。

「喔喔，對了，那人說她最近很失常，譬如開始會跟老師頂嘴，或是蹺掉打工。還有什麼……他說她不再戴眼鏡了，而且她突然開始跟班上的邊緣人聊天，他還說她像是被附身了。我聽了也覺得她確實很失常。」

「等一下……」

樹里亞已經很久沒有打斷別人說話了，久到她自己都不記得上次這樣做是什麼時候。

「嗯？」

就連成為偶像之前，無須顧慮業界規矩、可以用真實的自己和別人相處的時候，她也會禮貌地聽他或其他朋友把話說完再開口。

樹里亞打破了自己的規矩，因為她覺得必須盡快把爬上自己背脊的那股惡寒說出來。

「這下糟糕了。」

因為太慌張，她的第一句話並不是用來和對方溝通的。再次開口時，理智才跟上了嘴巴。

「她現在或許是獨自在模仿《少女進行曲》的情節。」

逢清楚露出疑惑的表情。他的嘴巴一定和理智及情感沒有落差。

「我也這樣想過，但是跟吵架那件事一樣，書裡也沒有提到這些情節。」

「或許有。」

樹里亞想起了她為了作詞而讀過很多次的小說內容，在自己心中轉換而成的畫面。

「依照我的想像，主角不再戴的是瀏海上的髮夾，頂嘴的對象是她問路的鄰居老奶奶，蹺掉的是家人交代給她的日常家事，聊天的對象是從小一起長大的少年。她可能只是換個方式解讀。」

「妳說的那些我還比較有印象。」

「故事的最後，主角不是發生了很多改變嗎？」

「是啊，就是在故事的最高潮之前。」

「那樣很不妙吧？」

因為樹里亞的表情太焦慮，逢本來舉起菸準備抽一口，卻露出恍然大悟的表情，把手放下。

「妳是說她也會模仿最後一幕？」

「是。」

「怎麼可能？」

「在《少女進行曲》的最後一幕，是陪在主角身邊的愛救了她。逢，你最好去找她。說不定她今天就在這座城市。小說提到的地點是很熱鬧的城市，日期則是大家即使只是做做樣子也會維護所有人尊嚴的日子，而今天正好是……」

「我說樹里亞啊……」

這次輪到逢打斷樹里亞的話。他也很少做出這種事，不過他也可能已經在這幾年改變了說話的習慣。那婉轉的語氣像是在安撫樹里亞的焦慮。樹里亞做了深呼吸，但是一點用都沒有，她依然心神不安，肩膀晃動，很擔心那女生會發生什麼事。

「我要坦白說出我現在的想法。」

逢一直都是這麼做的。

「我們只不過是在聊小說的內容。」

正是如此。樹里亞點點頭。

「是啊。」

「我說『只不過』並沒有貶低的意思，我是想要表達，我們在聊的不是真實的事。再怎麼說也不可能真的去做那種事吧。」

「你認識的人之中不就有人這樣做了？」

「是這樣沒錯啦……」

逢直視著樹里亞的眼睛，深深吸了一口氣再吐出。

樹里亞心想，逢可能正在猶豫該不該說出心裡的話，她也知道，有話藏著不說並非逢的行事風格。

「就算是這樣……」

逢是不會說謊的。

「為了模仿小說主角而自殺，未免太愚蠢了。」

這句話清楚傳進樹里亞的耳裡。從逢的語氣可以感覺得出假設朋友死亡的罪惡感，以及對自己所說的話所抱持的責任感。

「那只是虛構故事，只是創作，把其中的優點拿來當作人生準則也就罷了，為了虛構的情節而拋棄活在現實世界的自己，根本就是瘋了。」

是啊，真是瘋了。

樹里亞也是這麼想的，但她得出的結論和他不同。

「我也這麼認為，但我不知道對她來說哪邊才是現實。」

樹里亞即使在墜落谷底之後，也一直思索這個問題。她不知道對自己來說哪邊才是現實。

她連自己都搞不懂了，更不可能搞懂那位沒見過的高中女生的現實是什麼。

「因為不知道，所以不能保證絕無可能。」

所以人才會盡其所能地想像。樹里亞也是一樣。

如果她看到的是谷底，那個高中女生看到的又會是什麼呢？

說不定會是這樣的景象。

她站在寒冷的街頭。

寒冷冬風吹在身上的觸感、和這座城市的朋友及夥伴在一起的幸福、食物的味道，這些事物都是真實存在的，可是如果和故事沒有交集，她全都感覺不到。

但是如逢所說，她活在這個現實世界，根本看不出和故事之間的關聯，那只會在她自己或別人的目擊之下成為事實，經過日積月累形成身上的一層膜，或許她自己和別人都覺得只要剝掉這層膜就能展露出真實的樣貌，但是追根究柢，最重要的事物是藏在心裡的，不能讓人看見的心還是會繼續隱藏下去……

又來了。

樹里亞明明是在想那個高中女生的事，但她腦海裡浮現的卻是昨天打電話給逢的自己。

當時的我是站在什麼立場呢？

是原本的後藤樹里亞，還是遵照人設的後藤樹里亞？

樹里亞還是不知道。正如她也不知道那個高中女生的現實是什麼。

如果一直想下去，是否遲早會想出答案？

她能靠著想像得到答案嗎？

假如沒有答案，只是站在模糊的地方，看著模糊的地方，每個人都能擅自給那地方命名，那麼不管那是什麼地方都是真的，也都是假的。

既是現實世界又是虛構故事。

既是原本的自己又是人設。

「逢。」

樹里亞喊道，然後看看自己的掌心。

她有一種奇特的感覺。

這好像是她幾年以來第一次把目光焦點放在這個世界。

不是因為戴不戴眼鏡的緣故。

她思索著意義，難以釋懷似地握緊拳頭，再次凝視逢的雙眼。

「逢，我希望你去找她。」

「樹里亞……」

「拜託你。」

逢無奈地從口袋掏出手機。他的動作很漂亮，卻不像從前那樣顯得神聖，而是比從前更令人迷戀。

她也知道，這種心情會讓她今後的選擇變得更困難。

「既然妳這麼堅持，我來聯絡她看看。那妳要怎麼辦？」

「我……」

樹里亞猶豫了。若是逢叫她一起去，或許她會若無其事地陪他一起去找那個女生。

不過她聽見了一個聲音。

上村龍彬

龍彬找到的不是後藤樹里亞。

他戴著耳機，一邊收聽演唱會直播一邊走向車站。他在網路以外的地方一向如此，盡可能地避免和別人碰撞，同時根據服裝樣貌等外在條件在心中默默地羞辱擦身而過的人們。他認定同學和家人給他帶來了負能量，所以他要把這些負能量再轉移給別人，藉此抒發情緒。

糸林茜寧打工的書店出現在前方。他不知道自己的兒時玩伴今天是否值班，為了小心起見，他還是準備好攝影機，走了過去。正好就在這個時候。

他從門外往書店裡望去，發現了那個男人。

即使是在晚上，他還是立刻看見了那個穿女裝的男人，就像孩子很快就能發現食物之中摻雜了自己討厭的食材。

龍彬立刻縮小步伐，躲到牆後免得被對方發現。那人正朝著門口走來，他打算默默地等著對方離開。

沒過多久，那男人一邊和身旁的人說話一邊走到龍彬附近。龍彬偷瞄了男人一眼，他真的長得很好看，讓龍彬又想開始咒罵茜寧喜歡把身邊的人當成自己的裝飾品，但他一看見男人身旁的人就愣住了。

他簡直不敢相信自己的眼睛。那兩人一步步地走遠了。

龍彬的身體動得比腦袋更快，他不加思索地從側背包裡拿出攝影機，打開電源，朝向那兩人的背影。

接著他遠遠地跟著那兩人，又想到說不定能聽見他們說話，所以他急忙摘下耳機，放進口袋。

明明一直在找，等到真的找到了，他卻不敢相信。

剛才看到的那張臉，似乎是後藤樹里亞。

可是他仔細打量那女生的背影，這服裝打扮和樹里亞至今的風格都不同。到底是他看錯人了，還是樹里亞真的基於某些原因而出現在這裡？為了找出答案，龍彬保持固定距離跟在他們後方。

跟蹤了一陣子，男人突然回頭，讓龍彬有些驚慌，不過他們之間離得很遠，他趕緊躲進一旁的商店，裝模作樣地繞了一圈，又走到店外窺視那兩人，看來對方沒發現他。那兩人正在說話，但他離得太遠，聽不見內容。

龍彬在使命感的驅使下焦躁地想著，再這樣下去，他根本沒辦法確認那女生是不是樹里亞。

他抓緊攝影機，決心要抓住只有自己發現的真相，一腔熱血頓時點燃。

他低著頭從店裡走上人行道，那兩人還是沒動，依然望著彼此。

他在走近時頻頻抬頭觀察，男人的眼中只看著自己的同伴。

細微的腳步聲一步步傳出，眼看就快要追上那兩人了，龍彬的心臟狂跳不已。是因為運氣好？還是對方的視野太狹窄？難道那人早就發現了，只是沒有表現出來？龍彬無法判斷，但他的擔憂沒有成真，就算走得這麼近，依然沒有打草驚蛇。

他壓低聲息，以免引起對方注意。絕不能臨陣脫逃。

經過那兩人的身邊時，龍彬若無其事地回頭。他想從男人的背後偷看那女生的臉，他也真的這麼做了。

帶著懷疑和期待，他從正面看見了那女生的表情，心中的震撼化為言語。

「樹里。」

後悔也來不及了。在喧鬧之中，他的聲音被他最不希望聽見的兩人聽到了。

男人轉頭看見了他，說著「你……」，但他沒有看著那個男人。

看到那一幕的恐怕只有龍彬一個人。

服裝風格和平時不同的後藤樹里亞望向龍彬，眨了眨眼睛。

在這短暫的一瞬間，事情發生了。

龍彬清楚意識到所謂的「臉色大變」正是在形容她現在的模樣。

「你知道演唱會怎麼了嗎？」

樹里亞沒頭沒腦地突然問道，正準備逃跑的他定住了雙腳。

如果龍彬有辦法妥善應付這種場面，他和兒時玩伴及同學應該早就相處得很好了。

「演、演唱會？」

「嗯，大家怎麼樣了？」

「大家……」

龍彬只是重複著她說的話。他知道樹里亞的問題是什麼意思，因為他一直看著她在怎樣的情境之中使用這個詞彙，熟悉到不能再熟悉了。

他該怎麼回答才好？如果時間充足，他應該會吐出對她的嘲諷和批評。

但是他在情急之間一句話都說不出來，只能在自己都不知所以然的狀態下從口袋掏出手機，遞給站在幾步以外的樹里亞。

他心想「我到底在做什麼」，正感到後悔時，樹里亞已經接過手機。螢幕上播放著他忘記關掉的影片。

龍彬有個毛病，在人前陷入驚慌時，他不喜歡把主導權完全交給別人，所以會情不自禁地說些沒意義的話。

樹里亞看著無聲的影片，如果他在她自己操作手機播出聲音之前主動告知情況，多少可以搶回一些優勢。

就算只能得到短短幾秒的扭曲優越感，這在他的心中仍是真實的人際關係。

「大家都在唱歌。」

龍彬沒有想到，他的這句話竟然會改變別人的未來。

高槻朔奈

還剩幾分鐘就要開演，大螢幕顯示出爆滿的觀眾席，站在後臺的朔奈想起了幾年前和製作人聊過的話題。

此時製作人正好一臉凝重地從旁邊經過，朔奈便對他說道：

「你的願望成真了呢，這個團體確實夠強悍、不服輸，又會惹麻煩。」

製作人想了幾秒鐘，才嘆著氣說：

「我真想痛揍當時的自己一頓。」

說完之後，他又去找工作人員下達指示了。

朔奈把成員們聚集起來，一如往常地圍成一圈。

她思索著應該跟比平時更緊張的這五人說些什麼。

在容許的時間內想了一下。

一開頭，朔奈就刻意地長嘆了一口氣。

「Impatiens 真是個隨處可見的偶像團體。」

聽到朔奈這句話，五人都愣住了，碧生先發出噗哧一笑。

「碧生又沒有厲害到哪裡去，個性卻很囂張。」

然後朔奈把視線從哈哈大笑的碧生身上移到旁邊的杜和子。

「杜和子，如果不想認真當偶像，乾脆退出吧？」

「咦？妳幹麼突然找我們麻煩？」

接著又望向蘭。

「蘭雖然外貌出眾，實力卻在平均值以下。」

「有必要說得這麼難聽嗎？」

又望向麻希。

「麻希，我覺得笨蛋就該少說話。」

「怎麼一開口就罵人啊！」

再望向愛唯。

「愛唯太幼稚了，我看了都不好意思。」

「竟然這樣說……」

在她們還沒真正受到打擊之前，朔奈就先指著自己，自信十足地說：

「這個團體最不需要的就是隊長，只會拍馬屁，真討厭。」

聽到這句話，其他人都笑了。

朔奈一如往常地叫大家彼此搭肩，緊緊地圍成比平時更小的圓圈。

「我們都受過不少批評吧？」

其他五人有的點頭，有的稱是。

「我們今晚一定又會受到很多批評，可是就算那些批評全是真的，也無所謂。」

成員們靜靜聆聽著，朔奈感覺這一刻真是無比珍貴。

「光靠那些發言是打不垮我們的。就算樹里不在，今天也要拿出一樣的幹勁。好好享受吧！」

喔喔！成員們異口同聲地大喊。或許她們每個人都覺得即使被觀眾聽見了也無妨。成員們彼此擊掌，用力到手掌都有點痛了。

朔奈暗自決定，如果樹里亞回來了，也要完整地把這番話傳達給她。

開演時間終於到來。直播早已開始了。

舞臺變暗。

爆炸的音效聲。

觀眾席傳出歡呼。

和站在舞臺後方通道待命的工作人員們擊掌。

緊緊裹著身體的服裝。

堅硬的地板。

不是因為聲音而震動的空氣。

雖然早就體驗過很多次，朔奈沒想到這一刻心臟會跳得如此激烈。

如果是平時，她們會各自站到七支麥克風架前方，擺好姿勢，然後拿起麥克風。

把麥克風架放到背後，音效聲停止，第一首歌的前奏響起，演唱會開始。

但是今天留下了一支朝向觀眾席的麥克風架。

音效聲停止了。

歌曲還沒響起。

在沉默之中，燈光亮起，朔奈把麥克風拿到嘴邊。

「今天的演唱會，沒有後藤樹里亞。」

空氣變成沉寂，彷彿凍結了一般。

「期待看到她的各位，真的很對不起，但我們七人還是要厚著臉皮向你們提出一個請求，希望喜愛樹里亞的你們能把歌聲和心借給我們，補足缺少的部分。我相信你們。」

沒有等觀眾席傳來反應，喇叭就播放出旋律。

這是 **Impatiens** 組成以來一直深受粉絲喜愛的一首歌。

樹里亞獨唱的部分是在第一次的副歌。

歌曲的前奏結束了，主歌唱完，進入副歌前導。

成員們和平時一樣全力以赴地唱歌跳舞。

觀眾席傳來響亮的合唱。

緊接著，副歌開始了。

進入樹里亞的部分，朔奈的耳朵只聽得見喇叭播出的音樂和自己的心跳聲。

可是，一秒以後，她聽到了其他聲音。

兩秒後，她看到了擠得水洩不通的觀眾席上一張張的臉都張大了嘴巴。

三秒後，她感到自己彷彿被一股洶湧的熱浪吞噬了。

從外而來的熱度和她自己發出的熱度融合在一起。

這一瞬間，朔奈不只是感動，不只是感謝，不只是衝動，而是全部加在一起，她所獲得的幫助比 Impatiens 的高梘朔奈所期望的更多。

這令她在夢想和生存似乎背道而馳的這個世界裡，依然能保持著自己的心願。

她遠離麥克風的嘴巴說出了這句話。

「看吧，喜歡一個人的心情就是這麼強大。」

後藤樹里亞

「謝謝。」

樹里亞向少年道謝，把手機還給他。

她轉頭望向站在一旁的逢，兩人四目交會。

「逢。」

她叫道。他默默點頭。或許是因為少年還在這裡。

「你去找那個女生吧。」

逢瞄了少年一眼，又望向樹里亞。

「……我知道了。那妳找個地方等我吧。」

「我不會等的。」

樹里亞斷然說道，逢想了一下，又點點頭。他每次點頭，樹里亞的心中就漏了一點風，但她還是努力承受著呼吸困難的感覺。

「好吧，如果有事再聯絡。」

「我不會聯絡的。」

她短暫地想像過此時的心情，本來以為自己可以想開，沒想到竟會這麼難受。

即使如此，她還是得說出來。

「對不起，逢，你也不用等我或聯絡我。」

樹里亞知道，逢不會認為朋友說的話有弦外之音，也不會懷疑朋友對他說謊，因為他即使被騙，也會以自己當時的感覺為準。

所以樹里亞這句話聽在他的耳中，比其他人聽到的含意更深。

「我們就在此分手吧。」

樹里亞往後退一步，逢卻向前一步，抓住她的左手腕。

彷彿她的背後就是懸崖。

樹里亞知道，這裡已經不是懸崖了，又或者，一步之外只有連她自己都不確定的模糊地方。

「樹里亞。」

逢可能完全忘了愣愣呆立在一旁的少年。

他的眼中只注視著重要的朋友，只注視著她，那道視線如此直率，令樹里亞的決心開始動搖，懷疑自己拋不下他的體貼和情誼。

「怎麼……」

「我利用了你。」

趁著逢的手放鬆力道時，樹里亞又後退了一步，只有手臂改變了角度停留在同樣的位置。

「我是為了找到答案才打電話給你的。你明明對我這麼體貼，但我一想到今天可能會被開除，這幾年的努力可能會白費，後藤樹里亞可能會就這麼完蛋，我就覺得我真正想在一起的人並不是你。想到我如此對待你，我實在沒臉再讓你繼續等我，即使只有一個晚上。」

逢認真地傾聽，認真地接收，彷彿把一切咀嚼吞下時有東西卡在喉嚨裡，他直視著她的眼睛，張開薄薄的嘴脣。

「那妳想和誰在一起？」

「大家。」

「團體的成員？」

樹里亞笑了，她自己也覺得這種時候不該笑。

「怎麼可能。」

「那是……」

逢的眼睛眨都不眨，吸了一口氣又吐出來。

「樹里亞真心希望的嗎？」

「我不知道。只是這麼想罷了，或許我一直都沒搞懂自己真心希望的是什麼。我現在覺得，乾脆就這樣含糊地走下去吧。」

手腕被抓住的感覺消失了。逢低下頭，摸著自己的嘴邊。

「我……」

樹里亞一直看著他，等他說下去，所以看得出來他的變化。逢按在嘴邊的手搔了搔脖子，然後嘴角浮現直率的笑容。

她知道，那張臉是不會說謊的。

「我沒打算專心一致地等待，不過，既然妳不希望我等，那就照妳的意思吧。我不會再把妳當成朋友，也不會再跟妳聯絡。如果哪天還有機會相遇，到時再說吧。」

樹里亞知道自己很矛盾。她早就知道了。

她明知逢不會說謊。

可是她既希望逢剛才說的不是謊話，又希望那是謊話。這兩種想法在她的心中占據了相同的分量。

兩種想法如同光譜上的兩端，她也不知道自己落在其中哪一處。

她站在模糊的地方。

「今後我會以粉絲的身分支持妳。」

即使如此，她還是依照禮貌，如實地接受只說真話的逢所說的這句話。依照禮貌，用籠統但誠意十足的話語回應。

「我很開心。如果我又回到舞臺上，一定會讓你看到我最帥氣的一面，敬請期待。」

逢點點頭，似乎不打算繼續對話，彷彿站在他面前的人並非朋友。

「那我要去拯救少女了。」

說完以後，他轉頭望向僵在一旁的少年。樹里亞正在疑惑他想幹麼，他卻說出了令她驚訝的話。

「抱歉，我想問你，你知道糸林茜寧在哪嗎？」

「咦？為什麼要問她的事？」

「你是她的朋友嗎？」

樹里亞驚訝地問道，兩人都沒有點頭。

「算是朋友嗎……」

少年態度曖昧地歪著腦袋。

「你知道她現在在做什麼嗎？」

「呃，不，我不知道。」

「是嗎？我還是先打電話給她看看。」

看著這兩人的對話，樹里亞突然想到一件事。

這件事太過任性，和樹里亞過去秉持的專業態度天差地遠，可是為了今後的自己，為了支持她的人們，她還是應該這樣做，她也想要這樣做。

「不好意思，如果你有空的話，我也想拜託你一件事。」

少年聽到她說的話，緊張得肩膀一顫。對方現在看到的是哪個後藤樹里亞呢？

她還是有些害怕。

上村龍彬

「突然找你幫忙真是抱歉，你應該認識我吧？你剛才也叫了我樹里。」

「呃，是，認識。」

「太好了。我想請你幫忙一下，麻煩你了！」

龍彬跟在快步前行的後藤樹里亞身旁，用手機鏡頭對著她。

樹里亞本來在跟那個女裝男人講話，一轉頭卻突然找他幫忙，讓他完全摸不著頭腦。他的腦袋還跟不上這麼超現實的發展，只能乖乖對她言聽計從。

一直被他視為敵人的人如今就在他的眼前。

在這麼近的距離下，龍彬大可當面痛罵她，甚至是不顧倫理及法律而對她暴力相向，但他卻只是透過鏡頭看著她，而且還是出自她的請求。

「這樣說或許太突然了。」

樹里亞對著鏡頭開始說話。

「其實我並不喜歡偶像。」

她一邊在柏油路上踩出腳步聲一邊說道。

「我對其他的偶像毫無興趣，看到比自己更紅的偶像團體還會很不高興，就算屬於相同的唱片製造商和唱片公司，我也覺得只要那些人不在，我們就能得到更多的機會。」

龍彬因這段突如其來的剖白驚愕不已，樹里亞朝著鏡頭一笑，繼續說道：

「其實我一點都不喜歡怪獸，只是覺得這樣可以豐富偶像的人設，所以才裝出喜歡的樣子。」

這正是龍彬一直追尋的、樹里亞不曾對外公開的資訊。

「所以我非常努力地惡補，因為大家都會和我聊這個話題，所以我也漸漸體會到了怪獸的魅力。」

龍彬突然有一種錯覺，彷彿是他長久以來的努力終於結出果實，讓她吐露了真話。

「我也不喜歡我們團體的成員，雖然不至於討厭，但我從來都不覺得自己喜歡她們，我一直表現得很珍惜她們，只是因為這樣能讓大家開心。如果不是在這種環境下認識，說不定我會討厭她們，但我們畢竟不是在其他場合認識的，也就罷了。我想特別向隊長說一句心底話，不要老是擺出一副只有自己是全心全意在當偶像的態度。不過，我也很尊敬隊長的這一面。」

她一邊看著鏡頭一邊走路，目的地是後藤樹里亞原本應該出現的地方。

「我現在平日所見幾乎全是工作相關的人，其實在加入 Impatiens 之前，我有朋友，也有男友，但我後來都不見他們，不跟他們出去玩，和男友也分手了，因為我覺得我的工作是讓觀眾喜歡，身邊不應該留有比觀眾更重要的人。」

她一步步地靠近目的地。

這應該是龍彬翹首以盼的時刻。

他每天都把時間花在找尋後藤樹里亞說錯或說得不好的話，大肆批判。

此時她不知道是怎麼了，竟然主動向他揭露隱藏在偶像包裝底下的真相。

龍彬死命地思考該怎麼利用這個狀況，但是只能隨波逐流的他什麼都想不出來。

「成為偶像之前，我很喜歡這種打扮，應該說很女性化吧。以前我很愛穿迷你裙，真懷念。不過後藤樹里亞的形象還是比較適合平常的那副打扮吧？是不是呢？」

見她朝著鏡頭問道，龍彬情不自禁地點頭。路口的交通號誌正好變成綠燈，兩人一起走上坡道。

「黑粉怎麼想都無所謂。」

龍彬突然感到不同於平時使用的另一顆心臟在顫抖。

「但我非常在意喜歡我的人怎麼想。或許大家看不出來，其實你們的每一句話都牽引著我的心，時而鼓勵著我，時而打擊著我。」

說到「你們」的時候，樹里亞指著鏡頭。她指的是不包含龍彬在內、支持樹里亞的人們。

「我現在覺得這是一件很幸福的事，雖然這樣好像被人握住了主導權，我也說不上喜歡或討厭自己這種曖昧又危險的處境，但我還是想要肯定這種生活方式。」

再過不久，他們就會到達目的地。攝影之間遇見了一些認出樹里亞的人，影片裡應該也錄到了他們喊她的聲音。

「和大家的關係也是。該怎麼評價才好呢，我或許一直都沒真正搞清楚。偶像和粉絲，表演者和觀眾，喜歡的一方和被喜歡的一方，感謝的一方和被感謝的一方，賺錢的一方和花錢的一方，此外也是朋友、夥伴、共犯，我和大家的關係就是這一切的集合。」

此時可以看見 Live House 所在的建築物。

「還有什麼要說的……啊，我很不喜歡那群製作人的為人，成天只想著怎麼避免讓自己吃虧，雖然我也給他們添了不少麻煩啦。我是真的喜歡番茄和番茄汁，也喜歡全力以赴，也喜歡唱歌跳舞。」

到達建築物的門口，龍彬以為他們會在這裡分開，但樹里亞看著他，而不是看著鏡頭，說了一句「可以再陪我一下嗎？」。

她從工作人員身邊衝過去，跑上門前的階梯。龍彬彷彿害怕被丟下，也跟著從被樹里亞嚇呆的工作人員身邊跑過去。

「我們是表演者和工作人員！以後再解釋！」

樹里亞一邊大喊一邊跑上階梯。

爬上最後一階，前方出現寬敞的大廳，收票處的桌子前面站著幾位工作人員，每個人都一臉愕然。

樹里亞看到這一幕，回頭嘿嘿一笑，那表情既不是挑釁也不是好鬥，彷彿只是和朋友一起享受惡作劇的快樂。

「到達終點了。」

龍彬喘得上氣不接下氣，還是努力架穩鏡頭，以防漏拍了她的一舉一動。

連一滴汗水都沒流的樹里亞此時拋出一句話。

「我先前說的那些話，你覺得有幾分是我的真心話，幾分是出自我的人設？」

龍彬答不出來。他也不知道這段等待的時間該做什麼，只能呆呆地看著樹里亞的臉，而非看著畫面。

四目交會。

「謝謝你幫我攝影。我只是想把這些話說出來，至於影片要怎麼處理，可以交由你來決定嗎？你想公布也行，想忘掉也行。」

她這語氣聽起來像是知道龍彬從前所做的一切，如果是以前的龍彬一定會萌生出厭惡和敵意，一定會把這些轉變成快感。

但是面對這個大好機會，在他心中有反應的卻是他以為早就捨棄的部分，那是他對偶像歌手後藤樹里亞的人格產生疑惑之前、被她的外表和歌舞吸引的心情。有如求助一般，他緊盯著樹里亞的雙眼。

樹里亞再次露出笑容，這次是她在舞臺上經常展露的挑釁及好鬥的笑容。這和她先前的表情看不出明確的區分。

「我剛剛終於想通了。因為真實不存在任何地方，所以由你來決定吧。」

說完以後，樹里亞從愕然呆立的工作人員之間衝過去，消失在觀眾席入口之後。

那一天之後，在各大社群網站一直死咬著後藤樹里亞攻擊、冠上花朵名稱（註18）的帳號停止了發言。

幾天後，這個帳號在 Twitter 貼出最後一次留言，內容很簡單，也沒有附上圖片或影片。

『我被塞了一些連自己也不懂的想法。』

這句話始終沒有像平時一樣得到大量的點讚和轉推。

註18　上村龍彬的帳號「rindo」意指龍膽花。

宇川逢

我再把衣服寄回去給你。

樹里亞像朋友一樣留下這句話，就和少年一起離開了。

逢揮著手目送他們。

他把席捲於心中、雖不複雜卻很強烈的情感化為嘆息，不過在這座城市裡只會被當成一件微不足道的小事。

「唉。」

懷著難以排解的心情，他輕觸手中的手機，開始操作。

因為他被人託付了一件任務。

話雖如此，逢還是不相信茜寧會為了小說而尋死。

他期待著打電話過去就會發現她正好好地待在家裡，實際上也很有可能。他把手機貼在耳邊，只是為了慎重起見，想要確認一下朋友的安危。

可是鈴聲響了很多次，茜寧還是沒有接聽。

逢無可奈何，只好傳了一句短短的訊息，一邊走下和樹里亞一起爬上來的坡道。

他決定去茜寧打工的地方看看。她沒接電話多半是因為還在工作，剛才經過書店時沒見到她，或許是正在休息。

下坡途中，有人在分發附加傳單的暖暖包，逢順手接了過來。

他拉開書店的玻璃門，走進店內，正在蹲著整理書本的店員喊道「歡迎光臨」。逢對那個人有印象。

「不好意思……」

「你要找什麼書嗎？」

看到那人抬頭望過來的表情，逢察覺到了。

「你好，前陣子我們在書店打烊之後見過面，我是糸林茜寧的朋友，我姓宇川，請問她今天有來上班嗎？」

「沒有，她今天休息。」

「這樣啊。謝謝。」

「不會。」

原來她今天沒上班。

逢才剛開始就陷入了困境，但是立刻離開也沒意義，所以他一邊思索之後的打算一邊在店裡漫步，碰巧在平時不會逛的文庫區看到了《少女進行曲》。

如果樹里亞猜得沒錯，這本書裡或許有他遺漏的訊息。逢拿起小說，迅速翻到後半本。

他毫不客氣地嘲笑自己的行為很愚蠢。

他大可不當一回事，直接回家，可是萬一茜寧真的有危險，他在書店裡翻書實在是莫名其妙。

就算什麼都不管，這一天或許還是會平安無事地結束。

即使逢這樣想，卻還是繼續留在書店，因為他不想被多半已經回家的朝陽追問樹里亞的事，另一個原因是樹里亞提到的某件事讓他有點在意。

她說茜寧今天可能會來這座城市。

在逢的印象中，《少女進行曲》不會具體地描寫氣溫或服裝，他甚至不確定書中人物是不是跟他們活在同一個時代，至少逢看不出來，所以他也想不出書中哪個部分暗示著時間是今天、地點是這座城市。

不過逢還記得和茜寧共同經歷的事實。

就算作者設定的故事背景不在這座城市，他和茜寧一直都是約在這裡見面，或許茜寧也和樹里亞一樣把故事當作是發生於這座城市。

「這個混帳小說家，竟敢蠱惑高中生。」

逢忍不住喃喃自語，一邊繼續翻頁。

他在讀樹里亞的訪談時看過那位作者的臉，他覺得那人應該和他們同齡，或是大個幾歲，看起來既有教養又單純，一副大家閨秀的模樣。

「請問……」

旁邊有人說道，逢本來不覺得那人是在對他說話，只是反射性地轉頭望去，結果發現那位女店員正盯著他，讓他嚇了一跳。

「冒昧問一下，你是茜寧的朋友嗎？」

她的神情不像是要責備他白看書或是站崗等女生，所以逢坦白地點頭。

「你是模特兒嗎？我從以前就想問你了，如果讓你覺得不舒服，實在很抱歉！」

逢想起來了，他對這位女店員確實有點印象。

「喔，不是，我在 Live House 工作，穿成這樣只是我的興趣。我和糸林茜寧是因為興趣而認識的，我以為她今天會上班，所以順路來看看。」

為了不讓對方覺得自己可疑，逢還說出了 Live House 的店名。她和茜寧一樣，明明工作的地方跟那裡很近，卻不知道那間店。

逢簡單描述了 Live House 的位置，然後突然想到。

「我有一個關於書的問題想請教妳，可以嗎？」

「啊，好的，沒問題。」

「在這本書的最後，主角自殺的地點如果是在這附近，妳覺得會是哪裡？」

「咦？」

逢也知道自己的問題不太正常，聽在這位女店員的耳裡更是詭異到令她忍不住發出驚呼。她不好意思地摀住了嘴。

不知道是出自服務精神，還是因為工作很閒，又或是個性因素，她乾咳一聲，認真地思索這奇怪的問題。

「書裡描述的是內心世界，要在現實世界找到對應的地方不太容易。那是小說特有的表現手法，用電影來比喻就像是花田一樣。」

「確實是如此。」

「啊，你讀過嗎？沒錯，在原著之中，主角本來要從平時的內心世界跳進一接觸就無法存活的黑暗，結果被愛拉住，那一段並沒有寫出主角實際看到的景象，作者在受訪時也只說過，最後一幕是在兩人相遇的地方。」

「喔？她說過這種話？」

逢感覺事情越來越麻煩了，他的心情也如實表現在臉上，女店員見狀不知道是怎麼想的，露出靦腆的笑容說：

「不好意思，我聽起來真像是瘋狂書迷。不過書裡也提過那是真正的少女和愛相遇的地方，雖然在我看來那只是個煙霧繚繞的夢幻世界。」

「我也這麼覺得。」

少女的內心世界對逢來說，就像 Live House 瀰漫著煙霧的舞臺。

「原來如此，是第一次相遇的地方啊。謝謝妳。」
「不會，希望能幫上你的忙。」
「我可以再請教一件事嗎？」
看到女店員可愛地點頭，逢的心中充滿了期待。她連作者的訪談都看過，說不定也知道那個祕密。
「我有位朋友認為書裡的愛其實是男人，妳覺得呢？」
「好的，請說。」
「唔……該怎麼說呢……」
逢原本認定自己和電影製作者的看法才是主流，結果卻聽到了大出意料的答案。
「我不知道性別是不是藏著什麼祕密，我也有個異想天開的想法，但不是關於性別。」
她大概是擔心一旁的客人被她爆料謎底，所以稍微貼近逢，摀著嘴巴小聲說：
「我個人認為，愛是少女的幻想，事實上根本沒有這個人。」
又是一個令逢大出所料的見解。
他本來想請對方再解釋得清楚一點，但其他店員把她叫走了，她臨走之前還說「下次再來喔」，他隨口回答「喔，好」。

接著他又無聊地翻著書。

他突然對作者的資料有些好奇，翻找之後在書末找到一小段文字，那裡只寫著她從國小開始寫小說的經歷，並且列出了她過去的其他著作，完全沒提到作者的性格。

逢直率地思索。她到底懷著什麼心思？

自己寫出來的東西進入了沒見過面的人們心中，被人各自做出不同的詮釋。如果作者早就知道會有人因此而死，那她該是多麼邪惡的人啊。

逢想像著小楠那乃佳把毒草的種子埋進人們體內的噁心畫面，然後停止思索，把書放回架上，走出書店。多虧那位女店員的協助，讓他知道了接下來該做什麼。

晚風拂在臉頰上，逢從人行道走上斑馬線，過馬路之後往左轉，到了第一次遇見茜寧的黃色招牌唱片行。

店門口聚集了幾個年輕女生，沒有一個是茜寧。他走進店裡，在一樓繞來繞去，也沒找到她，所以他又搭電梯到樓上。在電梯裡，他檢查了手機，沒有來電也沒有收到訊息。

他一邊搜索二樓和三樓，一邊思考著樹里亞說過的話。他已經決定不去想她，所以光是回憶她說的話，盡量不去回想她說這話時的場面。

樹里亞用自己的角度去分析茜寧。

她說茜寧心機很重，不懂怎麼和別人相處，渴望著有朝一日能像小說主角一樣改變，而且她猜測茜寧依然持續地模仿小說情節。

茜寧也把自己對小說的詮釋加在逢的身上。

她偏離現實地把逢當成小說裡的人，期望他做出相應的行動。

逢很不喜歡隨意解讀別人的心態。

可是他也知道，無論他再怎麼小心，或許還是會不經意地把自己的想法冠在別人的身上。

所以逢一直努力真誠地和人對話。

就算沒辦法做到百分之百，只要和家人朋友盡量互相表露真心，就能打造出更真實的人際關係。他相信這就是最好的結果，直到剛才為止。

到了頂樓，還是沒有看到茜寧。

仔細想想，在唱片行裡要怎麼自殺啊？逢不禁感到自己的行動毫無意義，又搭電梯回到一樓。

還是沒收到她的聯絡。

逢開始思考是不是該回家了，卻又想起樹里亞緊張的神情。

沒辦法，他只好再去看看跟茜寧相約過的其他地點，其中也包括吸菸區，所以他還能順便抽根菸。

逢走出唱片行，走上人行道，朝向這座城市最大的十字路口。

糸林茜寧

——除了少女自己以外，沒人有資格說她可喜可賀。（《少女進行曲》單行本，第257頁，第16行。）

讀《少女進行曲》直到天亮，讓她的心情非常平靜。

如果是平時，她會覺得應該為了隔天和再隔天而保持充足睡眠，適度地調整，但今天沒必要再儲備體力了。明天用不著上學。

她用清晰的腦袋看著窗外的嫣紅朝霞。

時間差不多了，她擺出一副剛剛起床的神情，來到客廳見家人。早餐準備得很豐富，她只剩下一點沒吃完。

她刷過牙，回到房間，換好制服，和平時一樣化了妝，整理髮型，穿上外套，拿起掛著大布偶的書包，打理好了可愛的形象。

今天也能得到大家的喜愛嗎？她在全身鏡前仔細檢查，裙襬隨著轉身的動作飛揚，茜寧走出了房間。

「我出門囉！」

她用有些撒嬌的聲音朝著在廚房洗東西的媽媽喊道，媽媽轉身回應，她側身聽完，穿上鞋子。

今天是晴天，氣溫也是近日最暖的一天。前往車站的路上，她和經常看見的外校學生、上班族和貓一起走著。

茜寧正準備上車時就遇見了平時搭同一班車的同學，兩人都朝彼此點頭打招呼。她們雖然沒有約好，不過只要碰巧遇上，就會一路聊天直到進教室。兩人都很有默契地玩著這個遊戲。

一進教室，立刻有人叫了茜寧的暱稱，她轉頭一看，有群女生圍在一起，好友美優在其中向她招手。

她放下書包走過去，融洽的女生之中有一人面帶笑容，其他人催她快說，她就供出了和單戀的男生開始交往的消息。

「哇！恭喜！」

聽到茜寧的祝福，那女生又害羞地聊起她恐怕已經分享過很多次的交往經過，茜寧很認真地聽著。

一大早就有好消息的女生聚會在老師走進來之後只能遺憾地中斷。他們的老師雖然親切，但是非常擔心學生談戀愛。他們聽其他老師說過，這位老師以前遇過不少因為學生談戀愛而鬧出的麻煩。為了不被老師盯上，也是為了不讓老師擔心，班上同學都很有共識地不在老師面前提到戀愛的話題。

從第一堂課到第四堂課，茜寧一如往常地上課，聽老師講課、寫黑板、有時想著毫無關聯的雜事。第四堂是體育課，她有點擔心睡眠不足會造成影響，還好今天是打羽毛球，拿著球拍隨便揮一揮就下課了。

午休時，茜寧那一群人的主要話題仍然是剛剛脫單的女生，茜寧已經知道她和男友是打工時認識的，但又重新問了一次，那女生也回答得很開心。如同反覆練習的發表會，眾人耐心十足地繼續這番對話，沒有一句怨言。

到了打掃時間，茜寧為自己負責打掃的美術教室倒垃圾，碰巧遇上了一樣來倒垃圾的上村龍彬。他和平時一樣轉開視線，一臉心虛地從旁邊走過，茜寧也裝作沒看見他。

第五、第六堂課，茜寧有些頭痛，因為這兩堂課是她最不擅長的數學和物理，平時她還能絞盡腦汁勉強撐過去，今天腦袋卻完全無法運轉。她以前在男友家過夜，早上直接來上學，也發生過相同的情況，所以原因必定是睡眠不足。

結果今天的講課內容她完全沒聽懂。茜寧無奈地闔起課本，對美優說了句無關緊要的「理組的東西我完全搞不懂」，笑了一笑。

放學後，她隨口問了那群好友有沒有計畫，有空閒的人邀她一起去吃甜點，其實茜寧和美優不久之前才剛一起去吃過可麗餅，但她還是沒有拒絕朋友的邀請。看著要打工和要約會的三人離開以後，她們就前往那個熱鬧的城市。

她們從散發著惱人臭味的路上逃進以前結伴來過的咖啡廳，各自點了茶和蛋糕，吃了一口之後各自發表感想，然後又交換著吃。

結束了這一連串的程序後，美優嘆著氣說：

「她的戀情能發展順利真是太好了。」

就算那人不在場，美優也能由衷地為別人的幸福感到開心，茜寧早就知道她是這麼善良的好人，也知道她這句話的含意不只是祝福。

「就是說啊！她的情緒起伏那麼大，害我老是擔心她會被拒絕呢。」

「嗯嗯，我也想感謝她男友！如果聖誕節一過就分手，我一定會宰了他。」

「確實有那種人呢。」

「對了，現在問好像有點早，妳們聖誕節有什麼計畫嗎？」

茜寧眨眨眼睛，用說笑的語氣問道，其他三人都做出了符合各自性格的反應，但同樣地都暗示著悲觀的答案。

「林如今也加入了我們這一派，真是太榮幸了！」

「哎呀，我又不是自願的。」

茜寧以格外禮貌的語氣調侃了一番，美優也很配合。她經常在聊天時使用這種手法。

正經談過之後，在場四人發現大家聖誕節都沒安排行程，討論之後決定選在各方面都符合要求的美優家一起過夜。看到怕寂寞的美優這麼開心，讓茜寧鬆了口氣。

不知不覺到了黃昏，四人走出咖啡廳。茜寧事先已經跟朋友們說過了，她還得留在這座城市處理一些事，於是和其他三人揮手道別。

少女要去做一件重要的事。

她隻身一人，在明亮到不像日落後的街道上走著。

來到了和上次去過的花店不同的另一間花店，搖響門鈴。

她今天的行動只有這件和《少女進行曲》的主角一樣。

少女和愛一起賞花，深受它們的魅力所吸引，所以在無意發現的花店裡買了花束寄給家人，做為聖誕節（在故事中被描述成和家人團聚的重要日子）的禮物。

然後少女前往和愛相約的地點，她遠遠地看見了他，卻沒有開口叫他，而是獨自逃回自己的世界，打算跳進一去就回不來的黑暗之中。

這是《少女進行曲》的主角在故事最高潮的行動。
遺憾的是，茜寧不知道主角今天和愛約在何處。
所以她離開花店以後，決定在這座城市裡四處漫步。
她走上坡道，從外圍山丘慢慢地走向谷底。
實際走過之後她才發現這座城市原來這麼寬廣，途中看見她以前去過的 Live House，也看見了她以前去過的咖啡廳，但是都沒見到愛。
要說心底沒有期待是騙人的，但她也知道現實就是如此。
所以她還是可以接受。
不，她早就接受了。
她已經接受自己並非《少女進行曲》的主角。
她不是身邊圍繞著特別人物的少女。
那本小說一定不是為她寫的，而是為了別人。
她和她身邊的任何人都不是小說裡的人物。
今天她做為平凡無奇的糸林茜寧，度過了平凡無奇的一天。
她在街上走著，心情非常低落。
差不多了吧。
為了確認時間，她看了手機螢幕，然後把手機收回口袋。

她收到了好幾通聯絡，但是事到如今，她再也不需要和那些與她一樣平凡無奇的人努力增進關係。

那些都是很久以前的事了。

她懷抱著自己和身邊的人都是小說人物的幻想，經過了那間黃色招牌的唱片行。

路上行人的密度越來越高。

茜寧的眼中出現二十公尺前方的巨大十字路口的交通號誌。

她一邊觀察燈號的變化，一邊調整步伐，在適當的時機停下來。

走在後面的女人見到少女突然停在人行道上，嚇得叫出聲來，閃過去之後還特地回頭瞪了她一眼。

有一位上班族明明沒被她擋到路，經過的時候卻也故意發出咂舌的聲音。

茜寧天生缺少了不會被這些事傷害的堅強心靈。

拜託你們，不要用那麼厭惡的眼光看我，不要對我一臉嫌棄。

因為我就算巴結討好的時候不真誠，對於重要的事物還是很認真的，如果你們喜歡我，我也會一樣地喜愛你們，我也非常珍惜友情和愛情，雖然我會和家人吵架，我還是很慶幸能生在這個家裡，雖然我還沒找到夢想，但我還是懷著樂觀的期望，覺得一邊過好每一天、一邊慢慢尋找就好，只要身邊有已經認識的重要人們陪伴，只要將來有尚未認識的重要人們陪伴，我就覺得自己的人生已經很幸福了。我一直很努力地扮演好糸林茜寧，讓大家覺得我是個好孩子，所以……

想討人喜歡的心態逐漸壓垮了她。

她今後的人生還是會一直像這樣喘不過氣。她已經知道了。

其實她很想逃走，逃出這蒼白的孤獨。她不斷地懇求著。

光靠祈禱無法讓她萌生勇氣。

所以，她為了鼓舞自己而喊叫。簡短地喊叫。

「啊啊！」

緊接著，在旁人的眼中，她突然拔足狂奔。

肩上還背著書包，以醜陋姿勢搖晃的身體和前方的幾個人擦過、碰撞。

她造成了別人的不悅和疑惑。

她沒有看見那些人的臉色。還好她不用看到。

雖然人群的阻礙多少減緩了她的速度，但她並沒有停下腳步。

她確實地一步步逼近目的地。

茜寧已經決定了。至少要在那個地方。

她和曾經相信是愛的那個人相遇的所在，夢想的起點。

她看準交通號誌即將變成紅燈的那一刻。

著急的車輛會以絕對說不上緩行的速度駛過的短暫一刻。

在路口等紅燈的人們正好讓出了一條縫隙。

她奔跑著，馬不停蹄地跑著，一心朝著目的地跑去。

這和茜寧的意志無關，而是在到達的瞬間自行發生的。

至今見過的所有人事物。不是對真正的她所展露的笑容。

一一浮現在她的腦海，又一一消散。

最後剩下的只有一個人。

不是家人，不是朋友，也不是從前的男友。

每天早上出現在鏡子裡的她瞪著她。

「去死吧。」

茜寧的最後一步朝著車道跨出去。

如她所願，性急的車輛從側面飛速駛來。

這下子她終於能擺脫想討人喜歡的卑劣可鄙心態了。

糸林茜寧夢想的世界就在那裡。

可喜可賀，可喜可賀。

雖然和故事情節不一樣。

怎樣都好啦。

『哪裡好了？笨蛋。』

這時她不知為何聞到了一陣香甜毒藥的氣味。

手臂和肩膀傳來劇痛，這些地方被撕扯著，感覺快被扯斷了。

最後一步被後方伸來的手拉住了。

茜寧痛到忍不住喊出聲，拚命掙扎。

接著她又感到一個堅硬的東西貼到胸前。

她還沒意識到那是拳頭，還沒意識到自己被拉住衣襟，就被一股力量猛然往後拉。

茜寧至今不曾見識過的洶湧情緒在她的面前炸開。

「混帳！妳在幹什麼啊！」

視線焦點尚未集中在面前那個人的臉上，茜寧混亂的腦袋就喊出了對方的名字。

「愛。」

話說出口她才想到。

不對，這個人不是愛。

這個不知為何正在生氣的人，穿著女裝、外貌漂亮、個性直率得像個笨蛋的人，並不是愛。

他已經不是愛了。

他才不會有香甜毒藥的氣味。

「過來！」

「放開我！」

她以為自己在大叫，其實聲音嘶啞得只有自己聽得見。彷彿有人掐住了她的喉嚨，阻止她開口說話。

茜寧整個人被拖著走，和車道拉開了一大段距離。

「住手，我不想再回到那一邊了。」

她的心思還是沒有化為聲音，身邊的任何一人都沒聽見。

大概是號誌又變成綠燈了，駐足一旁的人群沒有理會茜寧求助的聲音，紛紛離去。茜寧很清楚，這是因為他們不知道，他們無從得知聽不見的聲音。

茜寧的心思沒有傳達給任何一人，再次被粗暴地揪著衣襟提起來。

她的身體懸起，只有腳尖還貼在地上，她和他四目交會。

「我不管妳是要模仿小說還是幹麼，怎麼可以做這麼危險的事啊！混帳傢伙！」

暴跳如雷。茜寧近距離看著那張和言語一樣震怒的臉孔，只覺得他的憤怒很莫名其妙。

茜寧也氣憤到心臟幾乎炸裂。

你懂什麼？

你明明什麼都不懂。

你又不是愛，你根本什麼都不懂。

你懂我的心情嗎？

你懂我的期望嗎？

你一定不懂吧？

那你憑什麼阻止我？憑什麼對我發脾氣？

你就是這樣讓自己活得隨心所欲，活得舒坦吧？

你根本無法想像真實的自我被束縛的人是什麼心情，還敢批評人家錯了？

不可原諒。

她瞪著眼前的他，深深吸了一口氣。

她決定，這次她要用盡全力放聲大喊，把所有怒氣發洩在他身上。

可是說出口的話語並沒有茜寧預料得那麼強硬。

「對、對不起，我大概是一時鬼迷心竅了。」

她裝出害怕的表情。

縮著身子，顫抖不已。

目眶溼潤，身體稍微放鬆下來。

哎呀，什麼嘛。這是在幹麼。

我到了這種時候都還是想討人喜歡的心態的奴隸。

鏡中的那傢伙看起來好像在笑。

「～～～～～～～～～～～～～～～～」

發不出來的聲音在茜寧的喉嚨中作響。

就連距離最近的自己都聽不見。

她用盡全力揮開抓住她衣襟的手，舉起書包砸向眼前的他。

茜寧不看也不聽他如何反應、如何迎擊，只想著接下來輪到這傢伙了，握緊拳頭，不是向前揮去。

拳頭揮向自己的腹部。

痛楚瞬間傳遍全身。

她痛到幾乎嘔吐，痛到當場跪下。

好痛，好痛。

跪在地上之後又是一拳，彎下身子之後又再揮出一拳，她並不是在攻擊自己，所以下手毫不留情。

胃液上湧，嘔出了一些，落在地面。

好痛，好難受。

雖然疼痛，但她仍然不肯罷休。意識表層還有其他的念頭。

在大庭廣眾之下做這種事，旁邊還有一個人認識她，該怎麼辦呢？如果傳出了風言風語，導致別人對她敬而遠之，該怎麼辦呢？就算沒被熟人看見，路人經過時也會覺得她不正常吧，好了，快點站起來，讓大家看看妳是多可愛的高中女生，只不過是一時失常罷了。

「快點滾出去！」

這次她終於發出了聲音。

她撐不住身體，哭得滿是眼淚鼻涕的臉撞上了地面。

後方有人抓住她的肩膀，把她扶起來。

「別這樣！」

「你少管我！」

她猛然抬起頭，後腦卻撞上了堅硬的東西。後面傳來一聲「唔！」，她轉頭望去，看見靠得很近的他按著自己的額頭。

「我說啊！妳冷靜一點吧！」

「你懂什麼！」

「啊？」

茜寧站了起來，盯著光是書包和一記頭槌還無法打倒的他。她體內的傢伙因為疼痛而變弱了，她覺得自己現在一定說得出來。

「像你這樣表裡如一、活得隨心所欲的人，別裝得一副很了解我的樣子來阻止我！」

說是說出來了，但茜寧完全沒有半點成就感或實現自我的感覺，只有口不擇言之後的不安，也不知道該不該再說下去。她吞下了口中的東西，又苦又酸又甜。

她沒心思去猜想他會有什麼反應。

如果她還有這種心思，會如何解讀他表情的細微變化？

「喂。」

他平靜地、粗魯地說道，朝她走近一兩步。

「我得先說清楚。」

他停下來的位置近到幾乎貼在她的臉上。

靠得這麼近，就算茜寧再怎麼激動也能讀懂他的表情。

不是愛的宇川逢比先前看起來更憤怒。

「如果我只照著自己的心意做事，就不會來找妳了。」

他燃燒著怒火的眼睛雖然注視著茜寧，但她覺得他看著的似乎不只有她。此時的茜寧無從知曉他看著的是誰。

「我才不管妳是不是表裡不一，不管妳是誰，都不准再傷害我的朋友。我來找妳不是因為我是小說人物，也不是因為我活得真不真實，我就是來找糸林茜寧的。我不希望妳發生危險，所以我才要阻止妳，笨蛋！」

茜寧在噴得到口水的極近距離聽著他大罵，什麼都無法反駁，只能保持沉默。她說不出話絕不是因為這一幕很像小說或漫畫時常出現的情節，被對方關心朋友的心情深深感動。

而是因為看到他在這種時候依然有勇氣清楚說出可能惹對方不高興的事實和想法，不禁懊惱為何自己沒有被生成這個樣子、沒被養成這個樣子，既羨慕又嫉妒。

眼淚沒有繼續流出。除了身體的痛苦以外，茜寧不知道還有什麼原因可以讓她被迫在人前流淚。喉嚨如同哽住，她什麼都說不出來。

「如果妳明白了……不，就算不明白也跟我來。先換個地方。」

茜寧的眼中看見了周圍人們的各種反應，所有人都和這兩個奇怪的人離得遠遠的。

一個東西遞到面前，她下意識地接了過來，重得令她身體一顛。

「好了，拿好豆沙包娃娃。」

等茜寧把書包背帶掛上肩膀後，逢帶頭走在前面。茜寧還來不及思索該怎麼辦，就被他拉住了手腕。

「就算妳不尋死了，我還是要牽妳的手。反正我又不是愛。」

她明明沒有抗拒，他卻特地解釋。茜寧不禁納悶，他又不是愛，為什麼如此熱心呢？

宇川逢

一聽見尖叫聲，他就暗叫一聲不好，快步衝過去。

就在千鈞一髮之際，逢伸出的手正巧抓住了她外套的一角，他沒有錯失這份好運和時機。

安心之後，血管也暢通了，血氣一下子衝上大腦，逢縱容自己的情緒，對著比自己弱小的茜寧怒吼，揪緊她白襯衫的衣襟，但他一點都不後悔。

因為這股怒氣是出自他的根源、他對朋友的關懷之情，就算會惹茜寧反感，也沒辦法抹消。

此外，被她用書包打，又吃了她一記頭槌，逢倒是不生氣，因為他在過去的人生中已經把容許朋友攻擊的程度延伸到極大的範圍了。

茜寧低頭不語，不知道是放棄掙扎還是乾脆用這種態度表示反抗，逢拉著她的手，走上了爬過無數次的坡道。

他思索著哪裡可以不受打擾地談話，但這座城市到處都擠滿了人。茜寧大概也不想帶著滿臉的眼淚鼻涕走進店裡吧。最後逢想到的是自己工作的地方。

建在坡道之上、他和茜寧一起去過的 Live House。

今天不營業，所以大門和裡面的門都關著。兩扇門之間是通往地下的樓梯，在那裡應該不會引起別人注意。

逢走到大門前，幫茜寧拿著書包，讓她先爬進去。

沒想到她真的聽話地翻進門內，並且依照他的指示踩在該踩的地方、接過書包。

逢跟著翻進去，走下樓，坐在最下面一階。水泥地坐起來冷冰冰的，還好吹不到風，比一樓好多了。

他叫呆立不動的茜寧坐下，她乖乖地坐在他上面一階，然後低下頭去。

接下來該怎麼辦呢？

逢思考之後，首先選擇了讓自己鎮定下來的行動，他從外套口袋裡拿出香菸和打火機，開始抽菸。

茜寧聽到聲音，往他瞄了一眼，所以他解釋說：

「我以前說過我是不會做壞事的社會人士，其實偶爾還是會做的。」

逢用香菸指著牆壁，上面貼著大門之內全面禁菸的告示。茜寧看了那邊一眼，又低下了頭。

「愛才不會做這種事。」

茜寧終於啞聲說道，逢立刻點頭回答：

「但我會做。」

她又陷入沉默。過了一會兒，逢抽完了這根菸。

第一根菸給他的感覺像是在大熱天為了解渴而猛灌水，為了好好品嘗，他又點燃了第二根。他一邊用舌頭品味著苦澀，一邊思索該對沉默不語的茜寧說些什麼。

「要暖暖包嗎？」

茜寧沒有反應，所以他又把東西放回口袋。看今天的氣溫，短時間內應該還不成問題。

一樓傳來了醉漢們的笑聲。

逢獨自吐著煙，回想著在十字路口發生的那些事。

高中女生的肢體攻擊對他毫無效果，但她說的話確實打擊到他了。逢已經反省了。他或許只是被說中了無法解釋的內心陰影，被碰觸到了敏感的部分，所以才大受刺激而吼了茜寧。

然後他也想起了必須告訴她的話。

「糸林茜寧。」

她的眼睛沒有看他，但耳朵一定聽得見。

「說件可能無關的事，其實我想要向妳道歉。我上次叫妳不用在意自己的性格，真是對不起。」

她還是沒看他，但是鬆開了盤起的雙手，又重新盤起。

「我不知道妳和《少女進行曲》的主角到底像不像，但妳的煩惱是只屬於妳個人的。對不起。」

她終於轉頭看逢了，所以他坐著低頭表示歉意，她又立刻轉開目光。在沒有對視的狀態下，逢繼續說：

「我……不是個細膩的人，不明白的事往往想了也不明白。這次也一樣，我怎麼想都不明白妳尋死的理由，或許我一輩子都想不通吧，如果妳願意談談，希望妳可以告訴我。」

如同呼吸一般，他吐出白煙和真心話。

「我只是希望盡可能地避免傷害妳，希望多了解妳，所以妳不想談尋死的理由也沒關係，如果有什麼不開心的事，請妳告訴我。」

沉默持續蔓延，但這次是對方先打破僵局。逢默默地仰望著天空，突然聽見聲音。

「想討人喜歡。」

逢一時之間沒聽懂，茜寧隨即又說：

「我被想討人喜歡的心態困住了。」

逢把菸灰撣落在自備的菸灰缸裡。

「原來妳的心情是這樣。我覺得想討人喜歡不是壞事，但是被困住應該很不舒服吧。」

像是在打拍子，他一說完就叼起菸。

「……就這樣？」

「啊？」

逢吐出煙，思索著茜寧問他這個問題是什麼意思。

「……嗯。不好意思，我現在的感想只有這樣。我沒有過這種心情，沒辦法立刻搞懂，我之後會再想想看。」

如果他是小說人物，或許會在此時說出開導之詞，解救朋友的心。但他並不是。

茜寧凝視著前方的空間。

「還有嗎？」

幾秒後，她給出了比較流暢的回答。

「我不喜歡歌頌真實自我的小說和歌曲。要是做得到我早就做了。」

「小說我不熟，歌曲確實有很多類似的題材。如果那些歌帶有足夠的熱量，我倒是挺喜歡的。還有嗎？」

「雖然表裡不一卻裝飾得很美的東西。譬如偶像，或是把原著改編得很夢幻唯美的電影或廣告，還有之前說過的文學獎，還有很多其他東西。太像了，真討厭。」

「……像什麼？」

茜寧還在回答前一個問題。

「聽到朋友說我們是知心好友、心裡明明不這麼想卻裝模作樣地附和的人。」

從來不曾訓練過閱讀能力的逢也漸漸聽懂了。

「靠著外在評價和外觀挑選男友、又因自私理由而分手的人。」

茜寧討厭的東西籠統說來就只有一點。

「就連對家人都會假惺惺地巴結、像我這樣的人。」

她討厭的正是自己。她無法用正面眼光看待自己的慾望和內心，還把自己的罪惡感投射到外在事物，用超過必要的程度嚴厲地批判。

逢心想她實在是認真過頭了，她又說了不一樣的答案。

「還有，明明什麼都不懂，卻大言不慚地說要用真實的樣貌建立關係，說糸林茜寧就是糸林茜寧，傲慢地炫耀自己是不會說謊的新人類的女裝傢伙。」

此時逢正開始抽另一根菸，所以吐出了更多的白煙。

「這是在說我嗎？描述突然變得很具體呢。我是不在乎啦。」

「你還不是罵我笨蛋。」

看來茜寧真的很不爽，她顯然是故意不看自己正在批評的逢。

雖然有些失禮，逢還是忍不住笑了。

他不是在嘲笑她，而是在笑自己。

「其他的事情我不確定對不對，但是關於我的部分，妳說錯了。」

逢看著階梯下方。他也不知道自己是怎麼想的，或許是出自內疚，或許只是沒想太多就這樣做了。

「我不久之前才剛說過謊。」

「……」

「在我來找妳之前。如妳所說，我一直覺得說真話才是最好的，不過我絲毫不覺得這有什麼好炫耀的。」

她沒有反應，他繼續說了下去。

「我和我身邊的人都相信，照自己的心情、照自己的想法選擇想做的事才是最好的，可是今天發生了一件不能用這個標準選擇的事，所以我說謊了。」

面對說謊這件對自己來說超乎常理、離奇詭譎的事，逢認真地感受著現在的心情。冷靜下來以後，他似乎比較看得清楚無法解釋的陰影之後藏著什麼了。

「仔細想想，我並不是真的很討厭說謊的自己，畢竟是我自己決定要裝帥的，這樣對方的心情想必也會比較輕鬆，我也是因此才來得及阻止妳。」

好像表達得不夠詳盡。逢自己也這麼覺得，但還是說得比自己想得更含糊。反正茜寧現在對他愛理不理的，他乾脆藉著說話來整理思緒。

「倒不是因為這個理由，不過妳以前如果一直在說謊，我還是跟妳相處得很開心，也覺得這樣沒什麼不好。」

他只是把心中的想法轉換成言語，對方回不回答都無所謂。

「妳想要解決被困住的痛苦很合理，但是妳要怎麼做呢？就算把妳的肚子剖開，也不會露出真正的妳，這又不是布偶裝。」

逢望向茜寧放在一旁的書包，用香菸指著說：

「就像那個豆沙包娃娃，裡面頂多只裝了棉花或紅豆餡吧。」

茜寧默默地把豆沙包娃娃藏到書包後面。可能是討厭他用香菸指著布偶吧。逢心想還是道歉比較好。

「對不起。」

「呃……」

茜寧似乎想要開口，隨即又閉上了嘴巴。

逢不知道她是決定不說了，或是仍在思考，總之他靜靜地等待。為了等茜寧做出什麼表示，他抽完菸以後也沒看手機或其他地方。

過了好一陣子，逢心想 Impatiens 的演唱會大概結束了，此時才聽見茜寧的聲音。

「喂……」

「嗯。」

「要怎麼活下去呢？」

他們終於對上視線了。逢仔細想了一下，才回答說：

「不知道。」

「怎麼這樣嘛……」

「我又不懂妳的痛苦，哪有辦法教妳怎麼生活啊？」

逢不會說謊。

「如果要說我個人的想法嘛，雖然妳在意自己的性格或心態而痛苦到想尋死，但我還是希望妳能活下去，也希望妳盡量過得幸福快樂。這不是在可憐妳或安慰妳，我敢拍胸脯保證，我的朋友中沒有任何人是性格完美的，妳也是其中的重要一員。如果妳有表裡兩面，那兩個人都對我很重要。」

他說著，就想起了那些缺點一大堆的朋友們，不禁莞爾。

「當然，我也不是個完美的人。若是要再多說一些我的想法嘛，只要妳知道我是個單純又不夠細膩又會說謊的人但還是想跟我當朋友，那等妳高興的時候可以再約我出來。」

他開始描繪未來的景象。

「等妳滿二十歲後我們可以一起喝酒，再過一些時日還可以互相抱怨工作的事，彼此打氣說這樣也不錯啦。現在的我希望能和糸林茜寧發展成這樣的朋友。不過，照妳的話來說，這只是我對朋友的定義，小說裡當然沒有這樣寫，如果妳不喜歡，大可不必放在心上。」

這是他毫無隱瞞的真實想法。

但也正是因為率直，結果他根本提不出什麼有效的解決方法，不過是自以為是的風涼話。逢心想，在這種時候或許更該裝帥，自己果然不夠體貼。

就像在表示以客觀角度來看也是如此，茜寧又撇開了臉，陷入沉默。逢因為不夠體貼而想不出更多鼓勵的話，只能默默坐在一旁。

茜寧短時間內似乎都不打算把臉轉回來了，所以逢點燃第三根菸，拿在離她比較遠的手上。

接著他不經意地用靠近她的那隻手抓抓背後。

茜寧如同滑落似地下移一階，靠在逢的背上，雙手環住他的脖子。菸頭差點燒到她的衣服，逢趕緊把香菸捻熄在水泥地上。

「喂。」

沒有回答。只能聽見耳邊響起她的呼吸聲。

逢不明白她是怎麼了，卻突然想起同事警告過他不要對高中女生下手。他覺得應該不可能，但還是慎重其事地告訴她：

「不好意思，我已經有喜歡的人了。」

「不是那樣啦。」

聽到茜寧立刻否認，逢輕輕地笑了。只要不用擔心那方面的事，他至少體貼到足以用朋友的立場讓茜寧靠到高興為止。

不知不覺地又過了一段時間。

一直保持相同姿勢有點累，逢正想開口叫她，卻發現她的呼吸聲已經變得像睡眠時一樣舒緩。

他晃動身體幾次，又叫她的名字，她還是沒醒來。逢笑了笑，無可奈何地掏出放在口袋裡許久的手機，輕觸螢幕。

糸林茜寧 ——————（ ）

醒來之後，茜寧在一個熟悉的房間裡。

純白的、四四方方的那個地方。

真是奇妙。

這個房間裡竟然有風。

往前一看，是敞開的窗戶。

她從來不知道這個地方竟然有窗戶。

窗外是一片嫣紅的天空，不知道是朝霞還是晚霞，景色非常絢爛。

茜寧看得入迷時，突然發現房間中央有一張原本沒有的紅色沙發，而她正坐在沙發上。

那不是單人座沙發，右邊是扶手，但左邊還有位置。

轉頭望去，茜寧赫然發現還有其他人在。

那女生一臉不悅地坐在那邊。

她穿著和茜寧一樣的制服，頂著和她一樣的髮型。

更重要的是，她的長相也和茜寧一樣。

但茜寧覺得她是不同的人。

視力明明沒問題卻戴著眼鏡，比自然妝稍濃一點的妝容，不符自己喜好的耳環，比自己喜好再短一點的裙子。

此外，聲音也比她高一些。

「我可沒打算把妳關在這裡。」

聽到這句話，茜寧才想起她是誰。

一想起來，頓時感到很不舒服，茜寧把視線移開。

「少囉嗦。」

「怎麼可以隨便叫人家去死呢？」

「閉嘴啦。」

「再說，想討人喜歡的又不是我，而是妳吧？」

茜寧瞪了她，但她依然注視著茜寧。茜寧再次轉開目光。

那人陷入沉默，所以茜寧也沒再開口，而是看著窗外，思索著這地方怎麼會出現一扇窗子。

「打從一開始就有了。」

茜寧明明沒說話，對方卻好像讀出了她的心思。

「這是當然的，因為我們是同心同體啊。」

茜寧討厭自己接受了對方的說法，努力讓自己什麼都別去想。坐在一旁的她似乎又看穿了茜寧的心思，調侃似地說「虧我還特地來跟妳說話」。

兩人看著窗外好一陣子，對方又開口了。

「要一直這樣下去嗎？」

茜寧沒有回答，還是繼續望著天空。

「妳很開心吧？」

「……開心什麼？」

其實用不著問，因為她們是一體的。

「他明明不懂我們的心情，也無法體會，卻還是希望我們活下去。」

茜寧想起先前在那個地方的對話。一股情緒油然而生，她自己都還來不及摸清，就被對方察覺到了。

「妳應該知道吧？」

因為她沒等茜寧回答就繼續說下去。

「還有其他老早就在這裡、妳卻一直沒發現的東西。」

說完之後，她站起來，走向沙發後方。茜寧對這個房間很好奇，立刻轉頭盯著她。

房間角落擺著茜寧沒見過的小櫃子。

「妳過來。」

茜寧對那個櫃子也很好奇，所以雖然不高興，還是依言朝她走去。

走近一看，卻發現櫃子的玻璃門內什麼都沒有，空蕩蕩的。但是上面擺著一些東西，茜寧抬頭望去。

上面放著幾本書，包括《少女進行曲》的單行本和文庫本。

豆沙包娃娃的布偶。

指甲油。

應該早已枯萎的非洲菊。

一小面軟木板上貼著茜寧和朋友一起拍的大頭貼。

「還有這個。」

她從制服口袋裡掏出一條項鍊，放在櫃子上。

那是前男友送的生日禮物。

「我們都很喜歡晉，結果卻跟他分手了。」
「那是妳做的。」
「明明是妳決定的。」
她誇張地嘆氣，又在口袋裡摸索。
「啊，已經沒有了。」
「什麼意思？」
「妳明明知道。」
她若有所指地說道，捏了捏豆沙包娃娃的身體。
「現在只有這些。雖然不多，希望今後還會逐漸增加。」
「要怎麼增加？」
「這個妳也很清楚吧？我負責的是其他工作。」
她沒有用全身朝向茜寧，大概是不好意思吧。
「我負責守著外側。」
她只把臉轉過來，露出茜寧熟悉的笑容。那是她精心衡量過、看起來很可愛但又不至於引起別人嫉妒的笑容，用來討人喜歡的笑容。
「所以妳可以把這個地方打造成妳喜歡的樣子。」
裙襬飛揚，她轉身走向另一側的牆壁。仔細一看，那邊原來有一道門，門上也有門把，她握住了門把。

「我走啦，再見。」

她不等茜寧回應就離開了。茜寧也不在意，反而覺得這樣正好。

茜寧一個人在房間裡，喃喃說著「再見」，接著又依次望向櫃子上的東西。

不知不覺間，她已經忘了對自己的敵視和憎恨。

醒來之後，茜寧在一個陌生的房間裡。

她沒看過這種顏色的壁紙。

從觸感來判斷，她應該正躺在床上，於是坐了起來。旁邊擺著對套房而言太矮的桌子和沙發，地上還躺著空啤酒罐。

有個金髮女子縮著身子睡在沙發上。茜寧盯著她看了很久，覺得有點眼熟。

她試著喚醒記憶，但印象很模糊，只能想起坐在階梯為止的記憶。

自己是怎麼來到這個地方的？

正在思考時，玄關傳來開門聲，她頓時提高警戒。

結果她白擔心了，從走廊走進來的是宇川逢。

「妳醒啦？」

「這裡是……」

「睡在那裡的藤野的家。因為妳怎麼叫都叫不醒，她家正好在附近，我就把妳帶過來了。」

「我沒有從那裡離開的記憶……」

「是我們兩人把妳送來的。」

聽他這麼說，茜寧才想到現在不知道幾點了。從關閉的窗簾的縫隙看出去，外面一片漆黑。

逢似乎看出了茜寧的心思，告訴她「現在是早上四點」。他在地上的坐墊盤腿坐下。

「藤野說要為了擅自讓妳外宿的事去向妳父母下跪道歉，不過主動告知反而會惹他們生氣吧。」

「……真討厭。」

茜寧坦白地說出真實的心情，一邊看著自己的手心。剛剛還分裂成兩人的自己已經恢復成一個身軀了。

「沒受傷吧？」

聽到逢的問題，茜寧抬眼看著他。

她仔細思考之後才回答：

「……我不太確定，但我覺得可以再多相處一段時間看看。」

逢笑了。茜寧很快就知道他的笑容是出自誤會。

「那真是謝謝妳了。」

「我不是在說你。不過跟你也是一樣。」

逢想必還是沒聽懂，但他點頭回答「這樣啊」，拿起手邊的罐裝咖啡喝了一口。

「如果妳哪天又想死，就去我們那間 Live House，我多半都會在，就算我不在，也還有藤野。」

逢還是一樣，非常漂亮，有點蠻橫，過度熱心。

「嗯。」

他不是愛，我應該也不是主角，但我還不想結束這段關係。茜寧心中的兩個自己都這麼想。

「在死之前，我還想再跟你出去玩，譬如上次提到的跳傘。」

「我當時沒告訴妳，其實我有懼高症，所以沒辦法。」

「真的嗎？你在這種時候也很會花言巧語呢。」

茜寧擺出調侃對方的表情，用討好的語氣和沒大沒小的措詞揶揄好脾氣的成年人，這樣對方就會把可愛小妹妹的抱怨解讀成正面含意，還能巧妙地減少年齡的差距。

「少囉嗦，笨蛋。」

茜寧是經過算計而做出這個行動的，而逢的反應也和她的猜想大同小異。

她遵從想討人喜歡的自己和逢相視而笑，心裡還是有些疼痛。

現在她覺得，今後或許可以共同分擔這份疼痛而活下去吧。

只會

流出血

剖開肚子

特別致謝

角色塑造參考

綾称小姐　for 後藤樹里亞
〈STINGRAY〉
〈KASVE〉

高井つき奈小姐　for 高槻朔奈
〈simpαtix〉

竹田勇生先生
〈紀伊國屋書店〉

窪田雄紀先生
〈shibuya eggman〉

友情客串
豆沙包娃娃

「小楠老師有沒有想像過，希望這個世界今後變成什麼樣子呢？」

「這個嘛，我希望這個世界會允許人重來，允許人在命運的分歧點重新做出抉擇，無論已經活到幾歲都可以回頭彌補有所缺憾的地方。這種寬容性可以一點一滴修復因為年齡、性別、環境等差距所造成的分裂，我也想把這種寬容加進自己作品所描繪的世界裡。」

「那真是個美妙的世界呢。好，那麼最後請老師對讀者們說幾句話吧。」

「雖然有點老套，但我由衷祝福大家身體健康，幸福快樂。」

「非常感謝小楠老師。本次採訪到此結束，再一次感謝老師在百忙之中抽空接受訪問。」

男記者低頭行禮，小楠那乃佳也隔著桌子鞠躬回禮。

「我才該謝謝你們，待在家裡都是在寫小說，只有散步時會出門，能接受採訪還挺愉快的。」

「對了，我在其他雜誌的報導裡看到老師有養貓，散步時會一起帶出來嗎？」

「養貓？我也不知道那算不算是養啦，牠都是自由來去，想吃就吃，想睡就睡。」

「是半放養啊？不會完全馴服於人類這點也挺可愛的呢。」

這位記者似乎很喜歡貓，跟他多聊一會兒也不錯，但坐在一起的責任編輯提出交換名片，打斷了他們的閒聊。

那乃佳覺得他們之間進行的儀式很無聊，就在位於高樓層的房間窗邊獨自看著街景。

地面上的行人和車輛為了各自的目的而不停奔波。

「小楠老師在看什麼呢？」

女編輯結束了無聊的儀式，走向站在玻璃窗邊的那乃佳。這次採訪的主題是關於寫作的各個面向，是雜誌主動向她的公司提出的，所以接待也是由他們負責。

「沒什麼，只是覺得在那麼熱鬧的街上聽不到也就罷了，在這麼安靜的房間裡，怎麼小久保小姐也聽不到我們愉快地聊著貓的話題呢？」

「很抱歉。老師說話還是這麼尖銳呢。」

編輯無奈地說道，那乃佳呵呵地笑了。

這個場地是出版社準備的。喜歡貓的男記者深深鞠躬，默默走了出去。

那乃佳大大地伸著懶腰，然後向在場的攝影師和出版社的業務員說些慰勞的話。

「小久保小姐也辛苦了。今天有聽到什麼讓妳比較在意的事嗎？」

為了慎重起見，她一向會詢問責任編輯是否有地方需要反省。

「沒什麼特別需要注意的。硬要說的話，我希望讓社會大眾更加了解小楠老師的壞心眼，可以嗎？」

「我覺得社會大眾已經看得很清楚了，不是壞心眼，而是我豐富的感性。」

看到業務員因她們劍拔弩張的對話而緊張的模樣，編輯隨口解釋「因為我們同齡啦」。

「小楠老師等一下要做什麼？要不要一起吃午餐？」

「哎呀，肚子確實開始餓了。」

「想吃西餐的話，我知道附近有間店，我打電話去訂位吧。」

「那就有勞了。但我要先說清楚，工作的事已經講得夠多了，我可不想再聊工作喔。」

「這是不宣的共識，沒必要說出來。」

小久保也問了攝影師和業務員接下來的行程，他們都有其他事，所以要去吃午餐的只有兩人。

一行人魚貫走出寬敞的房間，進入電梯。那乃佳被高度驟降的氣壓變化弄得有些耳鳴，所以捏起鼻子，用力呼氣。

離開大樓之後，她和小久保去了一間裝潢得像二手衣店的餐廳。兩人走進店裡，被領到柔軟的沙發座。那乃佳忍不住多管閒事地為腰不好的客人感到擔心。

「我總是覺得，編輯似乎比作家更常吃美食。」

「只有聚餐的時候啦，平時只吃茶泡飯。」

「不過你們的薪水應該比大部分作家都更好吧？」

「不包含在大部分作家之中的小楠老師才沒資格說這種話。」

那乃佳看過店員拿來的菜單，立刻挑了蛋包飯，因為一旁的介紹寫著蛋包十分蓬鬆濃稠。

小久保點了義大利麵，兩人都另外加點了柳橙汁。那乃佳本來就愛喝柳橙汁，小久保受到了她的影響，這幾個月也經常喝。

「對了，妳聽說後藤樹里亞的事了嗎？」

「什麼事？我在家裡還挺常聽她們的歌。」

「她因為演唱會遲到而受到處罰，得去很多地方推銷ＣＤ，譬如在唱片行或Live House 租用場地。」

「喔？那我改天有空也去捧個場吧。聽起來有點像書店巡迴展，一定很辛苦吧。」

「小楠老師明明從不舉辦書店巡迴展。」

「是啊，我覺得沒必要辦這種活動。我是不是到處跟讀者打招呼、為人是不是受人喜歡，跟作品的價值一點關係都沒有。如果要向書店表示謝意，還不如努力寫出更好的作品。」

「該怎麼說呢？我明白妳的意思，但這話說得還真無情呢。」

「妳也可以解釋為眼光透徹。」

店員送上兩杯柳橙汁，再過不久，她們的餐點也送來了。那乃佳看看桌上的東西，注意到沒有蔬菜，若是再等沙拉送上，餐點和食慾都會涼掉，所以放棄了加點的念頭。

她合手感恩，像個孩子一樣張大嘴巴吃起蛋包飯。

「對了，這不算是我注意到的事，但我在採訪時對《少女進行曲》有了一些新的想法，小楠老師要聽聽看嗎？」

「嗯，當然，只要小久保小姐不介意義大利麵冷掉。」

「我要開動了。記者在採訪時提到有讀者認為透過主角看到了自己的故事，但我在想，這個故事的主角真的是少女嗎？會不會有讀者覺得主角是其他人，把自己投射在那個角色身上呢？」

「呵呵。」

聽到責任編輯的問題，那乃佳發出詭異的笑聲。在回答之前，她又塞了一勺蛋包飯到嘴裡，仔細咀嚼滿嘴的雞蛋醬料米飯以及少許的香菇洋蔥，然後嚥下。

「不然主角會是誰呢？」

「如果主角不是少女，最合理的人選應該是愛吧，也有可能是留下紀錄的夥伴。」

「這樣啊。」

那乃佳點點頭，用柳橙汁滋潤口中。

「妳說得沒錯，這次只是剛好以她的視角和時間為主罷了。」

「視角和時間……」

「對，如果換個視角和時間，其他每個角色也都具備了主角的條件，包括連名字都沒有的角色在內。」

「喔喔，也就是說，每一個人都是主角？」

「不，應該說沒有一個人是主角。」

「小楠老師，妳的臉上沾到醬料了。」

「哎呀。」

「另一邊。」

那乃佳用擦手巾抹了抹另一邊臉頰。沾在白巾上的紅褐色髒汙看起來就像襲擊人心的惡意，所以她把擦手巾揉成一團，壓在盤子下。

「妳提醒淑女的時候就不能說得婉轉一點嗎？」

「因為妳吃飯的模樣像個小丫頭。」

小久保滿不在乎地說道，靈活地捲起義大利麵，優雅地送進口中。

「早就沒人會這樣叫我了，真感謝妳讓我還有機會重溫。」

「不客氣，好說好說。先不討論小楠老師像小學生一樣的吃相了，為什麼沒有一個人是主角呢？」

「喔？妳還記得這個話題啊？嗯嗯，是啊，我在書中、在採訪時都沒提過哪一個角色是主角。」

這次她又舀了一小勺蛋包飯，輕輕放在口中。蓬鬆濃稠的描述不是騙人的，蛋包立刻從舌上滑開。

「每一個角色都只是碰巧遇上了好事或壞事、精采的事或無聊的事。如果每一個角色都是主角，遇上不幸結局的人該怎麼想呢？因為是那個世界的主角所以就可以接受嗎？妳能接受一個在高中時代受到不當對待、最後自己走上絕路的故事主角嗎？」

「不，我沒辦法。」

「就是說吧。包括我和妳在內，所有人都只是可能成為主角的平凡人物。同樣地，小說只是把焦點集中在登場角色的其中一部分，而不是把誰選為主角，把幸福快樂加在那人身上。在這個會被運氣、環境、無法選擇的因素輕易影響的世界，小久保小姐如今出現在此處，真是讓我開心不已。」
「請不要突然向我示好，我都不知道該怎麼回應了。」
「我又不是在示好，要這樣說的話，難道我非得刻薄不可嗎？話說回來，妳到今天才注意到書中沒提到主角是誰，相較之下在網路上發表感想的讀者都讀得更通透，妳對此有什麼看法？」
「老師沒學過甜味和苦味要均衡攝取嗎？」
「因為我是小ㄚ頭嘛。」
看到責任編輯誇張地苦著一張臉，那乃佳露出淘氣的神情笑了。
她又說了一次「因為我是小ㄚ頭嘛」，向小久保討了一口義大利麵，小久保請店員再拿新的盤子和叉子過來。那乃佳想要小心地捲起來吃，但是在送入口中之前有一根沒捲上叉子的麵落下來，沾得她滿嘴醬汁。相較之下，小久保則是十分優雅地品嘗了一口蛋包飯。
雖然事先說好不談工作，不過那乃佳想起了正在構思的下一部作品，滔滔不絕地說著，不知不覺就聊了很久。她喜歡這種柔軟的沙發或許也是其中一個原因。
離開這間店時，她感覺季節的粒子正在飄降。
「現在天色還早，反正難得出門，乾脆去逛逛街。小久保小姐也回去忙吧。」
「好的，那我先失陪了。今天辛苦老師了。」

小久保客氣地鞠躬，那乃佳轉身走向車站。

就算在一起時可以像同學一樣愉快地說笑吐槽，每次看見小久保的背影，那乃佳就會意識到她們之間的關係終究只有工作上的往來。她在離別之時悄悄地感到了孤獨，同時又意識到自己的身分，刻意地挺直背脊。

偶爾在都市裡散步也不錯，就算是隻野貓，突然被帶到人這麼多的地方可能也會感到困惑吧。

那乃佳一邊想著在她家自由來去的黑貓，一邊爬上了緩坡，想要找尋日照更充足的地方。越往上走，路人越少，她心想人們或許都怕晒太陽吧。不過她隨即發現，這只是因為市中心位於低窪處。

哼，哼哼，哼哼～

在那乃佳身與心的分界處經常會傳出哼歌的聲音，在這種時候她都會覺得好像可以從這世上的某處找到故事。

如果那歌聲變得太大聲，她就會戴起耳機聽音樂，如果是和小久保在一起，聊得正開心的時候，或許她就不會注意到了。

「請問您是小楠那乃佳老師嗎？」

因為有人叫她的名字。

那乃佳基於這個非常單純的理由回頭了。

她和一位穿制服的少女對上視線。

可愛的臉龐帶著有些成熟的表情，這種模糊不定的氣氛讓少女顯得更加美麗。

「是的，我是小楠那乃佳，我好像沒見過妳，妳是讀者嗎？」

那乃佳直接說出了心中猜想，如果猜對了，對方應該會自我介紹，可能還會向她表達某些想法。

這位少女看起來很穩重，還戴著眼鏡。

那乃佳很快就會知道自己隨便的猜測錯得有多離譜。

「那、那個，那個……」

少女說出有意義的發言之前，就先粗魯地翻開掛在肩上的書包，把手伸進去摸索，然後掏出一本書。

那乃佳不用仔細看也知道，那是她寫的小說的文庫本。

「我、那個、我、那個……小楠那乃佳老師的、這本書……」

少女雙手遞出文庫本，那乃佳注視著呼吸急促的她的臉龐。

「這本書、那個、救、救了我……」

她看起來非常激動，甚至掉下眼淚。

那乃佳目不轉睛地凝視著那顆亮晶晶的水珠。

一邊思索著要回答她什麼。

該怎麼做呢？

對她隨口說些稀鬆平常的致謝之詞很簡單。

那乃佳也可以用些好聽話來解釋她掉淚的含意。

這麼一來，對方也會感到幸福的。

「這本書、完全就像、在寫我、那個、我個人的故事、或許我想錯了、或許老師會覺得莫名其妙、但我真的這麼覺得。」

想必是她累積的想法、滿懷的心意形成了湧出的話語和眼淚吧。那乃佳的腦海裡浮現了只會出現在書中世界的抒情筆法。

書包背帶從姿勢不穩定的少女肩上滑落，隨著一聲悶響掉在地上。

趁著書包離開原本位置的這段時間，那乃佳思索著該向眼前的少女回應什麼。

那乃佳有好多東西想給她，感激致謝的話語多到雙手都捧不住，可是那乃佳覺得那些話語都配不上少女的光輝，實在拿不出手。

「我許了、願望、那個、希望、永遠像這個故事一樣。」

如果沒有筆和鍵盤……不，就算有，她依舊是個什麼都做不了的小說家。

少女的話語掩蓋了無能成年人的沉默，那乃佳終於想到要怎麼回應她的心情。

終於找到了能傳達的心意。

「謝謝妳，小姐。」

「不、不會，沒什麼。」

「其實呢，我啊……」

她往前一步，輕輕地把自己的手覆上對方拿書的手。

「我覺得故事、小說是沒辦法救人的。」

她的眼睛對上了少女溼潤的眼睛。

即使少女的眼中浮現驚訝和失望，她還是堅定地直視著對方。

「小說不能吃，不能解渴，也不能治病。」

這些理所當然的事連小學生都知道，而她還是說了出來。

「不能制止紛爭，也不能抵抗愚昧的暴力。」

這些事國高中生遲早會意識到，而她還是宣之於口。

「發生在妳周遭的不幸，無法靠著寫在紙上的故事消除。」

這種事成年人都看開了，而她還是一個勁地說著。

「我無法視這些事實於無物，一味聲稱小說救得了誰。」

那乃佳像少女一樣相信過。

小說和故事就算不能提供身體營養，不能對抗惡運或病毒。

還是擁有阻止人傷害別人、輕視別人的力量。

她以前也是這樣相信的。

在那個時候，她絲毫沒有意識到自己的存在和自己創造的東西之中隱約夾帶的無力感，也不知道編織出無數故事的想像力只用一縷惡意就能抹消的空虛感。

她長大成人，意識到了這一切。

「可是……」

那乃佳用雙手握住少女的手。

「就算這樣，妳還是堅稱被我寫的小說拯救，堅稱這種像奇蹟一樣、像魔法一樣的事……」

少女的淚水已經止住了。她比剛見面時看起來更美了，那乃佳知道這是因為那光輝是確實存在的。

少女向她獻上了無可取代的寶貴心情。

所以她回以祈願。

她回報給對方的是一位小說家的深切祈願。

「那我希望，這個故事能成為妳一人專屬的東西。」

插畫
房野聖

日文版書籍設計
bookwall

剖開肚子只會流出血
（原名：腹を割ったら血が出るだけさ）

著　　者／住野夜
執 行 長／陳君平
榮譽發行人／黃鎮隆
協　　理／洪琇菁
總 編 輯／陳昭燕
譯　　者／HANA
美術總監／沙雲佩
美術編輯／陳姿學
執行編輯／石書豪
國際版權／高子甯、賴琦妗
文字校對／施亞蓓
內文排版／謝青秀

出　　版／城邦文化事業股份有限公司　尖端出版
臺北市南港區昆陽街十六號八樓
電話：（〇二）二五〇〇－七六〇〇
傳真：（〇二）二五〇〇－二六八三
E-mail: 7novels@mail2.spp.com.tw

發　　行／英屬蓋曼群島商家庭傳媒股份有限公司城邦分公司　尖端出版
臺北市南港區昆陽街十六號八樓
電話：（〇二）二五〇〇－七六〇〇（代表號）
傳真：（〇二）二五〇〇－一九七九

中彰投以北經銷／楨彥有限公司（含宜花東）
電話：（〇二）八九一九－三三六九
傳真：（〇二）八九一四－五五二四

雲嘉以南／智豐圖書有限公司
（嘉義公司）電話：（〇五）二三三－三八五二
傳真：（〇五）二三三－三八六三
（高雄公司）電話：（〇七）三七三－〇〇七九
傳真：（〇七）三七三－〇〇八七

香港經銷／城邦（香港）出版集團有限公司
香港灣仔駱克道一九三號東超商業中心一樓
電話：（八五二）二五〇八－六二三一
傳真：（八五二）二五七八－九三三七
E-mail：hkcite@biznetvigator.com

新馬經銷／城邦（馬新）出版集團 Cite（M）Sdn. Bhd.
E-mail：cite@cite.com.my

二〇二四年六月一版一刷
二〇二四年六月一版二刷

■中文版■

郵購注意事項：
1.填妥劃撥單資料：帳號：50003021戶名：英屬蓋曼群島商家庭傳媒(股)公司城邦分公司。2.通信欄內註明訂購書名與冊數。3.劃撥金額低於500元，請加附掛號郵資50元。如劃撥日起 10～14日，仍未收到書時，請洽劃撥組。劃撥專線TEL：(03)312-4212 ・ FAX：(03)322-4621。E-mail：marketing@spp.com.tw

國家圖書館出版品預行編目資料

剖開肚子只會流出血 / 住野夜作 . HANA 譯 -- 一版 . --
臺北市 : 城邦文化事業股份有限公司尖端出版 : 英屬
蓋曼群島商家庭傳媒股份有限公司城邦分公司尖端出
版發行 , 2024.06
面 ; 公分
譯自 : **腹を割ったら血が出るだけさ**
ISBN 978-626-377-654-8 (平裝)

861.57 113000419